KB230489

방해 금지

⊖

방해 금지

김대웅 옮김

프리다 맥파든 지음

BOOK PLAZA

1

퀸

부엌 싱크대에서 손에 묻은 피를 씻어내고 있는데, 초인종이 울렸다.

나는 그대로 얼어붙었다. 손에는 분홍색 거품이 잔뜩 끼어 있었고, 김이 모락모락 나는 뜨거운 물 때문에 손가락은 화끈거리며 찌릿찌릿했다. 문 앞에 누군가 있다. 현관 앞에서 내가 문을 열어주기만을 얌전히 기다리는 누군가가. 타이밍이 이보다 나쁠 수는 없었다.

택배일까? 이대로 있으면 그냥 문 앞에 두고 가버리겠지. 아니면 메모 정도는 남기거나. '부재중이셔서 내일 다시 오겠습니다!'

그때, 현관문을 세게 두드리는 소리가 세 번 울렸다.

"지금 가요!" 아마 저쪽에 들리지는 않겠지만, 나는 목이 멘 듯한 목소리로 외쳤다. 손가락을 미친 듯이 문질렀고, 손톱 밑에 껴 있는 피까지 박박 긁어냈다. 손에 묻은 피를 씻어내는 게 이렇게 힘든 일인 줄 누가 알았을까? "잠시만요!"

뜨거운 물을 잠그고, 양손을 이리저리 뒤집어 보며 확인했다. 이 정도면 됐나? 그래야만 한다. 연두색 행주에 손을 닦자 붉은 자국이 묻어났다. 젠장. 다 안 지워졌어. 다시 씻어야 해.

일단 현관 앞의 저 사람을 돌려보내고 나서.

내 하이힐이 부엌의 리놀륨 바닥재 위에서 딱딱거리며 소리를 내다가, 거실의 푹신한 카펫을 밟는 순간 조용해졌다. 데릭과 나는 몇 시간이나 카펫 견본을 펼쳐 놓고 고민한 끝에 지금 거실을 벽에서 벽까지 덮고 있는 이 먹색 카펫을 골랐다. 맨발로 걸으면 촉감이 정말 좋았고, 먼지 한 톨 한 톨이 다 보이는 옅은 색 대신 어두운 색을 고집하길 잘했다는 생각이 든다. 이 카펫은 먼지나 작은 부스러기쯤은 쉽게 숨겨 준다.

물론 핏자국도.

현관문으로 서둘러 가는 동안, 창문 너머로 밝은 불빛이 보였다. 빨간빛과 파란빛이 동시에 번쩍였다. 그게 의미하는 건 딱 하나밖에 없다.

문 앞에 경찰이 있다.

오, 하느님. 안 돼, 안 돼, 안 돼, 안 돼….

나는 아주 잠깐 동안 정신을 수습했다. **침착해, 퀸.** 깊게 숨을 들이마시면서 떨리는 손을 진정시키는 거야. 하지만 소용없다. 어쩔 수 없이 그냥 문을 열었다.

역시. 문 앞에는 경찰이 서 있었다. 그것도 그냥 경찰이 아니라 그 스코티 드와이어가. 사람들이 '스콧'으로 부르거나, '드와이어 부보안관'으로 부르는 바로 그 남자가. 까마득한 옛날, 그러니까 고등학교 때 스콧과 나는 사귀었었다. 늘 삐죽삐죽 서 있던 붉은 갈색 머리와 얼굴 가득한 주근깨 때문에 나는 그가 어쩐지 어정쩡하게 귀엽다고 생각했었다. 하지만 고등학교를 졸업하고 나는 대학에 갔고, 그는 아버지의 식료품점에서 일하기 시작했다. 우리가 어떻게 헤어졌는지조차 기억나지 않는다. 장거리 전화가 점점 뜸해졌고, 그러다 신입생 때 어느 날 문득 우리 둘이 더는 사귀는 사이가 아니란 걸 깨달았을 뿐이다.

이제 스콧은 제복에 진짜 배지까지 달고 다니는 어엿한 경찰이 되었다. 예전엔 깡마른 몸이었는데, 지금은 짙은 남색 제복이 제법 근사하게 꼭 맞는다. 얼굴 가득하던 주근깨는 옅어졌고, 삐죽삐죽하던 머리도 얌전히 눌러놨다. 그렇긴 해도 여전히 소년미가 남아 있다.

문제는 내가 이 동네로 다시 돌아왔다는 거다. 마주치는 사람마다 고등학교 때 내가 사귀었던 남자애거나, 탈의실에서 내가 토하는 걸 봤던 애거나, 자기 생일파티에 나를 안 불렀던 여자애다. 지긋지긋할 정도로 피곤하다.

그래도 가끔은 그게 내 편이 되어 주기도 한다.

"안녕, 퀸." 스콧이 나를 향해 미소 지었다. 하지만 얼굴은 심각하다. 이건 전 남친의 방문이 아니다. 지난 십 년 동안 스콧과는 말 한마디 섞지 않았으니, 애초에 그런 걸 기대할 수도 없지만. "별일 없지?"

나는 괜히 의식하며 딱 붙는 회색 스커트에 손을 닦았다. "응, 물론이지. 왜?"

"음…." 스콧의 연갈색 눈동자가 내 등 뒤로 움직이며 거실 안을 훑는다. 버터처럼 부드러운 가죽 소파, 거기에 맞춘 미니 소파와 스툴, 서라운드 스피커가 달린 대형 TV, 그리고 벽난로 위에 놓인 최근 다녀온 스키 여행 사진들. "신고가 들어왔어. 이웃에 사는 어떤 분이…, 이 집에서 비명 소리가 들렸다고 하던데."

"비명?" 나는 최대한 자연스럽게 웃음을 지어 봤다. "이상하네! 정말 여기서 들린 게 맞대?"

그의 시선이 내 눈을 붙잡았다. "그렇다는데."

나는 찡그린 얼굴로 열심히 머리를 굴리는 척했다. 그러다 마침내 손가락을 튕기며, "아! 그거다. 내가 거실 TV로 영화를 보고 있었거든. 그러다 부엌에 가면서 볼륨을 엄청 크게 해 놓은 바람에…, 영화에서 나오는 소리가 들렸던 게 확실해."

스콧은 고개를 끄덕이며 잠깐 생각에 잠겼다. 사람들은 스콧이 좋은 경찰이라고 한다. 친절하지만 꼼꼼한 경찰. 나는 두 손을 꽉 쥔 채 그가 내 말에 넘어가기만을 기다렸다. 손이 다시 떨리기 시작해 아래를 내려다보았다. 들킬까 봐 겁이 났다. 그리고 알아차렸다.

딱 붙는 회색 스커트 위에 찍힌 선명한 진홍색 점 하나.

오, 하느님. 이걸 어떻게 못 봤지? 치마에 피 한 방울을 묻힌 채로 문을 열어 줄 생각을 하다니. 나는 서둘러 다른 곳으로 눈을 돌렸다. 괜히 거기에 시선이 가게 만들면 안 된다. 내 스커트 위에 묻은 걸 본다면 스콧은 분명 안으로 들어오겠다고 우길 거다. 그렇게 되면 나는 끝이다.

"무슨 영화였어?" 마침내 그가 물었다.

"음," 내가 답한다. "〈스크림〉이었어. 니브 캠벨이랑 코트니 콕스

나오는 거."

그는 목을 가다듬었다. "그…, 가면 쓴 녀석이 나오는 그 영화?"

"맞아. 그러니까 당연히, 알잖아. 비명 소리가 나오지." 나는 미안해하는 듯 웃어 보였다. "이웃을 걱정시켰다면 죄송하게 됐네. 그래도 보시다시피, 여긴 아무 일도 없잖아?"

"흠…."

나는 숨을 죽인 채 정면만 바라봤다. 속으로 스콧에게 메시지를 보냈다.

아래 보지 마. 제발 아래 보지 마.

스콧이 고개를 옆으로 살짝 기울였다. "지금 혼자 있어?"

나는 머리카락을 만지작거리며 약간 무심한 듯 껄렁거리는 척을 해 보았다. 가볍게. 자연스럽게. **여긴 볼 거 없어요, 경찰관님.**

"응. 나 혼자야. 데릭은 아직 회사에 있고."

아래 보지 마. 제발….

마침내 스콧이 고개를 끄덕였다. "알겠어. 번거롭게 해서 미안해. 그냥 괜찮은지 확인만 하고 싶었어."

"당연하지!" 나는 웃음을 터뜨렸다. 내 귀에는 무척 이상하게 들렸는데, 그에게는 부디 그렇게 들리지 않기를 바랐다. "와 줘서 기뻐. 네가 날 지켜 준다고 생각하니까 되게 든든하다."

스콧의 광대가 아주 살짝 분홍빛으로 물들었다. 고등학교 때는 부끄러움을 느끼면 얼굴 전체가 새빨개지곤 했는데.

"그냥 내 일 하는 거지, 뭐."

"고마워. 다음엔 볼륨 안 키울게. 특히 무서운 영화 볼 때는!"

그가 나를 향해 손가락을 흔들었다. "꼭 그렇게 해."

"그리고 우리 언제 한번 봐야지." 내가 덧붙였다. "데릭이랑 나랑, 저녁 식사에 초대하고 싶어."

"좋지, 퀸."

스콧은 나와 데릭과 함께 저녁 식사를 하고 싶지는 않을 거다. 하지만 상관없다. 애초에 진심 어린 초대도 아니었으니까.

그는 느긋하게 현관 계단을 내려가더니, 우리 집 진입로 앞에 세워 둔 빨간색과 파란색 불빛을 번쩍이는 경찰차로 걸어갔다. 나는 스코티 드와이어와 마음먹고 헤어지려 했던 건 아니었다. 그런데 지금, 처음으로 문득 이런 생각이 든다. 그때 우리가 헤어지지 않았더라면 내 인생은 어땠을까. 내가 선택한 남자 데릭 대신 저렇게 선하고 존경받는 '법의 남자'와 결혼했다면, 나는 지금 스커트와 구두 밑창에 피를 묻힌 채 여기 서 있지 않았을 텐데…. 그것만큼은 확실하다.

나는 현관문을 닫았지만, 거실 창문 너머로 계속 스콧을 지켜봤다. 차에 시동을 걸고 도로로 나가서 시야에서 완전히 사라질 때까지 눈을 떼지 않았다.

갔다. 하느님 감사합니다.

이제 나는 편히 아래를 내려다볼 수 있다. 스커트에 묻은 핏자국은 지름이 대략 반 센티쯤 됐다. 옷에 묻은 피 얼룩을 빼 본 적은 지금까지 한 번도 없었지만, 왠지 내가 가장 아끼는 스커트가 끝장난 것 같은 기분이 들었다. 그래도 뭐, 그건 지금 내가 겪고 있는 문제 중 제일 사소한 축에 든다.

나는 다시 부엌으로 가면서 카펫에 피 묻은 발자국이 남았는지 꼼꼼히 확인했다. 부엌은 몇 분 전 내가 떠났던 상태 그대로였다. 싱크대 수도꼭지는 늘 그렇듯 똑똑 물을 흘리고 있었고, 연두색 행주에는 아직도 그 진홍색 얼룩이 선명했다. 건조대 위에 올려 둔 접시 세 장도 여전히 나란히 줄지어 있었고, 냉장고 위에는 내가 '키친타월 떨어짐'이라고 써 붙여둔 메모가 그대로 붙어 있었다.

그리고 내 남편은 여전히 부엌 바닥에 생긴 피 웅덩이 위에 죽은 채 누워 있었다.

2

이것 하나는 분명히 해 두고 싶다. 내가 그를 죽였다.

집사나 외팔이 남자가 범인이라 우길 생각은 없다. 내가 했다. 내 남편을 죽인 건 나다. 변명이라면 딱 하나, 그럴 만한 이유가 있었다는 것뿐이다.

나는 부엌에 서서 내가 그를 두고 간 자리에 그대로 누워 있는 데릭을 내려다봤다. 아직은 따뜻한 피가 그의 몸 밑에서 완벽하지 못한 모양의 원을 그리며 퍼져 있었다. 칼은 그의 옆에 떨어져 있었고, 손잡이에 내 지문을 고스란히 묻힌 채 피에 적셔져 있었다. 손잡이를 닦을까 잠깐 생각하기도 했지만…, 그런다고 뭐가 달라질까? 여긴 우리 집이다. 데릭을 죽일 동기가 나만큼 확실한 사람도 없다. 게다가 피 묻은 발자국을 카펫 여기저기에 남겨 놓기도 했고. 아, 그리고 방금 경찰이 와서 내가 집에 있는 걸 봤다. 데릭이 죽은 '딱 그때쯤'에.

그러니 지문 몇 개 남기는 것 정도는 걱정할 가치도 없다.

나는 그의 옆에 쪼그려 앉았다. 그 바람에 스커트에 피를 더 묻혔지만, 이 시점에서 스커트는 이미 끝장난 거나 마찬가지다. 데릭의 갈색 눈은 반쯤 벌어진 채 허공을 멍하니 바라보고 있다. 조각처럼 완벽한 얼굴이 그렇게 굳어 있었다. 얼굴 위의 근육은 내가 그를 알게 된 이후 처음으로 완전히 풀려 있었다. 데릭은 잠잘 때조차 늘 긴장해 있는 사람이었다. 이를 어찌나 세게 갈아대던지, 그 소리에 내가 깰 정도였으니까. 어쩌면 죽음이야말로 그에게 명상 앱으로는 끝내 얻지 못했던 진정한 휴식을 안겨 줬는지도 모른다. 어쩌면 마침내 더없이 황홀한 평안에 도달했을지도.

나는 그가 평안에 도달하지 않길 바란다고 말하면, 그건 너무 잔인한가?

그가 지금 이 순간 지옥에서 불타고 있길 바란다고 말하면, 너무 끔찍한가?

뭐, 어쨌든, 그게 사실이다.

이제 나는 다음 행동을 정해야 한다. 내가 보기에 선택지는 둘뿐이다.

1. 여기 남아서 자백한다.
2. 도망친다.

솔직히 첫 번째 선택지가 끌린다. 어쨌든 나는 이미 여기 있고, 그대로 눌러앉기는 매우 쉬우니까. 게다가…, 어쩌면 상황을 뒤집을 수도 있지 않을까? 이웃이 내 비명 소리를 들었다고 했으니까.

내가 진실을 말하면 누가 믿어 주지 않을까? 데릭이 여기 이렇게 죽은 채 누워 있지 않았다면, 내가 이 자리에 누워 있었을 거라는 걸. 결국 선택지는 둘 중 하나였다는 걸. 데릭이냐 나냐, 그것뿐이었다는 걸.

나는 내 목으로 손을 가져갔다. 그의 손가락이 조여오던 자리가 아직도 욱신거린다. 조금 지나면 멍도 생길 거다. 데릭이 이전에 내 몸에 멍을 남긴 적이 없는 건 아니다. 다만 적어도 사람들 눈에 보이는 곳에는 남기지 않았었다. 그의 씩씩거리는 목소리가 아직도 귓가에 생생하다.

'왜 이 시간에 집에 있어? 여기서 누구 만날 생각이었지?'

죽는 게 그였냐 나였냐, 어쩌면 배심원단이 내 손을 들어 줄지도 모른다.

하지만…, 사실 그럴 가능성은 높지 않다. 데릭은 이 동네에서 누구에게나 호감을 사는 사람이었고, 인맥도 넓었다. 뉴잉글랜드에 사는 사람이라면 다 안다는 그 사업체의 주인이었으니까. 그리고 더 중요한 건, 그의 가족이 '줄이 닿아 있는' 사람들이라는 사실이다. 데릭의 가족은 현직 정치인들에게 빠짐없이 기부해 왔다. 지방 검사들까지 포함해서. 그리고 그들은 애초에 나를 좋아하지 않았다. 내가 무슨 짓을 했는지 알게 되는 순간, 그들은 나를 평생 감옥에서 썩도록 만들 때까지 절대 멈추지 않을 거다. 가진 돈을 한 푼까지 다 털어서라도 내가 죗값을 치르게 할 거다.

그러니 남은 선택지는 하나다. **도망친다.**

나는 이 집을 떠나고 싶지 않다. 은행 일도 그만두고 싶지 않다. 부모님은 이미 돌아가셨지만, 언니 클라우디아는 차로 20분 거리에 산다. 내가 어느 날 갑자기 증발해 버리면 언니는 무너질 거다. 그래도⋯, 이해는 해 줄 거다. 언니는 데릭을 안다. 그가 어떤 인간인지.

오늘은 금요일 오후다. 운이 좋다면, 월요일까지는 누구도 이 일을 알지 못할 것이다. 물론 그때가 되면 우리 둘 다 출근하지 않는 걸 이상하게 느끼겠지만. 하지만 그건 드와이어 부보안관이 이 집에 다시 찾아오지 않는다는 것을 전제로 한 이야기이고, 언니가 불쑥 들르지 않는다는 것을 전제로 한 이야기이고, 또는 그럴 가능성이 매우 크지만, 데릭의 엄마가 아무 이유도 없이 들이닥치지 않는다는 것을 전제로 한 이야기이다. 그 여자는 내가 '형편없는 아내'인 이유를 세어 보려고 수시로 찾아오니까. 공정하게 말하자면, 이번만큼은 그녀가 100% 맞다.

나는 다시 허리를 일으켜 세우고 남편의 시체를 내려다봤다. 아무튼 누가 이 집에 들어오는 순간 나는 끝이다. 들어오면 바로 시체를 보게 될 테고, 그때부터 추적이 시작될 거다. 데릭의 엄마는 집 열쇠도 가지고 있다. 자기가 원할 때면 언제든 집에 들어오고 싶어 했으니까. 그러니 내가 사흘이나 먼저 도망칠 확률은 솔직히 크지 않다. 그래도⋯, 하루 정도는 벌 수 있을지도 모른다. 스물네 시간만이라도.

만약 상황이 반대가 돼서, 지금 바닥에 누워 있는 게 나였다면 어땠을까. 그랬으면 데릭은 나를 번쩍 들어 트렁크에 쑤셔 넣고 어디 물가로 가 던져 버릴 수도 있었을 거다. 그리고 아무 일도 없었다는 듯 집에 돌아와 증거를 싹 치웠겠지. 하지만 나는 그렇게는 못 한다. 데릭은 나보다 최소 삼십몇 킬로는 더 나간다. 내가 그를 들어 올릴 방법은 없다. 데릭은 부엌 바닥에서 죽었고, 거기 그대로 남을 거다. 뭔가 해 보려 하다가는 소중한 시간만 낭비하게 된다.

아니, 도망칠 거라면 지금 당장 뛰어야 한다.

하지만 그 전에 갈아입어야 한다.

나는 계단을 뛰어올라 침실로 갔다. 오늘 아침 데릭의 취향대로 침대를 말끔히 정리해 두었었다. 아이보리색 다마스크 원단 이불을 반듯하게 접어 침대를 덮고, 베개는 세워서 빵빵하게 두드려 놓았다. 엄마는 어릴 때부터 내게 이불 정리를 시켰지만, 성인이 된 뒤로는 전혀 하지 않았다. 결혼하기 전까진. 데릭이 그걸 요구한다는 걸 알게 되기 전까진. 그것도 그냥 정리만 하면 되는 게 아니었다. 그의 '규격'대로, 아주 까다로운 방식으로 정리해야만 했다.

몇 달 전 일이 불쑥 떠오른다. 원래는 이불 끝을 베개 아래로 접었어야 했는데, 내가 베개 위로 접어 올려 버렸던 날이었다. 데릭이 침실로 들어와 그걸 보더니 눈을 가늘게 떴고, 그 순간 내 속이 그대로 꺼지는 걸 느꼈다.

'아침에 이렇게 해 놓고 집을 나가? 돼지우리처럼 해 놓고?'

솔직히 집의 다른 곳은 흠잡을 데 없이 깨끗했다. 나는 손수 구석구석 청소해야 했다. 데릭이 가정부를 들이는 걸 싫어했기 때문이다. 데릭은 남이 우리 집에 들어오는 건 싫다고 하면서 그러니 집이 지저분한 건 전부 내 책임이라고 못 박았다. 그래서 나는 풀타임 직장에 다니면서도 요리하고 청소하고 장 보고…, 전부 다 해야 했다.

그날 데릭이 내게 소리 지르던 기억을 억지로 머릿속에서 밀어 냈다. 침대 위를 내려다보자, 갑자기 참을 수 없는 충동이 치밀어 올랐다. 이불을 구겨 버려서 그를 열받게 하고 싶었다.

하지만 아니, 그럴 시간이 없다. 나는 이미 그를 죽이는 걸로 충분히 그를 열받게 했다.

시간이 턱없이 부족한데도, 나는 옷을 모조리 벗어 던지고 샤워 부스로 뛰어들어 뜨거운 물을 틀었다. 부엌엔 피가 너무 많았다. 사람 몸에서 이렇게 많은 피가 나올 수 있다는 게 믿기지 않을 정도였다. 내 몸에 피 한 방울이라도 묻힌 채로 집을 나설 수는 없다. 어디서 잡히든지, 나는 착하고 순진해 보여야만 한다. 피 묻은 손, 핏방울이 튄 얼굴은 절대 안 된다.

샤워기 물 온도를 더 올렸다. 더 뜨겁게, 살이 데일 만큼. 그 뜨거운 물이 온몸을 타고 흐르는데도 통증 따윈 느껴지지 않았다. 눈을 감을 때마다 그가 나를 향해 달려드는 모습이 보였다.

'네가 날 바보로 만드는 것도 이번이 마지막이야, 퀸.'

내 목에 감긴 그의 손가락이 기도를 누르며 조여 왔다. 나는 허우적거리다가 부엌 조리대 위 칼꽂이에 오른손이 닿았고….

나는 침을 삼키며 떨리는 손으로 물 온도를 끝까지 올렸다. 신경 말단이 비명을 질렀지만, 오히려 그게 좋았다.

샤워를 마치고 부스 밖으로 나오니 피부가 새빨갛게 되어 있었다. 수건을 몸에 두르고 세면대 위 거울 속에 비친 내 얼굴을 바라봤다. 놀랄 것도 없이 엉망이다. 눈은 퀭하게 꺼져 있고, 금발 머리는 물에 젖어 두피에 딱 붙은 채 축 늘어져 어깨를 타고 내려와 있다. 젖어 있는데도 검은 뿌리가 올라온 게 보였다. 어젯밤엔 그

가 지적했었다. '숍에 좀 다녀와, 퀸.'

처음 데릭을 만났을 때 내 머리는 어깨 길이의 갈색이었다. 하지만 그는 내 머리가 길고 금발이길 원했다. 그렇게 몇 년을 금발로 살았지만, 그 머리를 한 나는 한 번도 '나' 같지 않았다.

그래. 이제 이 머리도 관둘 수 있다.

머리색은 당장 어쩔 수 없지만, 적어도 길이는 지금 줄일 수 있다. 나는 약장 안쪽에서 가위를 꺼냈다. 나 자신에게 생각할 틈도 주지 않고 턱선까지 한 번에 싹 잘라냈다. 끝이 고른지 확인할 여유도 없었고, 손이 계속 떨려서 더 엉망이 되어 갔지만 상관없었다. 전부 다 해서 60초 걸렸다. 잘라 낸 머리카락은 변기에 쓸어 넣고 물을 내려 버렸다. 아무도 내가 머리를 잘랐다는 걸 모르도록.

됐다. 머리를 이렇게 짧게 자르니 확실히 다른 사람처럼 보인다. 충분하진 않지만, 이걸로 시작은 했다.

나는 가능한 한 빠르게 가방을 쌌다. 티셔츠 몇 장, 브라, 속옷, 바지, 그리고 비싼 장신구도 전부 챙겼다. 필요할 때 팔 수 있으니까. 그리고 옷장 뒤쪽에 있는 신발 상자를 꺼내 열었다. 틈날 때마다 숨겨 둔 현금과 여권이 들어 있었다. 오늘 같은 날이 올 줄 어쩌면 알고 있었던 것 같다. 가지고 있는 돈이 많지는 않지만, 몇 주는 버틸 수 있을 거다. 현금 인출기도 이용할 수는 있다. 하지만 조심해야 한다. 돈을 인출할 때마다 경찰이 쫓을 흔적을 남기게 될 테니까.

그 생각만 해도 속이 울렁거린다. 이제 이게 내 인생이다. 경찰을 피해 숨어 사는 삶. 다시는 이 집에 못 돌아올 거다. 다시는 언니도 못 볼 거다.

하지만 그게 아니라면 감옥에서 평생을 썩어야 한다.

가방을 다 싸고 나서, 나는 계단 위에서 아래로 내려가길 주저했다. 뱃속이 요동쳤다. 위층에 너무 오래 있었다. 쓸데없이 버린 시간이 너무 많았다. 스콧이 다시 확인하러 돌아왔으면 어떡하지? 내가 〈스크림〉을 보고 있었다는 말을 사실 믿지 않았던 거라면? 1층이 경찰로 가득 차 있고, 다들 내 손에 수갑을 채우려고 기다리고 있으면?

내 운동화가 계단을 '쿵, 쿵' 하고 내디뎠다. 나는 일부러 천천히 내려갔다. 아래층에서 누가 나를 기다리고 있지는 않은지 살폈다. 심장이 미친 듯이 뛰었다. 위에서 그렇게 시간을 쓴 건 진짜 멍청한 짓이었다. 손에 들 수 있는 것만 챙겨서 바로 뛰었어야 했다.

하지만 거실은 조용했다. 내가 두고 간 그대로.

하느님 감사합니다.

두 번 다시 같은 실수는 안 한다. 거실을 둘러보면서 뭘 더 챙길지 고민하는 일 따위는 하지 않는다. 여기 있는 건 전부 다 버려도 된다. 어차피 뭘 가져가겠어? 스키 여행에서 찍은 나와 데릭의 사진? 절대 싫다. 나는 그의 완벽하고, 잘생기고, 자신만만한 얼굴을 잊고 싶다.

그래서 나는 바로 차고로 갔다. 내 파란 토요타 코롤라가 거기서 있다. 우리 집 차고는 차 두 대를 댈 수 있고, 데릭의 포르쉐가 내 코롤라 옆에 나란히 주차돼 있었다. 그는 왜 내가 자기처럼 비싸고 근사한 차를 안 타는지 이해하지 못했다. 왜 싱글일 때 타던 이 구식 코롤라를 계속 붙잡고 있냐고.

그는 몰랐다. 이 차는 내 거다. 내가 번 돈으로 산 유일한 내 것. 말도 안 되게 호화로운 이 집 그리고 가구들과는 달리, 지금까지도 '내 것'으로 느끼는 마지막 물건이다.

나는 코롤라에 올라타 시동을 걸었다.

그리고 도망쳤다.

3

나는 내가 어디로 가는지도 몰랐다.

무슨 치밀한 계획을 세우고 벌인 일이 아니었다. 아침에 눈 뜨자마자 그래, 오늘은 남편을 죽이는 날이야! 하고 마음먹은 것도 아니었고. 그런 생각을 했었더라면 적어도 기름부터 채워놨겠지.

날씨도 하필 오늘이 이럴 줄 알았나. 올해 12월은 이상하리만치 따뜻했는데, 꼭 오늘 같은 날에만 얼어붙는 비가 내린다. 비와 눈이 뒤섞인 그 사랑스러운 것들이 도로 위에 천천히 달라붙었고, 차 앞 유리를 뿌옇게 만들었다. 나는 겁나지 않을 만큼만 속도를 내서 달렸다. 그사이에 해는 계속 저물었고, 시야는 점점 더 어두워졌다.

마치 벌써부터 데릭이 무덤에서 나와 나를 붙잡고 늘어지는 것만 같다.

그래도 멈출 수 없다. 계속 가야 한다. 내가 남편을 죽인 그 집에서 최대한 멀리 떨어져야 한다. 시간이 없다.

나는 북쪽으로 갈 거다. 국경을 넘어야 한다. 멕시코보다 캐나다가 훨씬 가깝다. 국경 검문소에서 심사관이 내 여권을 대충 훑고 그냥 통과시켜 주기만을 바랄 뿐이다.

차를 몰기 시작한 지 20분도 채 안 됐는데, 휴대폰이 울린다. 차 안 디스플레이에 '클라우디아 딜레이니'라는 이름이 뜬다.

언니다.

전화를 받아야 하나, 말아야 하나, 망설여진다. 내가 친구가 없는 것도 아니고, 직장 동료 중에 좋은 사람도 없진 않지만…, 정말로 그리워할 사람은 클라우디아뿐이다. 언니는 나보다 네 살 많고, 특히 내가 열네 살 때 부모님이 돌아가신 뒤로는 줄곧 나를 챙겨 줬다. 언니가 이 일을 알게 되면 걱정으로 미쳐 버릴 거다.

이번을 마지막으로, 꼭 얘기해야 한다. 내가 괜찮다는 걸 알려 줘야 한다. 나는 통화 버튼을 눌렀다.

"언니!" 지나치게 명랑한 목소리로 인사해 버렸다. 스스로도 이건 좀 심했나 싶을 정도였다. 언니가 바로 눈치챌 거다.

"퀸." 언니 목소리가 들렸다. "어디야? 지금 시간 돼?"

이 얼마나 터무니없는 질문인지, 웃음이 나올 뻔했다. "지금은…, 아니. 나 아직 회사야."

"몇 시에 끝나? 저녁 먹을까?"

"아니. 나…," 나는 핸들을 너무 꽉 쥐어서 손마디가 하얗게 질릴 정도가 됐다. "오늘 늦게까지 일해야 해."

"또?" 언니가 혀를 찼다. "은행에서 너 너무 굴린다, 진짜."

"응." 나는 힘없이 웅얼거렸다.

클라우디아가 쯧쯧거리며 말했다. "그럼 이건 어때. 내가 오늘 밤 와인 한 병 들고 갈까? 같이 넷플릭스나 보자."

"안 돼!" 신호가 빨간불로 바뀌어서 나는 급히 브레이크를 밟았다. 앞차를 들이받을 뻔한 걸 간신히 멈췄다. 사고를 내지 않는 것만이 지금 내게 필요한 전부이다. "아니. 그러니까…, 내가 두통이 좀 있기도 하고, 오늘은 별로야. 누굴 만나고 싶지가 않네."

수화기 너머로 긴 침묵이 흘렀다.

"퀸." 언니가 조심스럽게 물었다. "너 괜찮아?"

"괜찮아!" 그 말에 목소리가 갈라져 나는 헛기침을 했다. "진짜 괜찮아, 언니. 정말로."

"정말 괜찮아?"

나는 핸들을 더 세게 움켜쥐었다. 언니의 동그란 얼굴, 큐피드처럼 도톰한 윗입술, 그리고 단정한 단발머리가 떠오른다. 진실을 말할 수만 있다면 얼마나 좋을까. 지금 무슨 일이 일어났는지, 내가 무슨 짓을 했는지, 그걸 언니에게 털어놓고 싶다. 이 세상에 단 한 사람이라도 날 이해해 줄 사람이 있다면, 그건 바로 언니다.

하지만 언니에게 사실을 말하면 언니는 내가 돌아와야 한다고 할 거다. 나를 잃고 싶지 않으니까, 집으로 돌아오라고 하겠지. 그런데 그건 내가 절대 하면 안 되는 일이다. 언니는 데릭 가족의 인맥이 얼마나 깊고 넓은지 모른다. 데릭을 싫어하긴 해도, 언니는 그가 얼마나 끔찍한 사람인지 전부 알지는 못한다. 나는 그동안 언니에게 자세한 이야기를 못 했다. 언니가 자세한 걸 다 알면 데릭을 밀대로 때려죽일 게 뻔했으니까. 언니는 그만큼 나를 지켜 주고 싶어 하는 사람이다. 하지만 솔직히 나조차 데릭이 얼마나 최악인지 제대로 깨달은 건 오늘이 처음이었다.

"괜찮아." 내가 말했다. "진짜야."

"세 가지 맛에 체리 얹어서 약속해?"

그건 우리가 어릴 때 늘 하던 말이었다. 동네 아이스크림 가게에서 파는 것 중에 세 가지 맛 아이스크림 위에 체리 하나가 올라가는 게 있었는데, 그게 우리 최애였으니까.

"응. 세 가지 맛에 체리 얹어서 약속해."

"좋아." 언니 목소리에서 서운함이 묻어났다. "근데 너 나한테 외식 한 번 빚졌잖아. 내일 저녁은 롭이랑 먹기로 했는데…, 일요일은 어때?"

나는 침을 삼켰다. 일요일엔 안 된다. 내가 나타나지 않으면 언니는 우리 집으로 올 거다. 그리고…, 데릭의 시체를 발견하는 사람이 언니가 되어서는 안 된다. 언니가 그런 일을 겪게 할 수는 없다.

"그럼 월요일은 어때?"

"콜. 돈나텔로스에서 일곱 시에 만나. 늦지 마!"

"안 늦어." 나는 잠깐 머뭇거렸다. 미친 듯이 '사랑해'라는 말이 하고 싶었다. 클라우디아는 내 유일한 가족이고, 어쩌면 다시는 못 볼지도 모른다. 사랑한다고 말하고 싶은데, 그러면 언니가 분명히 이상하다고 느낄 거다. 통화를 끝낼 때 우리가 늘 하던 말이 아니니까. 그래서 대신 "끊을게, 언니"라고만 말했다.

"응. 그리고 진짜 나 기다리게 하지 마!"

전화를 끊고, 나는 잠깐 멍하니 앉아 차 앞 유리에 부딪히는 얼어붙은 비를 바라봤다.

"사랑해, 언니." 나는 앞을 향해 중얼거렸다.

그리고 울기 시작했다.

◆

아이러니하게도, 데릭을 처음 만났을 때 나는 그에게 전혀 끌리지 않았었다.

이상한 일이었다. 그러니까…, 그가 얼마나 잘생겼는지를, 아니, 잘생겼었는지를 생각하면 말이다. 그가 내가 일하는 자그마한 뉴햄프셔 은행으로 들어오던 순간이 아직도 눈에 선하다. 반짝이는 밤색 머리카락과 깊은 갈색 눈, 조각처럼 완벽한 얼굴로 실내를 환하게 밝혀 버리던 그 남자. 아르마니 정장이 마치 피부처럼 그의 몸에 착 달라붙어 있었다. 내가 가진 모든 물건을 다 합쳐도, 내 망할 차까지 포함해서, 그 정장 한 벌 값보다 쌌을 거다.

내 옆자리에 앉아 있던 멜로디가 나를 세게 쿡 찌르더니 자기 입술을 핥았다. 나는 속으로 데릭이 멜로디 앞에 앉아 주길 바랐다. 그런데 아니었다. 그는 내 앞에 앉았다.

데릭은 내게 자신이 처한 상황을 설명했다. 그의 가족은 보스턴에 기반을 둔 꽤 큰 사업체를 가지고 있었고, 이제 뉴잉글랜드 전역으로 확장하려는 중이라고 했다. 그가 회사 이름을 말하는 순간, 나는 입이 떡 벌어졌다. 본능적으로 그를 돕기에 우리 은행은 너무 작은 게 아닌가 싶었다. 그런데 그는 우리처럼 작은 은행만이 해 줄 수 있는 '맞춤 서비스'를 원한다고 했다.

그러니까 말하자면, 그가 바라는 건 우리가 허둥지둥 굽신거리며 '자신을 모시는' 거였다.

은행 부행장이 직접 나와서 그에게 인사했다. 그리고 담당이 나라는 걸 알자, 내게 의미심장한 눈빛을 보냈다. '이 손님은 정말 잘 해드려야 해, 퀸.'

그래서 나는 계좌 개설을 마친 뒤에 데릭이 '퇴근하고 나서 술 한잔하자'라고 했을 때, "네"라고 했다. 어쨌든, 잘해 줘야 했으니까.

그때 나는 싱글이었다. 그리고 데릭은 술을 마시는 동안에 믿기 어려울 정도로 친절하고 매력적이었다. 솔직히 그걸로 완전히 그를 믿게 된 건 아니었다. 그렇게 돈이 많고, 그렇게 잘생긴 사람을 어떻게 아무 의심도 없이 믿을 수 있겠어? 적당한 경계심을 갖는 게 당연했다. 하지만 그날 저녁이 깊어질수록 그는 나를 조금씩 무너뜨려 갔다. 그가 토요일 밤에 다시 저녁 식사를 하자고 했을 때, 나는 결국 고개를 끄덕이고 말았다.

그리고 불과 여섯 달 뒤, 그는 내게 청혼했다. 또 그로부터 여섯 달 뒤, 우리는 결혼식을 올렸다. 그 1년 동안은 마치 구름 위에 떠 있는 기분이었다. 데릭은 내가 만나 본 남자 중 가장 멋지고 다정한 남자였다.

모든 게 바뀐 건 우리가 부부가 된 뒤부터였다.

그때 우리 은행에 들어와서 데릭은 새 은행을 찾는 중이라고 했지만, 지금 와서 생각해 보면 그가 진짜로 찾고 있던 건 은행이 아니라 아내였다. 그는 나를 한 번 보고는 '이거다' 하고 정해버렸다. 아직도 모르겠다. 도대체 내 어디가 그를 끌어당겼었는지. 아니면 그냥 순전히 운이었을지도. 만약 그가 멜로디 앞에 앉았더라면, 지금 주 경계선을 향해 달리고 있는 건 내가 아니라 멜로디였겠지.

　나는 모든 게 지금과 달랐더라면 하고 생각했다. 데릭이 그가 되겠다고 약속한 그런 남자가 돼 주었더라면. 아니, 차라리 내가 언니의 말을 들었더라면. 언니의 충고대로 그 사람한테서 멀리, 아주 멀리 떨어져 있었더라면.

　하지만 이제 와 무슨 소용이겠어. 지금 손에 쥔 패만으로 계속 게임을 하는 수밖에 없다.

4

연료통이 거의 비었다. 계기판 연료 게이지에는 점이 열두 개까지 찍히는데, 지금은 마지막 한 점만이 남았다. 그 한 점이 얼마나 버텨 줄지는 모르고, 알고 싶지도 않다. 기름을 넣어야 한다. 지금 당장.

고속도로를 달린 지 30분쯤 됐다. 나는 다음 휴게소 표지판을 찾았다. 사람들이 거의 내리지 않는, 작고 눈에 덜 띄는 휴게소의 표지판이 나타나 주길 바랐다. 아직 아무도 나를 찾고 있을 것 같지는 않았지만, 확신할 순 없었다.

그러다 '로코 주유소'라는 조그만 표지판을 발견하고 나는 고속도로를 빠져나왔다. 주유기가 두 개뿐인 작은 주유소에 들어서자, 정확히 내가 원했던 그런 곳이라 안도감이 밀려왔다. 조용한 셀프 주유소, 작은 매점 하나, 그리고 카운터에 앉아 있는 나이 지긋한 노인 한 분. 주유소에 있는 차는 내 차 말고 딱 한 대뿐이었다. 한

때는 근사했을, 낡아빠진 회색 픽업트럭.

나는 남아 있는 주유기 옆에 차를 대고 주유구 덮개를 열었다. 검은 코트를 끝까지 여미고 후드를 뒤집어쓴 뒤 추위 속으로 내려섰다. 얼어붙은 빗방울이 곧바로 얼굴을 때렸다. 그래도 별 느낌이 없다. 이제는 아무것도 제대로 느껴지지 않는다.

'네가 날 바보로 만드는 것도 이번이 마지막이야, 퀸.'

그의 마지막 말이 너무 선명해서, 마치 내 귀에 대고 다시 속삭이는 것 같다. 데릭이 나를 향해 달려드는 장면이 머릿속에서 떠나지 않았다. 얼굴에 가득했던 분노. 그는 내가 바람을 피운다고 확신했지만, 나는 다른 남자를 쳐다본 적조차 없다. 말 붙이는 것조차 무서웠다. 한 번은 데릭이 은행에 찾아와서, 내가 잘생긴 남자 고객과 얘기하는 걸 목격한 적이 있었다. 그날 밤 그는 거의 미쳐 있었다. 데릭 자신도 한때 내 고객이었다는 사실이 상황을 더 꼬이게 했다. 그날 이후로 나는 나이 지긋한 노인이 아닌 이상 남자 고객은 될 수 있으면 동료에게 넘겨 버렸다.

하지만 이제 나는 안전하다. 데릭은 더 이상 내게 접근할 수 없다.

두 번 다시는.

나는 신용카드를 꽂고 보통 휘발유를 선택해서 연료통을 가득 채웠다. 이게 내가 신용카드를 쓰는 마지막이 될 거다. 매점 안에 ATM이 있으니, 거기서 뽑을 수 있는 만큼 현금을 뽑아야 한다. 그 다음엔 끝이다. 완전히 잠적하는 거다.

주유를 끝내고 매점 안을 힐끗 봤다. 노인은 여전히 카운터 뒤에 앉아 있고, 픽업트럭 주인은 매점 안을 어슬렁거리고 있다. 나는 주머니를 뒤져 휴대폰을 꺼냈다. 매점을 계속 주시하면서 픽업 트럭 짐칸에 깔린 파란 방수포 위로 휴대폰을 툭 떨어뜨렸다. 휴대폰으로 나를 추적할 수 있는지는 모르겠지만, 만약 추적한다면 저 남자를 쫓게 될 거다. 그게 내게 시간을 조금이라도 더 벌어 주길 바란다.

매점에 들어서자마자 가장 먼저 눈에 들어온 건 카운터 뒤에 설치된 TV 화면이었다. 노인은 심심풀이로 그걸 보고 있다. 지역 뉴스가 나오고 있다.

"날씨가 아주 엉망이야, 그렇죠?" 노인이 말했다. 입가에는 침이 조금 고여 있었다.

나는 흐릿하게 웃어 보였다. "네."

나는 잠깐 그 자리에 서서 후드를 벗을지 말지 고민했다. 후드가 머리와 얼굴 일부를 가려 주긴 한다. 하지만 그렇다고 실내에서 털 달린 후드를 쓰고 돌아다니는 미친 사람으로 기억되고 싶진 않다. 잠깐 망설이다가, 그냥 쓰고 있기로 했다.

냉장 진열대에 샌드위치가 몇 개 놓여 있었지만, 주유소 매점에서 파는 에그 샐러드 샌드위치를 먹는 건 그다지 내키지 않았다. 이 샌드위치, 혹시 내가 태어나기 전부터 있었던 거 아닐까. 대신 견과류 믹스와 에너지바 몇 개를 집었다. 그런데 그때 '치즈 두들스' 한 봉지가 눈에 들어왔다. 나 치즈 두들스 진짜 좋아하는데. 지난 2년 동안 치즈 두들스를 먹지 못했다는 걸 깨달았다. 데릭이 내가 뭘 먹는지 늘 눈을 부릅뜨고 감시했으니까.

'퀸, 입에 또 뭘 쑤셔 넣는 거야? 너 요즘 꽤 통통해졌더라.'

그의 친구들과 저녁을 먹던 날, 내가 디저트로 초콜릿 무스를 시켰다는 이유로 그는 난리를 쳤다. 집에 오자마자 나를 욕실 체중계 앞으로 끌고 갔고, 그날 이후 우리는 정기적으로 '체중 검사'를 했다. 그는 매주 작은 수첩에 숫자를 적어 뒀다. 나는 체중계 위에 올라설 때마다 숨을 죽였다. 지난주보다 1파운드라도 더 나가면 그가 미쳐 버릴 게 뻔했으니까.

나는 견과류 믹스와 에너지바를 다시 내려놓았다. 대신 치즈 두들스와 오레오 한 상자를 집어 들었다. 체중계는 데릭과 함께 지옥으로 꺼져 버려. 어차피 데릭은 벌써 지옥에 있을 테지만.

계산하기 전에 ATM부터 갔다. PIN 번호를 누르는 손가락이 덜덜 떨렸다. 인출 한도는 고작 200달러. 턱없이 부족하지만, 어쩔 수 없다. 젠장.

현금을 뽑는 순간, 등 뒤로 시선이 꽂히는 게 느껴진다. 뒤를 돌아보니 스물다섯쯤 돼 보이는 남자가 서 있었다. 나보다 거의 한 뼘은 더 키가 크고, 팔과 다리는 나무토막처럼 굵다. 아마 아까 그 픽업트럭의 주인일 거다. 그가 나를 향해 씩 웃었고, 나는 최대한 티가 안 나게 고개를 끄덕였다.

냉장고에서 물 두 병을 더 집어 드는데도 그 남자의 시선이 계속 따라붙었다. 데릭은 늘 남자들이 나를 쳐다본다고 질투했지만, 지금 나는 커다란 패딩 코트를 입고 후드까지 뒤집어쓴 상태다. 대체 왜 저러는 거지?

나 지금은 이런 거 원하지 않아. 빨리 여길 나가서 다시 도로를 달려야 한다.

물병과 치즈 두들스와 오레오를 양팔에 끼고 카운터로 향했다. 그 덩치 큰 남자가 뒤를 따라왔다. 신은 부츠가 질척이며 바닥에 젖은 발자국을 남겼다. 이번엔 일부러 뒤돌아보지 않았다.

나는 물건을 전부 카운터 위에 털어놓고, 진열대에서 트윅스 두 개를 더 집어 들었다. 신용카드는 이번 한 번만 더 쓰자. 주유할 때 이미 썼으니, 여기서 아낄 이유가 없다.

"이게 다요?" 카운터 뒤 노인이 물었다.

나는 고개를 끄덕였다. 이젠 등 뒤의 시선이 내 몸을 뚫고 들어오는 느낌이다. 제발 빨리 여기서 나가야 한다.

노인이 계산하는 동안, 나는 TV 화면을 힐끗 봤다. 여전히 뉴스다. 지역 뉴스. 가슴이 꽉 조여온다. 나는 뉴스에서 무슨 소식을 전하는지 들으려고 숨을 참고 귀를 세웠다. 학교 난방 시스템에 무슨 문제가 생겼다는 것 같다. 좋았어. 지역에 사는 부부의 집에서 시체가 발견됐다면 뉴스에서 난방기 얘기 따위 하고 있을 리 없다.

하지만 시간문제다. 결국 데릭은 발견될 거다.

"여기요." 노인이 카운터를 가로질러 종이봉투를 내 앞으로 밀어줬다. 그런 다음 내 신용카드에 적힌 이름을 힐끗 봤다. "좋은 하루 보내요, 퀸."

내 이름이 나오자 나는 흠칫했다. 하지만 괜찮다. 난 다시 도로로 나가면 된다. 경찰이 여기까지 나를 추적해 오더라도, 그땐 이미 멀리 달아나 있을 테니까.

그런데 내가 문으로 향하자 그 픽업트럭 남자도 동시에 문 쪽으로 걸어왔다. 분명 나를 따라오는 거다.

나는 주머니를 허겁지겁 뒤져 차 열쇠를 찾았다. 이 상황에서 내가 할 수 있는 건 최대한 빨리 차에 올라타는 것뿐이다. 노인이 아직 지켜보고 있으니, 저 남자가 여기서 나를 공격하진 못할 거다.

문밖으로 나서는 순간 차가운 공기가 얼굴을 세차게 후려친다. 내가 매점 안에 있는 사이 기온이 최소 10도는 더 떨어진 것 같다. 비가 아직 완전히 눈으로 바뀌지는 않았지만, 곧 그렇게 될 거다. 도로 위에서 얼마나 더 버틸 수 있을까?

더 최악인 건, 내 뒤에서 그 남자의 발소리가 들린다는 사실이다.

나는 걸음을 재촉했다. 그가 내게서 뭘 원하는지는 모르겠지만, 좋은 일이 생길 리는 없다. 내 차까지는 약 6미터. 딱 6미터만 더 가면 된다. 내가 스마트키 버튼을 누르자 코롤라의 라이트가 번쩍 켜졌다. 거의 다 왔다.

그런데 그때 우람한 손이 내 어깨를 움켜쥐었다.

5

"퀸?"

그가 내 이름을 안다. 주유소에서 마주친 낯선 남자가 내 이름을 부르고 있다. 물론 아까 노인이 내 신용카드를 보고 이름을 불렀으니 그걸 들었을 수도 있다. 하지만 내가 홱 돌아서자, 그의 얼굴에서 '아는 사람을 본' 표정이 확실히 보였다.

"퀸 맞죠?" 그가 다시 말한다.

"아…," 나는 손에 든 비닐봉지를 내려다봤다가 다시 그의 얼굴을 올려다봤다. 덩치에 비해 얼굴엔 위협적인 구석이 하나도 없다. "네…."

그가 씩 웃었다. "나 빌 월시예요. 기억해요? 예전에 내가 꼬맹이였을 때 누나가 우리 집에 와서 날 봐줬었잖아요."

나는 입이 떡 벌어졌다. 그가 할 거라고는 상상도 못 한 대사였다. "아…."

그는 손바닥을 비비며 반색했다. "기억나요?"

나는 십 대 때 베이비시터 아르바이트를 꽤 많이 했다. 빌 월시라는 이름이 어렴풋이 익숙하긴 하다. 다만, 이 우람한 남자가 꼬마 때와 똑같이 생겼을 리가 없다. "물론이지." 나는 거짓말을 했다.

그의 눈이 환해졌다. "누난 내가 제일 좋아하던 베이비시터였어요. 쿠키도 원하는 만큼 먹게 해 줬잖아요."

그게 내가 반길만한 추억인지는 모르겠지만, 뭐…, 더 나빴을 수도 있었으니까. 하지만 문제는 머리색도 그때와는 다르고, 단발로 대충 잘라 버렸고, 후드가 얼굴을 거의 다 가리고 있는데도 그가 나를 알아봤다는 사실이다. 생각보다 내가 훨씬 덜 숨긴 모양이다.

"그리고…," 그가 장난스레 눈을 반짝였다. "나 누나 엄청 좋아했어요. 누나도 알았을 텐데."

춥고 비까지 오는데, 내가 원하는 건 그냥 빨리 차에 타서 여길 떠나는 것뿐이다. "몰랐는데."

"어?" 그가 뒤통수를 긁적였다. 나는 후드를 쓰고 있는데, 그는 모자도 안 썼다. 춥지도 않나? "아무튼요. 우리 언제 한번 만나서 얘기 좀 해요. 옛날얘기도 하고."

나는 볼이 화끈해졌다. 어이가 없다. 아무도 없는 한적한 주유소에 들렀을 뿐인데, 15년 전에 내가 돌봐 주던 꼬마가 나타나, 갑자기 나한테 데이트 신청을 하고 있다니.

"저기," 내가 말했다. "미안한데 나 버몬트로 이사 갈 거라서. 이 지역엔 더 안 있을 것 같아." 나는 어깨를 으쓱해 보였다. "그래도 다시 봐서 반가웠어, 빌리."

그의 표정이 순식간에 어두워졌다. "아…, 그럼 번호라도 주면…."

"미안." 나는 딱 잘라 말했다.

대답을 기다리지도 않고 나는 돌아서서 차까지 남은 거리를 걸어갔다. 운전석 문 앞에 다다라서야 뒤를 살짝 봤다. 그는 아직 거기 서서 나를 보고 있었다.

젠장. 내가 왜 하필 그의 픽업트럭에 휴대폰을 던져 넣었을까. 나는 그가 내가 가려는 방향과 반대 방향으로 가는 낯선 사람일 거라 기대했었다. 그래서 내 휴대폰이 경찰을 엉뚱한 데로 끌고 가길 바랐는데…. 그런데 그가 내가 떠나온 곳으로 돌아가는 중이라면, 경찰은 5분도 안 돼서 내 휴대폰이 그의 트럭 짐칸에 있다는 걸 알아차릴 거다.

더 나쁜 건, 그가 경찰에게 지금의 내 인상착의를 말해 줄 수도 있다는 거다. 내가 머리를 잘랐다는 것도. 그러니 가능한 한 빨리 염색약을 구해야 한다. 그리고 머리를 좀 더 짧게 잘라야 할지도…. 나는 원래 숏컷을 해 보고 싶었다. 숏컷을 하고 집에 돌아가면 데릭이 어떤 얼굴이 될지 상상하니 거의 웃음이 나올 뻔했다. 하지만 그는 웃지 않았겠지. 조금도.

도로로 다시 올라섰는데도, 빌 월시는 여전히 나를 뚫어지게 바라보고 있다. 그래, 빌은 절대 나를 잊지 못할 거다. 이 휴게소에 차를 세운 건 완전히 실수였다.

돌아갈까? 아직 늦지 않았다. 집으로 돌아가 경찰에게 내가 한 일을 자백할 수도 있다. 그들이 직접 발견하는 것보다 내가 먼저 자백하는 게 낫다. 눈보라로 변해 가는 이 날씨 속에서 도망치려

하는 것보다도.

하지만 나는 차를 돌리지 않았다.

◆

다섯 시 반쯤, 해가 순식간에 뚝 떨어지듯 지평선 아래로 사라졌다. 운전한 지 두 시간쯤 되자 밖은 칠흑같이 어두워졌다. 와이퍼를 최고 속도로 돌려도 앞 유리 바로 앞의 도로만 간신히 보일 뿐이었다. 길 위엔 내 차 말고 다른 차는 없었다. 그래서 상향등을 켰다. 여기서 사고라도 나면 나는 끝이다.

어떻게 해야 할지 모르겠다. 최소 일고여덟 시간은 쉬지 않고 몰고 갈 생각이었는데, 코롤라가 그렇게까지 버텨 줄 것 같지 않다. 좀 더 큰 차를 샀어야 했다. 하지만 내가 살인 현장에서 도망칠 날이 올 줄 누가 알았겠어?

지금 내가 해야 할 행동은 고속도로를 빠져나가는 거다. 조용한 곳을 찾아 차를 대고 잠깐 눈을 붙이는 것. 치즈 두들스와 오레오가 있으니, 영양가가 없기는 해도 하룻밤은 어떻게든 버틸 수 있다. 문제는…, 이런 데서 대체 어디에 차를 세우느냐는 거다.

이럴 때 클라우디아가 옆에 있었다면 내가 뭘 해야 할지 딱 말해줬을 텐데.

언니 생각을 하자, 가슴 한가운데가 뻐근하게 저려 왔다. 언니를 다시는 못 본다는 게 믿기지가 않는다. 내가 돌아갈까 말까 흔들리는 이유도 결국 언니 때문이다. 언니는 언제나 내가 뭘 해야 하는지 알고 있었다. 부모님 장례식 날, 언니가 내 어깨를 감싸 안으며 말했다.

'걱정 마, 퀸. 내가 널 돌볼게.'

그리고 언니는 정말로 그렇게 했다. 대학을 그만두고 내 후견인 자격을 얻었다. 우리와 가깝게 지내는 친척은 없었고, 만약 언니가 나서지 않았더라면 나는 얼굴도 모르는 먼 친척 집으로 보내졌거나 위탁 가정으로 갔을지도 모른다. 나는 언니에게 빚진 게 너무 많다.

언니와 나는 데릭 이야기를 많이 했다. 나는 그가 내게 했던 말 중 극히 일부를, 아주 곱게 편집한 버전으로만 언니에게 들려줬다. 그가 내 팔을 움켜쥐어 멍이 남은 일이라든가, 머리채를 잡힌 일 같은 건 말하지 않았다. 그 정도로 순화해서 말해도 언니는 분노했다. 당장 헤어지라고 했다. 하지만 언니는 몰랐다. 데릭은 부자일 뿐 아니라, 힘이 있는 사람이었다. 그는 내가 자신을 떠나면 다시는 은행에서 일하지 못하게 만들 거라고 했다. 평생 돈 한 푼 없이 비참하게 살게 해 주겠다고 했다. 그래도 어떤 날은 그게 차라리 나을 것 같기도 했다.

그리고 물론, 큰 싸움이 한번 터지고 나면 데릭은 늘 미친 듯이 사과했다. 꽃다발, 비싼 보석, 근사한 레스토랑에서의 저녁 식사. 그는 몇 주 동안은 다정하게 굴었고, 나는 지나간 싸움을 잊고서 내가 사랑했던 그 남자를 다시 기억해 냈다. 그래서 나는 그의 옆에 남았다.

젊었을 때, 데릭을 만나기 전까지만 해도 나는 폭력적인 관계에서 빠져나오지 못하는 여자들 이야기를 들으면 전혀 이해할 수가 없었다. 나는 그들이 어리석거나 약하다고 생각했다. 내 인생이 그렇게 되기 전까진, 도무지 말이 안 됐다.

엔진 소리, 바람 소리, 빗소리 사이로 다른 소리가 들렸다. 무슨 소린지 알아차리기까지 잠깐 걸렸다. 하지만 알아차린 순간, 뱃속이 철렁 내려앉았다.

사이렌 소리다.

6

백미러에 경찰차가 보였다. 빨간색과 파란색 불빛이 번쩍였다. 도로 위엔 내 차 말고 다른 차는 없다. 경찰은 내가 멈추길 바라는 거다.

안 돼…. 벌써 시체를 발견한 거야?

어쩌면 스코티 드와이어가 내가 생각했던 것만큼 내 말을 믿지 않았을지도 모른다. 한 시간쯤 지나 다시 우리 집으로 가 봤을 수도 있다. 집 안이 깜깜한 걸 보고 이상하다고 느꼈겠지. 그다음엔? 안을 확인하려고 문을 부쉈을까? 그건 좀 지나치다.

하지만 대신 뒷문 옆 화분 밑에서 우리 부부가 숨겨 둔 열쇠를 발견했을지도 모른다. 스콧은 뻔한 곳부터 확인할 만큼 똑똑하니까.

나는 핸들을 꽉 움켜쥐어서 손마디가 하얗게 질릴 정도가 됐다. 차라리 스콧이 아까 집 안을 둘러보겠다고 우겼다면 좋았을 텐데.

그랬다면 시체를 발견했을 거고, 나는 그에게 모든 걸 말할 수 있었을 거다. 스콧은 어릴 때 나에게 정말 친절했다. 그는 내 말을 믿었을 거다. 내가 살인마가 아니라는 걸 알았을 거다.

하지만 지금은 더 최악이다. 나는 범죄 현장을 떠나 도망쳤다. 데릭의 시체에서 멀어질수록, 나는 더 범죄자처럼 보일 것이다.

지금 상황에서 고속도로 추격전 같은 건 있을 수 없다. 나는 최대한 침착하게 갓길로 차를 댔다. 경찰차가 내 차 뒤에 멈춰 섰다. 나는 잠깐 멍하니 앉아 있었다. 심장이 너무 세게 뛰어서 아플 지경이다. 여기서 당장 심장마비가 와도 이상하지 않을 것 같다. 차라리 그게 편할지도 모른다. 이제부터 벌어질 일을 마주하는 것보다는 훨씬.

경찰은 일부러 시간을 끄는 것처럼 천천히 차에서 내렸다. 혹시 스콧이 아닐까 하는 희망을 품었지만, 아니었다. 모르는 남자다. 머리를 짧게 민 덩치 큰 남자. 짙은 색 제복 차림으로, 오른손에는 우산을 들고 내 차 쪽으로 걸어왔다. 이상하게도 우산 덕분에 조금은 덜 무서워 보였다.

내 차 창문을 세게 두드리기 전까진.

나는 창문을 내렸다. 곧바로 얼음 섞인 비가 얼굴을 때린다. 바지에 오줌을 지릴 것 같은데도, 어떻게든 웃어 보이려 애썼다.

"안녕하세요, 경관님." 내가 말했다. "음, 무슨 문제라도 있나요?"

어둠 속에서 그의 얼굴선이 겨우 보였다. "문제가 없었으면 내가 세웠겠습니까? 면허증 보여 주세요, 아가씨."

나는 떨리는 손으로 가방을 뒤졌다. 지갑을 열어 운전면허증을 꺼내기까지 두 번이나 버벅댔다. 그에게 건네려다 거의 떨어뜨릴 뻔까지 했다.

"퀸 알렉산더." 그가 면허증에서 내 이름을 읽더니 면허증 사진과 내 얼굴을 번갈아 가며 봤다. "집에서 꽤 멀리 오셨네요?"

나는 어깨를 으쓱했다. "음, 친구들 보러 가는 길이에요."

"그렇겠죠. 그런 것치곤 날씨가 아주 엉망인데."

"네, 좀 그렇네요." 나는 목에 걸린 덩어리를 삼켰다. "저기, 경관님, 저 속도위반은 아니에요. 제한 속도보다 훨씬 밑으로 달리고 있었어요."

그는 잠깐 뜸을 들였다. 그리고 말했다. "그것 때문에 세운 게 아닙니다."

"아…," 나는 머리를 빠르게 굴리며 내가 뭘 잘못했을지 생각해 봤다. 몇 시간 전에 사람을 죽인 것은 제외하고서. "저…, 그러면 왜…."

경관이 내 차 뒤쪽을 향해 턱짓했다. "후미등이 나갔어요. 왼쪽."

그게 다야? 하느님 감사합니다. "정말요?"

"예." 그가 미간을 찌푸렸다. "이렇게 어두울 때 후미등이 나가 있으면 사고 나서 죽어요. 뒤차가 오다가 앞에 불빛 하나만 보이면 오토바이인 줄 알 수도 있고, 뭐가 뭔 줄 어떻게 알겠습니까. 후미등 고장 때문에 큰 사고가 난 걸 수도 없이 봤어요. 과태료 처분은 안 할 겁니다. 하지만 최대한 빨리 고치세요. 본인 안전을 위해서."

"아…," 나는 진지하게 고개를 끄덕였다. "네. 바로 고칠게요."

"친구 집은 거의 다 와 갑니까?"

"네. 거의요."

그는 면허증을 돌려줬다. "곧 도로에서 빠지세요. 이 폭풍에 후미등까지 이러면 사고가 날 수밖에 없습니다."

"네, 알겠습니다."

"다음에 볼 때 시체 운반용 가방 안에 계시진 않았으면 좋겠네요."

나는 데릭이 떠올라 숨이 턱 막혔다. 벌써 발견됐을까? 아니, 그럴 리 없다. 만약 발견됐다면 이 경찰이 나를 그냥 보내 줄 리가 없잖아.

경찰이 자기 차로 돌아가는 걸 보면서도 믿기지 않는다. 그는 나를 체포하지 않았다. 나는 아직 자유다. 하지만 언제까지?

나는 다시 도로에 올랐다. 그리고 깨달았다. 기회가 보이는 즉시 완전히 다른 방향으로 차를 틀어야 한다. 경찰이 나를 찾기 시작하면 저 경찰이 나를 기억해 낼 것이다. 내가 어느 방향으로 가고 있었는지도.

하지만 지금은 더 시급한 문제가 있다. 이 상태로 계속 달리면 또 차를 세우게 될 거다. 다음번에는 이렇게 운이 좋지 않을지도 모른다. 지금 도로에서 벗어나야 한다. 오늘 밤만 넘기고 내일 아침 다시 출발하면 된다. 낮에는 후미등 하나 나간 건 아무도 눈치 못 챌 테니까.

그때, 길가에 선 표지판 하나가 눈에 들어왔다. 너무 작아서 하마터면 지나칠 뻔했다. 그래서 딱 좋다.

백스터 모텔.

오늘 밤은 저기서 묵자. 그리고 내일, 해 뜨자마자 다시 길을 나서는 거야.

7

　조용하고 외진 곳에서 하룻밤 보낼 생각이라면, 백스터 모텔보다 더 완벽한 곳을 찾기는 힘들겠다. 나는 거의 보이지도 않는 방향 표지판을 따라 고속도로를 빠져나와 모텔 가는 길로 들어섰다. 포장도 제대로 안 된 길을 한참 내려가자, 마침내 비바람에 닳아 버린 간판이 앞에 보였다. 현관이 무너져 가는 낡아빠진 2층짜리 집이었다. 지붕은 뒤틀린 채 푹 꺼져 있어서, 언제라도 주저앉을 것만 같았다. 2층 창문 가운데 하나에서 희미한 불빛이 새어 나왔다. 그 불빛이 아니었으면 나는 여기가 버려진 곳이라고 생각했을 거다.

　한적하고 외진 곳이긴 한데, 차를 눈에 띄게 대놓는 건 여전히 불안하다. 아까 경찰이 내 차를 세운 곳이 여기서 불과 20분 거리이다.

　모텔 옆에는 1층짜리 작은 건물이 하나 더 있었다. 페인트가 벗겨진 간판에 '로잘리 식당'이라고 적혀 있었다. 하지만 명백히 문을 닫은 상태다. 안은 깜깜하고, 창문과 문은 전부 나무판자로 막혀 있다. 나는 식당 건물을 한 바퀴 돌아 뒤쪽으로 가서, 커다란 초록색 쓰레기통 뒤에 숨기듯 코롤라를 주차했다.

좋아. 오늘 밤만이니까 이 정도면 되겠지.

나는 차에서 가방을 꺼내 들고, 비와 진눈깨비 속에서 앞을 헤치며 모텔 쪽으로 뛰다시피 걸어갔다. 운동화가 웅덩이에 푹 잠겼고, 30초도 안 돼서 온몸이 흠뻑 젖었다. 차를 좀 더 가까이 댈 걸 그랬나 싶었지만, 그렇다고 눈에 띄는 곳에 차를 세워 놓으면 밤새 잠을 못 잘 거다.

백스터 모텔의 현관문은 나무로 되어 있었고, 습기에 젖어 까맣게 썩어 가고 있었다. 덧문처럼 달린 방충망 문은 경첩이 반쯤 떨어진 채로 덜렁거렸는데, 내가 밀어젖히자 다시 날아와 내 어깨를 때렸다. 현관문 문고리는 손이 얼얼할 만큼 차가웠고, 잡고 돌리려 하자 뻑뻑하게 걸렸다. 손에 더 힘을 주자 겨우 문이 열렸다. 나는 안으로 들어섰다.

모텔 안도 바깥만큼이나 추웠다. 그렇지만 적어도 비를 맞지 않을 수는 있었다. 뭐, 거의 안 맞는 정도였지만. 천장에서 물이 뚝뚝 떨어져 내 옆에 작은 웅덩이를 만들고 있었다. 뒤쪽에 나무로 된 프런트가 있었지만, 그 뒤엔 아무도 없었다. 천장에는 전구 하나가 매달려 있었고, 내가 서 있는 동안 머리 위에서 불빛이 깜빡거렸다.

"저기요?" 나는 사람을 불러 봤다.

대답이 없다.

그래서 몇 걸음 더 안으로 들어가 봤다. 들리는 건 천장에서 떨어지는 물방울 소리뿐이었다. 여기 사람 없는 것 같은데…. 어쨌든 불은 켜져 있다. 2층 창문에서도 분명 불빛이 새어 나왔었고.

"저기요?" 이번에는 더 큰 소리로 다시 불러 봤다.

그래도 조용하다. 이곳이 점점 더 불안하게 느껴졌다. 외진 곳을 찾긴 했지만, 이건 예상보다 훨씬 더 외졌다. 그렇다고 다시 얼어붙는 비를 맞으며 차까지 뛰어 돌아가고 싶진 않았다.

"저 여기 있어요! 가지 마세요! 지금 나가요!"

뒤에서 들려온 목소리에 나는 휙 돌아봤다. 몇 초 뒤, 남자가 뒤에 있는 방에서 걸어 나왔다. 손에는 대걸레와 양동이를 들고 있었다. 그가 살짝 삐뚤어진 왼쪽 앞니를 보이며 미소 지었다. "안녕하세요. 죄송해요. 안에 있었어요."

"괜찮아요." 나는 억지로 웃어 보려 했지만, 이제는 그럴 힘조차 없었다. 너무 지쳤다.

그는 대걸레 손잡이를 다른 손으로 옮겨 쥐었다. "차 시동이 안 걸려서 도움이 필요하신 건가요, 아니시면…?"

"아…, 아니에요, 제가…," 나는 옆에 떨어뜨려 둔 가방을 내려다봤다. "하룻밤 잘 방이 있을까 해서요."

그는 마치 그런 말은 처음 들어 본다는 듯이 눈을 깜빡였다. "방이요?"

나는 미간을 찌푸렸다. "죄송해요. 저는 여기가 모텔이라고 생각했어요…."

"맞아요." 그는 축축한 모래 같은 머리를 긁적였다. 나이는 삼십 중반쯤? 얼굴은 잘생기긴 했지만, 데릭 같은 종류의 잘생김은 아니다. 데릭이 주연 배우라면 이 남자는 조연 쪽이다. 하지만 인상은 좋다. 무해해 보인다. 마치 파리 한 마리도 못 잡을 것처럼. "찾아오는 손님은 잘 없지만요. 그래도 방은 있어요. 문제없습니다."

"고마워요." 내가 말했다.

"그런데 잠시만…," 그가 바닥의 물웅덩이를 가리켰다. "바닥 상하기 전에 이거부터 좀 닦을게요. 아니, 더 상하기 전에." 그는 고개를 저었다. "비만 오면 꼭 새요."

나는 물방울이 맺혀 떨어지고 있는 천장의 거뭇한 얼룩을 올려다봤다. "그런데…, 여기 위층이 있지 않나요?"

그가 한쪽 입꼬리로 웃었다. "그러게요. 그게 미스터리죠."

그는 양동이를 웅덩이 쪽으로 끌고 가서 대걸레로 바닥을 훑었다. 웅덩이가 조금씩 줄어들었다.

"여기 주인이세요?" 내가 물었다.

그는 고개를 끄덕였다. "네. 저랑 아내가 같이요."

대걸레를 미는 그의 왼손에서 결혼반지가 번뜩이는 걸 알아차렸다. 나는 내 왼손도 내려다봤다. 아직도 심플한 금반지가 끼워져 있었다. 갑자기 그 반지가 내 살을 태우는 것처럼 느껴졌다. 당장 빼서 방 저쪽으로 던져 버리고 싶다.

"아, 저는 닉이라고 해요." 그가 말했다.

"안녕하세요, 닉." 나는 대답했지만, 내 이름은 말하지 않았다. 닉은 딱히 신경 쓰지 않는 듯했다.

닉은 바닥을 한 번 더 민 다음 대걸레를 벽에 세워 뒀다. 그리고 천장에서 물이 떨어지는 자리에 양동이를 놓았다. 임시방편일 것이다.

일을 끝내고 나서 닉이 나무 프런트 뒤로 들어갔다. 프런트에 팔꿈치를 얹고 나를 바라봤다. "보통 하룻밤에 50달러 받아요. 괜찮으세요?"

"현금으로 내도 되나요?"

"그럼요." 그는 프런트 아래를 뒤적였다. "오늘 밤만 묵으실 건가요?"

"오늘 밤만요." 어쩌면 그것도 다 채우지 못하고 떠나게 될지도 모르지만. "혹시 저 말고 다른 손님도 있나요?"

그가 잠깐 망설였다. "네. 한 분 더 계세요. 그런데 그 여자분은 좀…, 장기 투숙이에요."

닉은 굳이 더 설명하지 않았다. 괜찮다. 나는 이 반쯤 버려진 모텔에 나 말고도 손님이 있다는 걸 알고 싶었을 뿐이었다. 이 남자가 아무리 무해해 보여도, 모닥불 피워 놓고 이야기하는 괴담은 늘 이런 데서 시작되니까.

"그럼 닉과 아내분은 여기서 지내세요?"

닉이 고개를 저었다. "아뇨, 모텔 뒤쪽에 있는 저 낡은 집에서 살아요. 그래도 필요한 게 있으실 수 있으니까 오늘 밤은 여기 있을 게요. 어차피 저 누수도 손봐야 하고요."

그는 마침내 프런트 아래에서 찾던 걸 꺼냈다. 종이 한 장이었는데, 너무 오래돼서 빳빳하고 누렇게 변해 있었다. 투숙자 정보를 적는 종이 같았다. 그가 종이 위의 먼지를 후 불었다. "이거 작성해 주실래요?"

"어…, 네."

나는 프런트 위에 놓인 볼펜을 집어 들었지만, 손이 그대로 얼어붙었다. 이걸 쓰고 싶지 않았다. 모든 정보를 거짓으로 채워 넣어야 하니까. 일단 이름부터.

언젠가는 돈을 주고 가짜 신분증도 만들어야 할 거다. 하지만 그전까지는 사람들에게 내밀 '가짜 이름'이 필요하다. 뭐로 하지? 입에 착 붙는 흔한 이름, 기억에 남지 않는 그런 이름이 좋다.

메리? 제니퍼? 캐럴? 대학 때 가장 친했던 친구가 켈리였다. 그 정도면 무난하겠지. 나는 종이에 '켈리'라고 휘갈겨 썼다.

이제 성을 정해야 한다.

"이걸 말해도 되나 모르겠는데요." 닉이 말했다. "이름을 이렇게 오래 쓰는 손님은 처음 봐요."

내 볼이 화끈 달아올랐다. "아…."

"저기…," 그는 누렇게 바랜 종이를 슬쩍 가져갔다. "이거 안 쓰셔도 돼요. 오늘 하루 묵으시는 거잖아요." 그가 종이에 써진 유일한 글자를 내려다봤다. "켈리, 괜찮죠?"

"네." 나는 안도하며 고개를 끄덕였다.

가방에서 50달러를 꺼내 그에게 건넸다. 닉은 돈을 받아서 청바지 주머니에 푹 찔러 넣었다. 그러더니 프런트 아래에서 열쇠 뭉치를 집어 들었다.

"방 보여 드릴게요." 그가 말하며 내 짐을 흘끗 봤다. "가방은 제가 들어 드릴까요?"

나는 거절하려다 말고, 뭐 어때 싶어졌다. 너무 지쳤고, 닉은 힘이 좋아 보인다. 그냥 맡기는 게 낫다.

나는 닉을 따라 2층으로 가는 계단을 올랐다. 계단에는 조명도 없었고, 한 발 내디딜 때마다 삐걱삐걱 신음 소리를 냈다. 당장이라도 다 무너질 것처럼. 나는 혹시 몰라 난간을 붙잡았는데, 난간이 내 무게에 휘청이며 흔들렸다. 이 모텔 전체가 언제든 와르르 무너질 것만 같다.

닉이 그걸 보더니 미안한 듯 웃었다. "나사 몇 개 조여야겠네요. 죄송해요."

"괜찮아요."

2층 전체를 전구 하나로 겨우 밝힌 듯했다. 문은 세 개. 왼쪽에 두 개, 오른쪽에 하나. 닉은 201호와 202호를 지나 203호 앞에서 멈췄다. 열쇠 꾸러미에서 열쇠를 찾았다.

그가 문을 열려는 순간, 나는 202호 문이 아주 살짝 열려 있는 걸 봤다. 들여다보려는데, 안에서 누군가 나를 지켜보는 기척이 느껴졌다. 나는 고개를 기울이며 더 보려고 했지만, 문이 쾅 하고 닫혔다.

"저…, 202호에 누가 묵고 있어요?" 내가 물었다.

닉이 202호를 잠깐 보더니 다시 열쇠로 시선을 내렸다. "네. 그레타 씨예요. 저 여자분은…, 거의 여기서 살고 있어요. 신경 안 쓰셔도 돼요. 귀찮게 굴진 않을 테니까."

당장 이 모텔을 떠나야 할 것 같은 불길함이 가시질 않았다. 가방을 뺏어 들고 다시 차로 가서, 빗속이든 눈 속이든 그냥 달려야 할 것 같다. 여긴 뭔가…, 문제가 있다.

하지만 내가 너무 예민한 거겠지. 모텔 안은 따뜻하고 건조하다. 그리고 내가 누워 잘 수 있는 '진짜 침대'가 있다.

닉이 내가 묵을 방문을 열어젖혔다. 예상했던 그대로다. 뻣뻣해 보이는 이불이 깔린 더블 침대 하나, 낡은 서랍장 위에 위태롭게 올려져 있는 작은 TV, 그리고 방 한쪽 구석에 놓인 곧 부서질 것 같은 나무 의자.

닉이 내 얼굴을 살피며 미간을 좁혔다. "괜찮으세요?"

"완벽해요." 내가 말했다.

그는 고개를 끄덕였다. "TV는 안테나로 주파수를 잡는 거라…, 케이블 같은 건 아니에요. 평소엔 좀 나오긴 하는데, 이런 폭풍이면 힘들 것 같네요. 그리고 전화도 있는데, 1층 프런트로만 연결돼요. 요즘은 다들 휴대폰을 쓰니까."

나는 픽업트럭 뒤에 던져 넣은 내 휴대폰이 생각났다. 지금 당장 휴대폰이 있었으면 좋겠다. 그래도, 없애는 게 맞다. 누가 나를 여기까지 추적해 오는 건 원치 않는다. 하지만 언니에게 전화할 수 있다면…, 그 유혹을 끝까지 참아낼 자신이 없다.

"그리고 욕실은 방 안에 따로 있어요." 그는 약간 자랑스럽다는 듯 덧붙였다. "그러니까 굳이 방 밖으로 나올 필요 없어요. 샤워도 가능하고요."

나는 몸을 움찔 떨었다. "저는 모텔에서 샤워 안 해요. 어릴 때 본 어떤 영화에서 여자가 모텔에서 샤워하다 살해당하는 장면을 봤거든요. 그 뒤로 평생 트라우마예요."

그가 웃었다. "뭐, 마음 바뀌면 쓰셔도 돼요. 우리 모텔에서 샤워하다 살해당하는 일은 없을 거라고 약속할게요."

솔직히 좀 흔들린다. 머리는 젖어 있었고, 차갑게 얼어붙을 것만 같다. 뜨거운 물로 샤워하면 지금이 천국일 텐데.

방 안을 둘러보는 순간, 배에서 작게 꼬르륵 소리가 났다. 점심 이후로 먹은 거라곤 운전하면서 씹어 삼킨 치즈 두들스와 오레오 몇 개뿐이었다. 그리고 솔직히 말하자면, 지금은 치즈 두들스와 오레오에 질릴 대로 질렸다.

"혹시 먹을 거 좀 구할 수 있을까요?" 내가 물었다.

닉이 아랫입술을 깨물었다. "어…, 그럼요. 룸서비스 같은 건 없지만, 주방에서 뭐라도 만들어 드릴 수는 있어요. 예를 들면…, 칠면조 샌드위치 같은 거?"

"너무 좋네요." 나는 숨을 내쉬었다.

그가 웃었다. "아, 그 정도는 아닐 거예요. 정말 그 정도는 아니에요. 요리는 원래 로잘리가 하던 거라서요. 제 아내 로잘리."

나는 잠깐 얼어붙었다. 방금 아내 이야기를 과거형으로 하지 않았나? 이상하다. 그리고 '로잘리'라는 이름이 왠지 낯설지 않았다.

그 이름을 어디서 봤는지 곧 떠올렸다. 모텔 옆에 나란히 붙어 있던 식당. 나무판자로 막혀 있던 그 식당 간판에 적힌 이름이 '로잘리'였다.

"아무튼," 그가 말을 이었다. "편하게 계세요. 샌드위치 만들어 올게요. 필요한 거 있으시면 전화기에서 0번 누르시고요. 1층으로 바로 연결돼요. 오늘 밤은 이것저것 손보고 있을 테니까요."

"고마워요." 내가 말했다.

닉이 사람 마음을 누그러뜨리는 미소를 한 번 더 짓자, 내 어깨가 조금 풀렸다. 첫인상은 틀리지 않았다. 닉은 좋은 사람 같다. 오늘 밤만큼은 여기서 안전하겠지. 하지만 내일 아침 날이 밝자마자 나는 여기서 당장 사라져야 한다.

8

닉이 나간 뒤, 나는 그가 복도를 지나 삐걱대는 계단을 다시 내려가는 모습을 멍하니 지켜봤다. 그리고 고개를 돌리는 순간 202호 문이 또다시 살짝 열려 있는 게 보였다.

이번엔 문틈 사이로 눈 하나가 나를 똑바로 보고 있다.

나는 조심스럽게 손을 들어 인사하려 했지만, 미처 손을 다 들기도 전에 문이 다시 휙 닫혔다. 그래, 알겠어.

나는 그 사람을 흉내 내듯 내 방문을 닫았다. 잠금장치를 돌리는데, 그 위에 달린 걸쇠까지 눈에 들어왔다. 잠깐 망설이다가 그것도 걸어 버렸다. 누가 샤워 중에 들어와 나를 죽일 거라고 진짜로 생각하는 건 아니지만, 그래도 괜히 기회를 주고 싶진 않았다.

코트 아래 입고 있던 셔츠와 바지는 그럭저럭 덜 젖었지만, 양말과 운동화는 말 그대로 흠뻑 젖었다. 나는 운동화를 벗어 던지고 발에 달라붙은 양말을 쭉 벗겨 냈다. 다행히 창가 옆에 라디에이터가 있어서 젖은 운동화와 양말을 그 위에 올려 두었다.

창밖을 내다보니 돌 던지면 닿을 만큼 가까운 거리에 작은 이 층집이 보였다. 모텔만큼이나 수리가 시급해 보이는 집이었다. 얼음 섞인 비가 쏟아지고 있어서 잘 보이진 않지만, 2층 창문 하나에 불이 들어와 있었다. 그리고 그 창가에 앉아 있는 여자의 실루엣이 보였다. 저 사람이 닉의 아내, 로잘리겠지. 나는 어색하게 손을 들어 인사했다.

그녀는 손을 흔들어 주지 않았다. 여기 사람들은 딱히 친절하게 굴 마음이 없는 것 같다. 뭐, 그게 오히려 좋다.

나는 창가에서 물러나 가방을 열었다. 그리고 1분도 안 돼서 끔찍한 사실을 깨달았다. 양말을 안 챙겼다. 보석은 챙겼으면서 양말은 안 챙겼다. 언니가 여기 있었으면 나를 얼마나 놀렸을까. 그리고 그럴 만도 하다. 누가 도망치면서 양말 한 켤레도 안 챙겨? 말이 돼?

아, 언니가 너무 그립다. 전화가 외부로 연결되지 않는 게 천만다행이다. 아니었으면, 나는 미친 듯이 언니에게 전화하고 싶어졌을 테니까. 아무리 내가 마지막으로 한 번만 언니 목소리를 듣고 싶어서 미칠 것 같아도, 그건 최악의 선택이 될 거다. 아무튼 언니가 같이 있었으면 양말은 잊지 않았을 거다.

애초부터 언니 말을 들었더라면 나는 데릭이랑 결혼하지도 않았겠지.

언니는 경고했었다. 그것도 여러 번이나. 그 남자 별로고 좋은 사람 같지 않다고. 하지만 데릭은 내게 구애하던 시절엔 너무나 완벽했다. 그가 어떤 괴물인지 알 도리가 없었다. 그리고 어제까지도 나는 그가 이렇게까지 끔찍한 인간인지 몰랐다.

우리 은행 임원 몇 명이 이번 주말에 회의에 참석하게 돼서 다들 일찍 퇴근하게 됐다. 은행은 점심시간이 지나고 얼마 안 돼서 셔터를 내렸고, 우리는 뜻밖의 반차를 얻었다. 나는 오후가 통째로 비는 게 기뻤다. 집에 혼자 있을 기회가 거의 없으니까. 맘 편히 길게 샤워하고, 데릭이 소리 낮추라고 소리치는 걸 걱정할 필요 없이 마음껏 TV를 크게 틀어 놓을 생각을 했다.

그런데 현관문을 열고 들어갔을 때, 데릭은 이미 집에 와 있었다. 나는 그를 보자마자 깜짝 놀랐다. 그리고 그는 나를 보고 나보다 더 놀란 것 같았다. 내가 거실로 들어서는 순간, 데릭의 얼굴이 분노로 일그러졌다.

"여기서 뭐 하는 거야?" 그가 윽박질렀다.

"아무것도 아니야." 나는 더듬었다. "그냥…, 회사가 일찍 끝났어. 그게 다야."

"진짜 그게 다야? 아니면 남자랑 만나기로 한 거야?"

나는 사정을 얘기했다. 그저 예기치 않게 반차가 생긴 것뿐이라고. 그리고 얼굴에 억지로 웃음을 붙이며 같이 뭐라도 하자고 했다. 커플답게 영화를 보러 가든지, 쇼핑이라도 하러 가든지. 아니면 침실로 가도 좋고.

하지만 데릭은 날 놓아주지 않았다. 내가 다른 남자를 만나려고 집에 일찍 온 거라고 계속 우겼다. 웃기는 일이었다. 나는 그가 수도 없이 바람피웠다는 걸 확신하고 있었으니까. 그는 보스턴에 아파트도 하나 갖고 있었다. 회사가 그 도시에 있으니 업무용이라고 둘러댔지만, 내 생각엔 그냥 '자신만의 아지트'였다.

나는 어떻게든 데릭을 진정시키려고 했지만, 그는 점점 혼자서 분노를 키워 갔다. 그런 데릭은 처음 봤다. 하지만 그가 주먹을 꽉 쥐는 걸 보면서도 나는 그가 정말 나를 해칠 거라고는 생각하지는 않았다. 적어도 그의 손이 내 목을 감싸기 전까진.

그리고 그게 마지막이었다. 그는 너무 오래 나를 밀어붙였다. 나는 그가 내 목숨을 가져가게 둘 수는 없었다.

그런데 지금도 이해가 안 되는 게 하나 있다. 왜 이번엔 그렇게까지 화를 냈을까. 내가 문을 열고 집에 들어왔을 때 그는 분명 웃고 있었다. 오늘은 기분이 좋은 날인가 싶었다. 오랜만에 둘이서 즐거운 오후를 보낼 수도 있겠다고 생각했다. 나를 보고 행복해하는 사람처럼 보였는데, 바로 다음 순간 웃음이 '뚝'하고 사라졌다. 대체 왜….

오, 세상에.

이제 이해가 간다. 누가 문 앞에 나타나서 웃다가, 내가 들어오자 바로 폭발한 이유. 그는 문을 열고 들어오는 게 나일 거라고 생각하지 않았던 거다. 다른 사람을 기다리고 있었던 거다.

다른 여자를.

나는 차갑게 식은 맨발을 오들오들 떨며 침대 위로 털썩 주저앉았다. 말이 된다. 데릭은 다른 여자를 만나려고 일찍 집에 온 거다. 그런데 내가 나타나 버리니까, 자기 밀회를 망쳐 놓은 내게 화가 난 거고. 그리고 그 뒤틀린 머리로 '일찍 집에 오는 사람은 다 바람피우러 오는 거'라고 생각했겠지. 자기가 그러고 있었으니까.

속이 울렁거렸다. 이건 좋은 소식이 아니다. 데릭이 인생의 마지막 순간에 그 여자에게 오지 말라고 메시지를 보냈길 바랄 뿐이다. 만약 그러지 않았다면….

경찰이 이미 시체를 발견했을지도 모른다.

그렇다면 그들은 벌써 나를 찾고 있을 것이다. 그리고 나는 나대로 열심히 빵가루를 뿌려 가면서 왔다. 그 주유소, 고장 난 후미등 때문에 나를 세운 경찰, 그리고 나는 지금 마지막으로 목격된 곳에서 불과 20분 거리의 모텔에 주저앉아 있는 잡기 좋은 먹잇감이다.

그래도 밖에선 눈보라가 계속 덩치를 불리고 있다. 그리고 그건 경찰이 나를 찾는 걸 어렵게 만들 거다. 그리고 더 중요한 건, 이 폭풍 때문에 내가 이곳을 떠날 수도 없다는 사실이다. 적어도 오늘 밤은.

나는 협탁 끝에 놓인 리모컨을 집어 TV를 켰다. 화면에 눈송이 같은 잡음이 가득 찼다. 맞다. 이 TV는 안테나를 쓴다고 그랬지. TV 안테나를 마지막으로 만져본 게 언제였더라. 기억도 흐릿하다. 내가 기저귀를 막 뗐을 무렵, 부모님이 안테나를 이리저리 만지며 신호를 잡던 장면이 어렴풋하게 떠오를 뿐이다. 아직도 TV 안테나가 존재한다는 사실 자체가 놀랍다. 게다가 이 TV는 골동품 가게에서 사 온 건가 싶을 정도로 낡아도 너무 낡았다. 이 모텔의 모든 것이 몇십 년 전에서 그대로 멈춘 느낌이다.

나는 침대에서 일어났다. 얼어붙은 나무 바닥에 맨발이 닿자 저절로 인상이 찌푸려졌다. TV 앞으로 가서 안테나를 이리저리 움직여 봤다. 한참 만지작거리다 보니 화면이 나왔다. 하지만 손을 놓는 순간 다시 지지직거린다. 그러니까…, TV를 보려면 내가 여기 서 있어야 한다는 얘기네.

난 TV를 보고 싶은 게 아니다. 뉴스만 확인하면 된다.

화면 속에서 금발의 예쁘장하게 생긴 여자 앵커가 오늘 밤 주요 뉴스를 전하고 있었다. 대부분은 눈보라에 관한 얘기였다. 나는 귀를 바짝 세우고 기다렸다. '서른네 살의 남성 데릭 알렉산더가 살해당함' 같은 소식이 들리기를.

아무 소식도 없었다. 어쩌면 아직은 괜찮은 건지도. 적어도 지금은.

나는 다시 몸을 떨었다. 발이 얼음덩이처럼 차가웠다. 어떻게 양말을 안 챙길 수가 있지? 대체 얼마나 멍청한 거야? 그래, 애초에 내가 제정신이었을 리가 없지.

잠깐 고민하다가 나는 안테나에서 손을 놓았다. TV 화면이 다시 잡음으로 덮였다. 그래도 상관없었다. 나는 전화기 수화기를 들고 0번을 눌렀다.

다섯 번쯤 울린 뒤에 닉의 목소리가 들렸다. "켈리? 무슨 일 있어요?"

나는 순간, '켈리가 누구였지?' 하고 생각했다. 아, 맞다.

"저…," 멍청하게 들릴까 봐 걱정됐다. "저기…, 혹시 남는 양말 있으세요?"

그가 웃었다. "음, 여기엔 없고요, 아내한테 물어보면…," 잠깐 멈춘다. "아, 그러지 말고 그레타 씨한테 물어봐요. 202호요. 그분한테 말하면 양말 몇 켤레 줄 거예요."

"그레타 씨요?" 아까 내가 인사하려다 말았을 때 문을 쾅 닫아 버린 그 사람이다. 그런 사람한테 가서 양말을 얻으라고 하다니. "그분 별로 친절해 보이진 않던데요…"

"아뇨, 그냥 원래 좀 그래요. 진짜 착해요. 연세 지긋한 분이고, 누굴 해칠 사람이 아니에요."

"글쎄요…," 나는 라디에이터 쪽으로 눈을 돌렸다. 그 위에 올려둔 양말은 여전히 흠뻑 젖어 있었다. 아니, 오히려 아까보다 더 젖어 있는 것처럼 보이기까지 한다. "그럼 물어는 볼게요."

"그분이 양말 정도는 기꺼이 줄 거예요. 좀 별난 면이 있긴 한데, 외로워서 그러는 거예요. 제가 약속할게요, 그분 진짜 착해요. 몇 년째 여기에서 살고 계시거든요."

내키진 않았지만, 닉이 지금 당장 어디서 양말을 구해 올 것 같지는 않았다. 만일 내가 발을 따뜻하고 건조하게 만들고 싶다면 선택지는 하나뿐이었다. "알겠어요."

"그리고 칠면조 샌드위치는 곧 들고 올라갈게요. 미안해요. 좀…, 일이 생기는 바람에 늦었네요."

전화를 끊고 나서도, 나는 내 방문을 한참 바라봤다. 닉은 202호 여자가 무해한 노인이라고 했지만, 아까 문틈으로 나를 똑바로 쳐다보던 그 눈은 무슨 사연이 있어 보였다. 섬뜩했다. 게다가 경찰이 언젠가 여기까지 찾아온다고 하면, 굳이 또 목격자를 한 명 더 만들고 싶지도 않았다.

하지만 발이 너무 차갑다.

젠장 모르겠다. 나는 걸쇠를 풀고 문을 열어젖힌 뒤, 맨발로 복도를 꾹꾹 밟으며 202호로 갔다. 반 박자 망설이다가 문을 두드렸다.

10초쯤 지나자 문 뒤에서 목소리가 들렸다. "누구?"

"어…, 안녕하세요." 나는 어릴 때 버릇처럼 엄지손톱을 깨물었다. 언제 다시 튀어나왔는지 모를 나쁜 습관이다. "저 203호에 묵는 사람인데요. 맞은편 방이요. 그런데…, 뭐 좀 부탁드릴 게 있어서요."

긴 침묵이 이어졌다. 그냥 들어가 버린 건가 하는 생각이 들었다. 그런데 곧 잠금장치가 풀리는 소리가 들렸고, 다음 순간 문이 아주 조금 열렸다.

처음으로 그녀를 제대로 볼 수 있었다. 생각보다 훨씬 더 나이가 들어 보였다. 길고 가는 머리카락이 밖에 내리는 눈처럼 새하얬다. 얼굴엔 주름이 한 줄도 빠짐없이 촘촘히 박혀 있었다. 물기 어린 푸른 눈이 나를 올려다봤다.

"뭐가 필요해요?" 그녀가 갈라진 목소리로 말했다. 한때 흡연자였던 사람들의 목소리. 어쩌면 아직도 피우는 건지도. 하지만 방 안에서 담배 냄새는 풍기지 않았다.

나는 미안한 듯 웃었다. "양말이요. 여행 가방을 챙기면서 제가 양말을 깜빡했더라고요."

그녀의 시선이 내 맨발로 향했다가, 다시 내 얼굴로 올라왔다.

"양말 한 켤레 빌리고 싶다는 거예요?"

"네." 나는 두 손을 꼭 맞잡았다. "제 양말이 마를 때까지만, 아침에 빨아서 돌려드릴게요."

"여행을 갈 땐 양말을 챙기는 게 중요해요."

"맞아요. 알아요. 근데 그걸 깜빡했어요."

그녀는 잠시 나를 가만히 봤다. 그러다 마침내 문에서 물러나며 내가 안에 들어갈 수 있을 만큼 문을 더 열어 줬다.

202호는 내 방과 느낌이 완전히 달랐다. 크기는 비슷하거나 조금 더 넓어 보였는데, 그런 것보다도 '사람이 오래 산 방' 같았다. 닉이 그녀가 몇 년째 여기 묵고 있다고 했는데, 정말 그런 것 같다. 내 방에 있는 뻣뻣한 이불 대신 그녀의 침대는 두툼한 양모 담요로 겹겹이 덮여 있었다. 방에는 램프가 여러 개 켜져 있어서 노란 빛이 은은히 흘렀고, 벽면에는 거울이 줄지어 있었다. 어디를 보든 내 모습이 비쳤다.

거울에 비친 지금 내 꼴은 꽤 엉망이었다.

"나는 그레타." 그녀가 말했다. 말끝에 아주 희미하게 억양이 섞여 있었다. 어디인지 딱 집어내긴 어렵지만, 아마 동유럽 쪽일까.

"저는 켈리예요." 내가 말했다.

그녀는 코웃음을 쳤다. "진짜 이름을 댈 마음이 없으면 아예 말하지 말아요."

나는 반박하려다 입을 다물었다. 맞는 말이다. 그건 내 진짜 이름이 아니다.

그레타가 서랍을 뒤지는 동안, 나는 서랍 위에 놓인 카드 뭉치를 봤다. 잠깐 지난 뒤에야 그게 트럼프 카드가 아니라 타로 카드라는 걸 깨달았다. 그 옆에는 노란 조명 아래에서 은근히 빛나는 수정 구슬 하나도 놓여 있었다.

내가 그걸 보고 있는 걸 알아차렸는지, 그레타가 말했다. "나는 서른 해 동안 유랑 극단의 점쟁이였어요."

나는 억지로 웃었다. "그럼…, 미래도 보실 수 있나요?"

그녀는 잠깐 찾는 걸 멈추고 내 쪽을 올려다봤다. 물기 어린 푸른 눈이 후줄근한 내 모습을 위아래로 훑었다.

"사람마다 다르지."

내가 그런 걸 믿는 편은 아니지만, 굳이 말하진 않았다. 그녀가 나를 살짝 겁주는 걸 즐기고 있다는 느낌이 들었다. 나는 양말만 받으면 된다.

"스타킹은 있네." 그녀가 마침내 서랍에서 구겨진 살구색 스타킹 한 켤레를 꺼내 들며 말했다. "양말이 필요한 거예요?"

"꼭 필요하진 않지만요." 나는 발을 번갈아 디뎠다. "혹시 있으시면…."

그레타가 손가락 하나를 들어 올렸다. 그러고는 벽에 붙은 옷장을 확 열더니, 자기 몸만 한 커다란 검은색 트렁크를 꺼냈다. 자물쇠를 이리저리 만지며 그걸 열려고 했다. 양말 한 켤레 때문에 이렇게까지 귀찮게 만들어서 미안해질 정도였다.

"여기 오래 사셨어요?" 내가 예의 바르게 물었다.

"여러 해." 그녀는 짧게 답했다. "은퇴하고 나서부터." 그러다 눈을 들었다. "당신, 203호 맞죠?"

"네." 내가 말했다. "그럼 아마 201호는 비어 있겠네요?"

트렁크 자물쇠가 딸깍 소리를 내며 열렸다.

"닉은 항상 201호를 비워 둬요."

나는 고개를 끄덕였다. "누수 때문에요. 그렇죠?"

"아니." 그녀가 말했다. "그 때문이 아니에요."

"그럼 왜요?"

"왜냐면…," 그레타는 트렁크 안에서 양말 뭉치를 꺼내더니, 벽을 짚고 천천히 몸을 일으켰다.

"몇 년 전에 그 방에서 여자가 살해됐거든요."

그녀는 그 말을 너무도 담담하게 내뱉었다. 마치 세상 사람들이다 아는 사실이라도 되는 것처럼. 여기서, 멀지 않은 과거에, 누군가가 살해당했다는 사실을.

역시, 휴대폰을 버린 게 뼈저리게 아쉬웠다. 가지고 있었으면 백스터 모텔에 무슨 일이 있었는지 단 몇 초 만에 찾아볼 수 있었을 텐데. 하지만 그레타는 이미 모든 걸 알고 있는 얼굴이다.

"무슨 일이 있었는데요?" 내가 물었다.

그레타는 양말 뭉치를 손에 꼭 쥔 채, 날카로운 눈으로 내 얼굴을 찬찬히 살폈다.

"예쁘고 젊은 여자였어요. 당신처럼. 나이도 비슷했고, 금발이었죠. 이름은 크리스티나 마시. 며칠 묵고 간다고 했는데, 어느 순간부터 방에서 나오는 걸 못 봤어요." 그녀는 내 어깨 너머로, 어딘가 먼 곳을 보는 듯한 시선을 보냈다. "그게 다가 아니었어요. 뭔가가 이상했죠. 나는 알았어요. 그래서 닉에게 가서 확인해 보라고 했고…."

나는 이어지는 이야기를 듣고 싶지 않아서 숨을 삼켰다. 그렇지만 듣지 않을 수가 없었다.

"마시는 침대에 누워 있었어요. 칼에 찔린 채로." 그레타가 말했다. "닉이 거기서 발견했죠. 경찰 말로는 하루 전에 죽었댔어요."

나는 입을 막았다. "세상에…, 너무 끔찍하네요. 범인은 잡혔나요?"

그녀가 천천히 고개를 저었다. "못 잡았어요. 대신 경찰은 닉을 의심했죠. 강제로 들어온 흔적이 없었으니까, 그 여자의 방에 들어갈 수 있는 사람이 범인일 거라고 본 거예요."

"아…," 닉에 대한 첫인상을 떠올렸다. 파리 한 마리 못 죽일 것 같은 사람. 하지만 첫인상이 늘 맞는 건 아니다. "그럼…, 그레타 씨는 닉이 그랬다고 생각하세요?"

그레타는 잠시 침묵했다. 붉은 실핏줄이 얽힌 물기 어린 눈으로 나를 올려다봤다.

"아니." 그녀가 말했다. "닉은 그런 짓 절대 못 해요. 경찰이 잘 못 본 거지. 나도 그렇게 말했어요."

나는 숨을 내쉬며 어깨에서 힘이 빠지는 걸 느꼈다. 만약 그녀가 닉이 범인일지도 모른다고 했다면, 나는 이 자리에서 그대로 얼어붙었을 거다. 하지만 생각해 보면 당연하다. 닉이 살인자라고 믿었다면 그레타가 여기 남아 있을 리가 없다.

"그런데 경찰이 닉을 의심한 이유가 하나 더 있었어요." 그레타가 덧붙였다.

나는 눈썹을 치켜들었다. "어떤 이유요?"

그녀가 누런 혀를 내밀어 입술을 핥았다. "남 얘기 옮기는 거, 난 싫어해요."

정말? 내 눈엔 이 사람, 남 얘기 옮기기 되게 좋아하는 것 같은데. 물론 그렇게 말할 수는 없지만.

그레타가 양말을 내밀었다. 나는 그걸 받았다. 손에 닿는 감촉이 매우 거칠었다. 마치 수십 년 동안 신지 않은 양말처럼. 그래도 나는 신을 거다.

"고맙습니다." 내가 말했다.

그녀는 고개를 끄덕였다. "조심해요."

그게 무슨 뜻인지 정확히는 모르겠다. 하지만 틀린 말도 아니었다. 나는 지금 위기다. 다만 그녀는 내가 왜 위기인지 모른다.

나는 몸을 돌리다가 또 다른 거울과 마주쳤다. 대체 왜 방에 거울이 이렇게 많지? 내 지금 모습을 보는 건 괴롭기만 하다. 금발은 축 늘어져서 생기가 없고, 턱선까지 자른 짧은 머리도 낯설어서 나조차 나를 알아보지 못할 정도다. 눈은 퀭하게 꺼졌고, 볼도 어둡다. 이 방 안에서 가장 무서운 게 있다면…, 그건 바로 나다.

"난 거울이 좋아요." 그레타가 말했다. "거울은 의식과 무의식 사이의 경계예요. 누구나 자기 안에 자신을 그린 이미지를 가지고 있지만, 거울은 현실이죠. 지금 당신이 보는 것, 그게 다른 사람들 눈에 보이는 진실이에요."

"네…." 나는 대충 중얼거렸다.

"여기 더 머물 거라면," 그녀가 말했다. "내일 당신 점을 봐줄게요. 깨닫는 게 있을 거예요."

"괜찮아요. 저 아침에 떠날 거예요."

"미래는 생각보다 놀라운 법이죠."

지금 이렇게 꺼림칙하지 않았다면, 나는 시큰둥하게 눈을 굴렸을지도 모른다. 이 여자는 미래를 볼 수 없다. 심지어 서랍에 양말도 없다. 분명 일부러 겁주려는 거다. 장담하는데, 201호에서 누가 죽었다는 얘기도 지어낸 게 확실하다. 그저 날 놀라게 하려는 것뿐이다.

"양말 고마워요." 내가 말했다. "아침에 문 앞에 두고 갈게요."

"그냥 가져요." 그녀가 말했다. "여분 양말 한 켤레쯤은 있어야죠."

친절한 제안이긴 했지만, 여기만 벗어나면 나는 반드시 편의점이든 마트든 들어가서 양말을 잔뜩 살 거다. 염색약도.

나는 오른손에 양말을 꼭 쥔 채 그레타의 방을 빠져나왔다. 내가 미래를 볼 수 있는 건 아니지만, 한 가지는 확신한다. 이 여자를 다시 볼 일은 없을 거야.

9

양말은 끔찍했다.

그 여자의 방이 어땠는지를 생각하면 놀랄 일도 아니다. 예상했던 대로 빳빳하고 불편한 데다가, 결정적으로 무늬가 최악이다. 처음엔 그냥 마름모 안에 타원이 그려진 무늬인가 했는데, 잠시 후 그게 뭔지 알아차렸다. 눈알이다.

양말 무늬가 전부 눈알이다.

내가 그 눈알 양말을 간신히 신자, 문 두드리는 소리가 들렸다. 거의 반사적으로 문을 확 열 뻔했지만, 그레타가 들려준 '방에서 살해당한 여자' 이야기가 머리에 번쩍 떠올랐다. "네?"

"닉이에요. 칠면조 샌드위치 가져왔어요."

그 말이 끝나기도 전에 내 배가 꼬르륵 울렸다. 내가 얼마나 배고팠는지 까맣게 잊고 있었다. 나는 문을 열었다. 닉이 흰색 접시를 들고 서 있었다.

"고마워요!" 나는 접시를 받아 들자마자 내려놓을 새도 없이 샌드위치 절반을 잡아 입에 쑤셔 넣었다. 으음….

닉이 내 성급함에 웃음을 터뜨렸다. "맛있어요?"

"네, 너무요. 제가 좀 무례했죠. 죄송해요."

"아뇨, 전혀요." 그가 씨익 웃었다. "마음에 든다니 다행이네요. 냉장고에 있던 걸로 대충 만든 거라서요."

나는 또 한 입을 욱여넣었다. "얼마 드리면 돼요?"

닉이 고개를 저었다. "그냥 드세요. 식사는 방값에 포함이에요."

"아, 그래요?" 손님도 별로 없고, 여기저기 다 무너져 가는 걸 보면 벌이가 좋을 것 같진 않았다. 괜히 미안해졌다. 하지만 그렇다고 해서 내가 돈을 마구 쓸 처지도 아니다. "진짜 감사합니다."

닉이 내 발을 내려다봤다. "양말 구했네요. 그레타 씨가 줬어요?"

"네. 받았어요. 그분…, 음, 되게 특이하시더라고요."

닉이 머리를 뒤로 젖히며 웃었다. "그죠? 그분 재밌죠? 혹시 점 봐 주겠다고 하던가요?"

나도 모르게 웃음이 나왔다. "네. 그랬어요."

"그분이 그래요. 예전에 유랑 극단 점쟁이였대요. 다 쇼일 뿐이죠."

나는 샌드위치를 또 한입 베어 물려다 잠깐 멈췄다. "닉도 그레타 씨에게 점 봐 본 적 있어요?"

닉이 콧방귀를 뀌었다. "그럼요. 늘 똑같은 소리나 하죠. 너는 젊어서 죽을 거다, 끔찍한 불운이 닥칠 거다. 아까 말했잖아요, 다 쇼라고. 차라리 저 배관 터질 거나 미리 알려줬으면 도움이 됐을 텐데. 그게 진짜 유용하지."

나는 칠면조와 빵을 꿀꺽 삼키고 물었다. "저기…, 201호에서 정말 여자가 죽었어요?"

닉의 얼굴에서 미소가 사라졌다. 그레타가 어떻든 간에, 이 얘기는 분명 사실이라는 게 표정만 봐도 드러났다.

"그레타 씨가 그렇게 말했어요?"

나는 고개를 끄덕였다.

그가 목덜미를 문질렀다. "뭐라고 하던가요?"

나는 그의 얼굴을 찬찬히 살폈다. 연갈색 눈, 턱에 듬성듬성 난 수염. "그레타 씨가 그러더라고요. 젊은 여자였고, 방에서 칼에 찔려 죽었다고. 그리고 닉이 그 시체를 발견했다고요."

그가 헛기침했다. "어…, 네. 다 사실이에요."

양말을 신고 있는데도, 등골에서 발끝까지 싸늘한 기운이 훑고 내려갔다. "정말 끔찍했겠어요."

"네." 그는 시선을 떨어뜨렸다. "그랬죠. 그런 건 처음 봤어요. 다시는 보고 싶지 않아요. 아직도 가끔 악몽을 꿔요."

"너무 잔인하네요…" 나는 낮게 중얼거렸다. "그래도 결국 범인은 못 잡은 거죠?"

그가 고개를 들었다. 그런데 나를 보는 게 아니었다. 내 뒤 창문을 보고 있었다.

"네. 못 잡았어요."

"아…" 나도 모르게 탄식이 새어 나왔다.

"아무튼." 그는 어딘가 억지스러운 미소를 지었다. "더 필요한 거 없으시면 저는 집으로 돌아가 볼게요. 로잘리가…, 폭풍이 거센

날에 혼자 있는 걸 싫어해서요. 배관은 아침에 고쳐도 되겠죠."

"그럼요." 나는 맞은편 집 창문에 있던 실루엣을 떠올렸다. 내가 손을 흔들어도 아무 반응이 없던 여자. "아침에는 아내분이 여기로 오시나요?"

닉이 고개를 저었다. "아뇨. 이제는 모텔로 안 와요. 그 사람은…, 아파요. 제가 돌보고 있고요."

"아, 세상에. 정말 죄송해요. 힘드시겠어요."

그는 한쪽 어깨를 들썩였다. "아내잖아요. 병들 때나 건강할 때나, 함께하는 거죠." 그러더니 내 왼손 약지의 반지를 힐끗 봤다. "무슨 말인지 아시죠?"

나는 숨을 들이켰다. 내게 이 반지를 준 남자에게 칼을 꽂았다는 사실을 말할 수는 없었다.

"네. 물론이죠."

"잘 자요, 켈리. 아침에 봐요."

나는 반쯤 남은 칠면조 샌드위치가 올려져 있는 접시를 꼭 쥔 채, 닉이 복도를 걸어가는 모습을 바라봤다. 201호에서 있었던 살인 사건 얘기를 꺼내기 전까지는 기분이 꽤 좋아 보였는데.

그 사건은 여전히 그에게 영향을 미치고 있는 게 분명하다.

'경찰이 닉을 의심한 이유가 하나 더 있었어요.'

그레타가 그 방에서 내게 들려준 건 전부 사실이었다. 나는 그 '다른 이유'가 뭔지 더 궁금해졌다.

하지만 중요하지 않다. 나는 이 모텔에 오래 머물 생각이 없다. 내일 아침, 눈이 그치자마자 다시 길을 나설 거다.

나는 문에 걸린 '방해하지 마시오(DO NOT DISTURB)' 팻말을 글씨가 보이게 뒤집은 다음 문을 닫고 잠갔다. 그리고 창가로 가서 하늘에서 내려오는 눈발을 지켜봤다. 휴대폰 날씨 앱으로 이 폭풍이 언제까지 갈지 확인할 수 있다면 좋을 텐데. 버리기 전에 확인했어야 했다. 그래도 차 트렁크에 삽이 있으니, 어떻게든 나갈 수 있을 거다. 방법이야 뭐든.

나는 맞은편의, 모텔 바로 옆의 작은 집을 봤다. 낡고 허름하지만 커다랗게 휘어진 창문과 벽돌 굴뚝, 그리고 뾰족하게 솟아나 있는 탑 같은 구조물 때문인지 어딘가 위엄이 있었다. 거의 작은 성처럼. 조금 손을 보면 정말 근사해질 수 있을 것 같았다. 확실히 손 많이 갈 집이다. 닉이 아내가 아프다고 했으니, 원래는 고칠 계획이 있었는데 도중에 중단된 건 아닐까.

계획이 엉망으로 틀어지는 게 어떤 기분인지, 나도 안다.

2층 창문의 불은 아직도 켜져 있었다. 로잘리의 실루엣이 여전히 창가에 앉아 내 쪽을 똑바로 바라봤다. 나는 이번엔 손을 들지 않았다. 오히려 커튼을 쳐 버렸다. 다만 완전히 닫지는 않고, 아주 약간만 열어 둔 채로.

그때 로잘리의 실루엣 뒤에서 움직임이 보였다. 닉이 돌아온 모양이다. 나는 커튼 틈새로 그들을 엿봤다. 닉은 그녀 옆으로 가서 몸을 낮추고 무언가 말했다. 손을 뻗어 그녀의 얼굴을 살짝 만졌다. 키스라도 하려나 싶었는데, 그러진 않았다.

그러더니 그가 벌떡 일어났다. 그리고 방 안을 왔다 갔다 걷기 시작했다. 뭔가 화가 난 것 같았지만, 대화 내용은 한마디도 들리지 않았다.

그러다 그가 걸음을 멈췄다. 고개를 들고 창문을 똑바로 바라봤다.

나는 황급히 창가에서 머리를 떼어 냈다. 설마 그가 나를 봤을까? 아니, 그럴 리 없다. 그건 불가능하다. 그래도 어쨌든 남의 집을 훔쳐보는 건 잘못됐다. 닉이 자기 집에서 아내와 무슨 얘길 하든 그건 사적인 일이다. 내 알 바가 아니다.

나는 다시 TV로 고개를 돌렸다. 뉴스에서 데릭 이야기가 나오는지 너무 궁금했다. 오늘 밤은 여기서 나갈 수 없지만, 아직 시체가 발견되지 않았다면 그만큼 시간을 벌었다는 뜻이니까. 휴대폰만 있으면 인터넷을 뒤져 확인할 수 있었을 텐데. 하지만 그랬다면 나는 여기서 꼼짝없이 잡히는 신세가 됐겠지.

TV를 켜 봤지만 화면은 온통 흰 잡음뿐이었다. 안테나를 이리저리 돌리고 늘렸다 줄였다 해 봐도 소용이 없었다. 수신이 아예 안 됐다. 폭풍 때문일 거다.

그래, 폭풍이 이 정도라면 그들도 밖에서 나를 찾아다니진 못하겠지.

스콧 드와이어가 내 남편의 시체를 발견할 걸 생각하니 속이 서늘해졌다. 아직도 이해가 안 된다. 왜 스콧은 집 안을 확인하겠다고 고집하지 않았을까? 그게 절차 아닌가? 비명이 들렸다고 하면, 당연히 안을 들여다봐야 하는 거 아니야?

하지만 결국 누군가가 시체를 찾아낼 거다. 제발 그게 스콧이 아니었으면 좋겠다. 나는 그가 지난 10년 동안 내 인생이 얼마나 엉망이 됐는지 알게 하고 싶지 않다.

스콧을 처음 만난 고등학교 시절을 떠올리자, 목 밑에서 울음이 치밀어 올라왔다. 그때는 모든 게 더 단순했다. 물론 그 시절도 내 삶은 완벽하지 않았다. 부모님이 갑자기 사고로 돌아가신 고통은 여전했고, 거의 매일 나는 학교가 끝나면 곧장 집으로 돌아와서 공부만 했다. 부모님이 살아 계실 때는 방과 후 활동이나 다른 것도 했지만, 더는 그럴 마음이 들지 않았다. 특히 그 사고가…, 부모님이 내 연극을 보러 오시던 도중에 났기 때문이었다.

고등학교 내내 나는 혼자 지냈다. 늘 책만 들여다봤으니, 다른 애들 눈엔 내가 차갑거나 잘난 척하는 애로 보였을지도 모른다. 어쨌든, 그래서 누구도 나를 건드리지 않았다.

그런데 스콧은 달랐다. 수업 시간에 먼저 말을 걸어 줬고, 수업이 끝나면 다음 수업이 있는 교실까지 같이 걸어가 줬다. 농담을 계속 던져서 나를 웃게 만들었는데, 그건 정말 대단한 일이었다. 난 쉽게 웃는 애가 아니었으니까. 그러던 어느 날, 바깥이 이상할 정도로 덥다는 얘기를 하며 걷고 있었는데, 그의 어깨가 내 어깨를 스치고 있는 걸 느꼈다. 그도 알아챘는지 내 쪽을 힐끗 보며 환하게 웃었다. 스콧은 나를 볼 때면 늘 그런 표정이었다. 숨길 수 없는 애정으로 가득한 표정. 내가 세상에서 제일 멋지고 대단한 애라도 되는 듯이.

그리고 우리는 사회 수업이 있는 교실 앞에 도착했다. 스콧은 같은 시간에 학교 정 반대편에서 수업이 있었으니, 그날도 틀림없이 지각했을 것이다. 그때 그가 머리를 쓸어 올렸다. 손가락 사이로 빠져나온 붉은빛 머리카락이 삐죽삐죽 섰다. 그는 살짝 긴장한 듯한 미소를 지었다.

'밖에 진짜 덥다. 수업 끝나고 아이스크림 먹으러 갈래?'

나는 그게 무슨 뜻인지 깨닫기까지 1초도 안 걸렸다. 스콧이 나한테 데이트 신청을 한 거였다. 그리고 나도 그걸 얼마나 원하고 있었는지, 그 순간 알았다. '좋은 생각인 것 같아.'

나는 스콧의 소중함을 몰랐다. 너무 어렸고, 다른 남자애들은 어떤지 알 길도 없었다. 나는 모든 남자애가 당연히 스콧 같을 줄 알았다. 스콧은 낡아빠진 포드를 끌고 와서 내가 조수석 문을 열기 전에 후다닥 달려와 열어 주었고, 수영부 연습에 늦을 걸 알면서도 매일 학교가 끝나면 나를 집까지 데려다주었다. 조심스럽고 다정하게 입을 맞췄고, 우리가 아직 해 보지 않은 일을 하려 할 땐 꼭 먼저 허락을 구했다.

데릭은 내게 절대 도달할 수 없는 '완벽함'을 요구했지만, 스콧은 그저 나와 함께 있다는 사실만으로도 기뻐하는 사람 같았다.

그래, 스콧은 다정했다. 그런데 솔직히 조금 심심했다. 너무 착했고, 너무 좋은 애였다. 나는 대학에 갈 예정이었고, 그는 고향에 남아 아버지 가게에서 일할 생각이었다. 우리 관계는 딱 고등학생들이 하는 연애 같았고, 내가 대학에 가도 계속 이어질 거라곤 별로 생각하지 않았다. 그리고 실제로도 그렇게 끝났다.

대학 졸업 후 다시 고향으로 돌아왔을 때, 마트에서 우연히 그를 만났다. 그때 그가 경찰이 됐다는 걸 알았다. 그리고 몸도 꽤 근육질이 됐다는 것도. 그리고 그가 나를 바라보는 눈빛에서, 나는 그가 내게 여전히 고등학교 때와 같은 감정을 품고 있다는 걸 알아챘다.

"나중에 술 한잔할까?" 그가 제안해 왔다.

하지만 나는 막 은행에 취직한 참이었고, 주변에 좋은 인상을 남기느라 정신이 없었다. 그래서 "다음에" 하고 미뤄 뒀다. 하지만 그 '다음'은 결국 오지 않았다. 그리고 뻔하지만…, 그 뒤에 데릭이 내 삶에 들어왔다.

나는 스콧이 우리 집 부엌으로 들어가는 장면을 상상했다. 내가 아마 다시는 못 갈 그 집. 그가 데릭의 시체를 내려다보며 얼굴을 찌푸리는 모습. 다음번에 스콧을 만나면 그는 더 이상 예전처럼 나를 사랑스럽게 바라보지 않을 거다.

그는 다시는 나를 그런 눈빛으로 바라봐 주지 않겠지.

하느님, 제가 모든 걸 망쳐 버렸어요.

나는 스콧 드와이어에 대한 생각을 억지로 머릿속에서 밀어냈다. 지금 내게 필요한 건 잠이다. 내일도 긴 운전이 기다리고 있고, 지금 당장 할 수 있는 일이 아무것도 없다면 그나마 몸이라도 쉬어야 한다.

하지만 잠이 쉽게 오지 않을 것 같은 예감이 든다.

10

내 인생에서 최악의 밤이었다.

아예 잠을 못 자고 뜬눈으로 지새운 것도 아니었다. 그랬다면 차라리 나았을 거다. 나는 꾸벅꾸벅 졸다가 정확히 한 시간 간격으로 끔찍한 악몽을 꾸고 깨기를 반복했다. 그런데 그건 엄밀히 말해 악몽이 아니었다. 기억이었다.

데릭과의 첫 데이트는 프렌치 레스토랑에서였다. 내가 평소 가던 곳과는 비교도 안 될 만큼 고급스러운 곳이었다. 우리 집은 형편이 넉넉하지 않았고, 부모님이 돌아가신 뒤엔 클라우디아와 나 둘만 남으면서 사정이 훨씬 더 어려워졌다. 그런 식으로 '대접받는' 일 자체가 낯설었다.

나는 메뉴판을 펼치자마자 겁부터 났다. 전부 프랑스어였고, 설령 내가 프랑스어를 할 줄 안다고 해도 절반은 무슨 요리인지 몰랐을 것이다. 나는 조심스럽게 데릭에게 뭐가 맛있냐고 물었고, 그는 자기가 전부 주문하겠다고 했다. 내가 뭘 좋아하는지 한 번도 묻지 않았으면서. 그런데 그 자신감이 이상하게도 사람을 끌어당겼다. 내가 그동안 만나 온 어떤 남자와도 달랐다.

데릭은 특히 비싸 보이는 레드와인을 주문했다. 그는 진지하게 코르크 향을 맡기까지 했다. 종업원이 내 잔에 와인을 따르자, 데릭은 내가 한 모금 마시는 걸 기대에 찬 눈으로 지켜봤다. "어때요, 퀸?"

나는 그 고급 와인이 동네 술집에서 10달러 주고 사 마시던 와인과 뭐가 다른지 구별할 자신이 없었다. 그래서 한참 망설이다가 결국 말했다. "과일 향이 나요." 사실 전혀 아니었다. 그 10달러짜리 와인과 똑같은 맛이었다.

데릭은 환하게 웃었고, 나는 마치 시험에서 정답을 맞힌 기분이 들었다. 그는 정말 잘생겼고, 매력도 넘쳤다. 카리스마가 뚝뚝 흘렀다. 그는 나보다 더 나은 사람처럼 보였다. 클라우디아가 들었다면 버럭 했겠지만, 그때의 나는 어쩔 수 없이 그렇게 느꼈었다.

데릭은 '코코뱅'이라는 요리를 주문해 줬다. 레드와인에 닭고기를 졸인 음식이라고 설명했다. 나는 푸아그라도 먹었다. 오리 간이라는데, 그땐 솔직히 맛이 별로였다. 그래도 몇 년이 지나면서 그 맛을 '좋아하는 법'을 배웠다.

그리고 천국 같은 초콜릿 수플레를 마저 먹고 있던 그때, 데릭이 몸을 기울여서 나에게 입을 맞췄다.

현실에서 그 키스는 참 좋았다. 그리고 그게 두 번째 데이트로, 세 번째 데이트로 이어졌고, 순식간에 내가 절대 거절할 수 없는 프러포즈로 이어졌다.

그런데 꿈속에서, 우리는 그때와 똑같이 저녁 식사를 하고 있었다. 똑같이 비싼 와인을 마셨고, 똑같이 달콤한 초콜릿 수플레를 먹었다. 그리고 데릭이 똑같이 나에게 키스했다.

하지만 그가 입술을 떼는 순간, 그의 하얀 와이셔츠 위로 붉은 자국이 번져나갔다.

"퀸…." 그가 숨을 몰아쉬며 내 이름을 불렀다.

나는 아래를 내려다봤고, 내 오른손에는 스테이크 나이프가 들려 있었다. 칼끝은 내 남편의 피로 범벅이 되어 있었다. 나는 칼을 손에서 떨어뜨렸지만 이미 늦었다.

"나쁜…, 년…." 데릭의 얼굴에서는 핏기가 사라져 가고 있었다. "구…, 구급차를…, 불러…."

하지만 나는 구급차를 부르지 않았다. 그저 거기에 서서, 그의 몸에서 생기가 빠져나가는 걸 바라보기만 했다.

나는 남편이 부엌 바닥에서 죽게 내버려 뒀다.

그러니까, 이게 나의 또 다른 비밀이다. 데릭이 나를 목 졸라 죽이려 했기 때문에, 나는 스스로를 지키기 위해 그의 배를 찔렀다. 하지만…, 그 이후에 그를 살릴 수 있는 순간이 있었다. 내가 곧장 전화기로 달려가 911에 신고했다면 어쩌면 데릭은 지금 살아 있을지도 모른다. 그런데 나는 그러지 않았다. 그래. 나는 정당방위로 그를 죽였지만, 사실은 그가 죽길 바랐다.

그뿐만이 아니었다. 나는 그가 확실히 죽은 걸 확인하려고 일부러 기다렸다. 나는 그 자리에 서서 그가 피를 쏟아 내는 걸 지켜만 봤다. 그는 살려 달라고 울부짖었다. 의식을 잃을 때까지 구급차를 불러 달라고 내게 애원했다. 하지만 나는 그가 의식을 잃은 뒤에도 계속 기다렸다. 가슴이 오르내리는 게 완전히 멈출 때까지. 손목에서 맥박이 더는 느껴지지 않을 때까지.

나는 모텔 방의 불편한 더블 침대에서 화들짝 깨며 몸을 일으켰다. 잠깐 동안 방향 감각을 잃었고, 내가 어디에 있는지도 몰랐다. 그런데 곧 모든 게 한꺼번에 밀려왔다. 내가 어디 있는지, 그리고 내가 무슨 짓을 저질렀는지.

나는 침대에 앉아 심장이 미친 듯이 뛰는 걸 느꼈다.

여기서 나가야 한다.

손목시계를 보니 아홉 시가 다 되어 갔다. 제대로 잠을 자지 못했는데, 어떻게 이렇게 늦게 일어나게 된 건지 모르겠다. 이제 한 순간도 허비할 수 없다. 당장 도로로 돌아가야 한다.

TV 안테나 주파수를 어떻게든 맞춰 뉴스를 확인할 시간도 없다. 차에서 라디오로 들으면 된다.

나는 화장실로 달려가 급히 볼일을 보고 얼굴에 찬물을 끼얹었다. 거울 속 내 모습과 눈이 마주치는 순간, 나는 움찔했다. 꼴이 말이 아니다. 적어도 젖어 있던 금발 머리가 이젠 말라 있긴 하지만…, 누가 봐도 화장실에서 가위로 잘라낸 머리 같았다. 축 늘어진 채 생기가 없었고, 눈 밑엔 짙은 보라색 다크서클이 내려앉아 있었다. 하룻밤 사이에 열 살은 늙은 것 같다.

하지만 제일 끔찍한 건, 여전히 내가 '나'라는 사실이다. 많이 초췌해지긴 했어도, 누가 봐도 난 퀸 알렉산더다. 머리를 엉망으로 잘라 놨어도 사진을 보면 누구든지 나인 줄 알아볼 것이다.

외모를 어떻게 바꿔야 할지 모르겠다. 당장 필요한 건 염색약이다. 어두운색으로 염색해야 한다. 그렇다고 눈에 확 띄는 새까만

검정은 안 된다. 그리고 살도 좀 찌워야겠지만…, 돈도 없는데 어떻게 먹고 살을 찌우란 말인가.

어쨌든 그건 나중 문제다. 지금은 여기서 나가는 게 먼저다.

청바지에 발을 넣고 허리까지 당기는 순간, 문을 두드리는 소리가 들렸다. 심장이 철렁 내려앉았다. 경찰인가? 나를 찾아온 건가? 그런데 곧 닉의 목소리가 들렸다. "켈리?"

"잠깐만요!" 나는 라디에이터 위에 올려 뒀던 양말을 급히 집어 들었다. 아주 빳빳해졌지만 따뜻하고 말라 있었다. 나는 발을 쑤셔 넣고서 엉망으로 자른 머리를 한 번 쓸어 넘겼다. "지금 나가요!"

문을 살짝 열고 보니, 닉이 접시를 들고 서 있었다. 스크램블드에그와 바삭한 베이컨 몇 조각. 그걸 본 순간 배에서 꼬르륵 소리가 터졌다.

"방해해서 미안해요…." 닉이 문고리에 걸린 팻말을 힐끗 봤다. "아침을 좀 만들어 왔어요. 배고플 것 같아서요."

맞는 말이다. 접시에 담긴 것을 본 순간, 내 위장이 고통스럽게 신음했다. 계란에서 조금 갈색빛이 돌긴 하지만 상관없다. 지금이라면 한입에 먹어 치울 수 있다.

"고마워요. 근데 저 지금 출발해야 해서요."

닉의 눈썹이 이마 끝까지 치켜 올라갔다. "지금요?"

"네…." 나는 창문 밖을 흘끗 봤다. "눈 그쳤죠?"

"그치긴 했는데…," 그가 미간을 찌푸렸다. "여기 완전히 파묻혔어요. 제설차는 늦은 오후나 돼야 올 수 있어요. 켈리가 어디에 차를 세웠는진 못 봤지만, 대형 트럭이 아닌 이상 여기서 빠져나가기는 힘들 거예요."

내 속이 철렁 내려앉았다. "진짜예요?"

닉이 미안한 듯 안절부절못하며 말했다. "죄송해요. 제설 업체에
다시 전화해 볼 순 있는데…, 어젯밤 이곳에 눈이 60센티는 왔어
요."

안 돼, 안 돼, 안 돼…, 이럴 순 없어. 난 당장 여기서 나가야 한
다고. "그럼 제가 직접 차를 파낼 수 있지 않을까요?"

"글쎄요…."

나는 들고 있는 접시를 두 손으로 꽉 움켜쥐었다. 방금까지만
해도 미친 듯이 배가 고팠는데, 식욕이 싹 사라졌다. "도와주실 수
있어요?"

"도와요?"

"차 파내는 거요." 접시를 너무 세게 쥐는 바람에 금방이라도 깨
먹을 것 같았다. "오늘 여기서 나가야 해요. 제발."

"어…," 닉은 내 어깨 너머로 창밖을 봤다. 눈부실 정도로 하얀
눈이 세상을 통째로 덮고 있었다. "돕긴 해 볼게요. 근데 눈이 장
난이 아니에요. 차는 어디에 세웠어요? 바로 앞 주차장엔 없던데."

"식당 옆에 세웠어요. 판자로 막혀 있는 식당 옆에요."

"알겠어요." 그가 어깨를 으쓱했다. "한번 해 보죠." 그러더니 내
발을 내려다봤다. "부츠 있어요?"

부츠가 있을 리 없다. 난 양말도 안 챙긴 사람이잖아. "없어요.
그래도 괜찮아요."

닉이 턱에 난 수염을 문질렀다. "그럼 로잘리한테 가서 한 켤레
빌려 올게요. 둘이 발 사이즈가 비슷해 보여요."

아픈 아내에게서 부츠를 빌려 오겠다는 말이 묘하게 마음을 불편하게 했다.

"아뇨, 진짜 괜찮아요."

"괜찮긴요. 눈이 저렇게나 쌓였는데. 제대로 부츠를 신지 않으면 발가락 하나는 얼어붙어서 떨어질걸요."

그 말도 맞다. "그럼 아내분이 괜찮으시다면…."

그는 고개를 끄덕이며 접시를 가리켰다. "일단 아침 식사부터 하세요. 그럼 제가 부츠를 들고 올 테니까 아래에서 만나요."

나는 그러겠다고 했지만, 닉의 표정에서는 전혀 희망이 엿보이지 않았다.

만약…, 여기서 못 나가게 되면 어떡하지? 이럴 때 경찰이 오면 나는 꼼짝없이 잡힐 것이다.

닉이 떠난 뒤, 나는 계란을 입에 퍼 넣으면서 동시에 TV 안테나를 만지작거렸다. 계란은 솔직히 끔찍했다. 퍽퍽하고, 밍밍하고. 베이컨에서는 탄 맛도 났다. 어젯밤 먹은 칠면조 샌드위치가 훨씬 나았다. 뭐, 원래 샌드위치는 망치기가 쉽지 않지만.

겨우 화면이 잡혀 지역 뉴스를 틀었지만, 살인 사건에 대한 언급은 없었다. 역시 대부분의 뉴스가 이번 폭설에 관한 것이었다. 단지 뉴스에 뜨지만 않은 건지, 아니면 정말로 아직 데릭의 시체가 발견되지 않은 건지는 모르겠다.

아직도 발견되지 않았을 리가 있나 싶다. 설마 그가 아직도 부엌 바닥에 누워 있고, 그걸 아무도 모르고 있다고? 시체는 얼마나 지나야 부패하기 시작하지? 벌써 시작되지는 않았겠지? 이렇게 추우니까…, 적어도 아직은 아닐 거야.

지금껏 데릭을 그런 식으로 생각하는 건 불가능했다. 그는 늘 강했고, 크고, 생기 넘쳤다. 존재감 자체가 거대한 사람이었다. 그런 그가 죽었다니….

그는 죽었어. 그렇지?

…그렇지?

그런 생각은 여태까지 한 번도 제대로 해 본 적이 없었다. 나는 그가 완전히 끝났다는 걸 확인하려고 그 자리에 서서 기다렸다. 그는 부엌 바닥을 피로 흥건하게 적시며 죽어 갔다. 분명히 죽었다. 숨도 쉬지 않았다.

그는 죽었어.

하지만….

나는 의사가 아니다. 그저 데릭이 더 이상 숨을 쉬지 않는 것처럼 보였고, 맥박도 느껴지지 않았다. 미동도 없이 고요했고, 엄청난 양의 피를 흘렸다. 그가 살아 있을 리는 없었다.

그런데 집을 떠나기 전에 나는 그를 다시 확인하지 않았다. 확인할 용기가 나지 않았다. 그냥 내가 마지막으로 본 그대로 부엌 바닥에 누워 있을 거라고 당연하게 생각해 버렸다. 아침에 집을 나섰는데 문득 '불은 껐나? 문은 잠갔나?' 하고 불안해지는 그런 느낌, 지금 딱 그런 느낌이다. 단, 백만 배쯤 더 찝찝할 뿐이다.

만약…, 아무도 나를 찾아오지 않는 이유가 데릭이 사실 죽지 않았기 때문이라면?

금방 먹은 계란을 그대로 토해낼 것 같다. 몇 분 전까지만 해도 나는 단 하나만큼은 확신했다. 데릭은 죽었다고. 분명히 죽었다고. 그런데 이제는…, 확신이 흔들린다. 혹시 그가 바닥에서 일어나 스스로 응급 처치를 하고, 지금쯤 나를 찾아 헤매고 있는 건 아닐까?

어쨌든, 나는 여기서 당장 나가야 한다.

나는 왼손을 내려다봤다. 약지에 낀 결혼반지가 아직도 나를 조롱하는 것 같았다. 뭐가 됐든, 이 멍청한 반지부터 당장 빼 버려야겠다. 나는 거칠게 잡아당겨 반지를 빼냈다. 반지가 있던 자리는 주변보다 두어 단계는 더 하얬다. 당장 저 반지 자국을 없애고 싶다. 나는 침대 옆 서랍을 확 열었다. 안에는 성경책 한 권뿐이었다. 서랍 안에 반지를 휙 던져 넣고서 쾅 닫았다.

나는 방 열쇠를 집어 들고 복도로 나가서 문을 잠갔다. 밖에 가방을 들고 나갈까 잠깐 고민했지만, 그냥 두고 가기로 했다. 가방은 이곳을 떠날 때 가져가도 된다.

"이렇게 일찍 떠나려고요?"

나는 확 돌아봤다. 뒤에 그레타가 서 있었다. 발목까지 내려오는 하늘색 잠옷 차림이었다. 지난밤의 나와 마찬가지로 맨발이었지만, 그녀는 전혀 개의치 않는 얼굴이었다.

"어, 네." 내가 말했다. "가야 해서요."

"하지만 밖엔 눈이 아주 많이 쌓였어요."

"알아요." 나는 짜증 섞인 목소리로 말했다. "닉이 차 파내는 거 도와주기로 했어요."

그레타가 내 발을 내려다봤다. 나는 양말만 신고 있었다.

"재미있는 신발을 골랐네요."

나는 이를 악물었다. "닉이 아내 부츠를 빌려준다고 했어요."

그레타의 입꼬리가 비틀리듯 올라갔다. "그 남자 아내에게서 뭘 빌리는 건 조심하는 게 좋아요."

그 표정이 이상하게도 등골을 서늘하게 만들었다. "닉이 괜찮다고 했어요. 먼저 그러자고도 했고요."

"당연히 그랬겠죠." 그레타가 코웃음을 쳤다. "그냥 말해 두는 것뿐이에요. 로잘리는 기분이 좋지 않을 거예요. 남편이 예쁘고 어린 손님을 도와준다면서 자기 부츠를 내어 달라고 하면 말이죠." 나를 보는 그녀의 눈이 가늘어졌다. "그 여자는 늘 보고 있거든요. 알죠?"

나는 모텔 맞은편 집 2층 창문에 앉아 있던 실루엣을 떠올렸다. 숨이 턱 막혔다. "닉의 아내분이 질투할 만한 짓은 하지 않아요. 진짜로요."

"그 말, 크리스티나 마시한테도 해 보시죠."

목구멍이 바짝 말랐다. 이 여자가 지금 무슨 말을 하는 거지? 설마 201호에서 그 여자가 살해당한 사건과 로잘리가 연관돼 있다고 암시하는 건가?

아니, 말도 안 된다. 닉은 아내가 아프다고 했다. 병이 있다고. 그런 사람이 집 밖으로 나와 사람을 죽이고 다닐 리 없다.

물론 닉은 무슨 병인지는 말하지 않았다. 만약 정신적으로 아픈 거라면…?

나는 고개를 세차게 저었다. 말도 안 되는 소리다. 나는 한 시간 안에 여길 떠날 사람이다. 닉의 미친 아내 따위는 생각할 필요 없다. 그리고 그레타는 그냥 날 겁주려고 이러는 거다. 닉도 말했잖아, 저 사람 원래 좀 소설 쓰는 데가 있다고.

"별일 없을 거예요." 내가 그레타에게 말했다. "만나서…, 반가웠어요." 진심은 아니지만.

늙은 여자의 표정은 도무지 읽을 수가 없다. "나도 반가웠어요, 켈리."

그 말과 동시에 그레타는 내 코앞에서 문을 쾅 닫아 버렸다. 그리고 문 안쪽에서 자물쇠들이 딸깍딸깍 잠기는 소리가 들렸다. 여기 있는 사람이라곤 그녀와 나뿐인데, 물론 닉도 있지만, 대체 왜 저렇게 자물쇠를 많이 걸어야 한다고 느끼는 걸까.

나는 복도를 걸어가다 201호 앞을 지나쳤다. 그 일이 벌어진 방. 2년 전에 어떤 여자가 살해당한 그 방.

닉이 그 여자를 발견했을 때 기분이 어땠을까 문득 상상했다. 마스터키로 문을 열고 들어갔더니 침대 위에 여자가 누워 있었을 거다. 침대보엔 피가 번져 있었겠지. 분명 그 침대보는 버렸을 거다. 피를 빼는 게 얼마나 지독하게 어려운지 이제는 나도 안다.

나는 한기에 몸을 떨었다. 더 생각하고 싶지 않았다. 오늘만 지나면 내가 이 백스터 모텔을 찾을 일은 두 번 다시 없을 테니까.

약속대로 닉은 1층에서 기다리고 있었다. 두꺼운 검은 코트에 검은 비니까지 눌러쓴 차림이었다. 그가 활짝 웃으니, 묘하게 귀엽게 보이기까지 했다. 데릭은 의심할 여지 없이 잘생겼지만, 나는 늘 닉 같은 타입을 더 좋아했다. 옆집에 살 것 같은, 그런 푸근한 잘생김.

"부츠 가져왔어요!" 닉이 검은 털 안감이 달린 스노 부츠 한 켤레를 들어 보였다. "이거면 따뜻할 거예요."

"고마워요." 나는 부츠를 받으려다가 잠깐 멈칫했다. "정말 제가 빌려도 괜찮아요?"

"그럼요!" 닉이 고개를 끄덕였다. "당연하죠. 어차피 로잘리도 요즘은 신지 않아요. 그러니까…, 그냥 가져도 될 정도예요."

내가 닉 아내의 부츠를 가질 리는 없다. 하지만 차를 파낼 동안 잠깐 신는 건 어쩔 수 없다.

모텔 밖으로 나가 쌓여 있는 눈더미를 보는 순간, 속이 메스꺼워졌다. 닉은 과장한 게 아니었다. 이건 60센티 정도가 아니었다. 유난히 많이 쌓인 곳은 3미터쯤 돼 보일 정도였다. 그런데 내 차는 코롤라다. 픽업트럭도 아니고. 내가 대체 어떻게 여기서 빠져나가?

"와…," 나는 멍하니 중얼거렸다. "이 정도일 줄은 몰랐어요."

닉이 고개를 끄덕였다. "타고 온 차는 뭐예요?"

"코롤라요."

그의 눈이 커졌다. "그럼 쉽지 않겠네요."

그렇긴 해도, 닉은 여전히 도와줄 생각이 있는 듯이 보였다. 로잘리의 부츠가 흰 눈 속으로 푹푹 빠졌다. 우리는 아주 천천히 내가 차를 세워 둔 식당 쪽으로 걸어갔다. 내가 식당을 빙 돌아서 뒤쪽으로 가야 한다고 말했을 때, 닉은 조금 놀란 얼굴을 하긴 했지만 왜 굳이 그런 데에 차를 세워 뒀냐고 묻지는 않았다. 닉은 삽을 들고 있었고, 내 차 트렁크에도 삽이 하나 있었다. 하지만 한 걸음 한 걸음 내딛을수록 이게 얼마나 불가능한 일인지 실감하게 됐다. 차를 꺼내려면 미식축구장 넓이만큼 눈을 퍼내야 할 판이다.

식당 옆으로 돌아섰을 때, 닉이 찡그린 눈으로 하얀 눈밭을 훑었다.

"차가 어디 있죠? 안 보이는데."

내 눈에도 안 보인다. 젠장, 내 차 어디 갔지?

그런데 쓰레기통 뒤쪽에 눈이 산더미처럼 쌓인 곳이 있었고, 그 밑에서 파란색 사이드 미러가 아주 조금 삐져나와 있는 게 보였다. 저거다, 내 차. 그냥 통째로 묻혀 버린 거다. 식당 건물이 눈보라를 조금이라도 막아 줘서 덜 쌓였을 거라 기대했는데…. 요즘 내 운을 생각하면 이쪽이 더 말이 되긴 한다.

"저기 있네요." 내가 말했다.

닉은 고개를 끄덕였다. 우리는 지난밤 내 차를 삼켜 버린 거대한 눈더미 쪽으로 걸어갔다. 가까이 다가가자, 그는 내 차 보닛에 손을 짚고 몸을 가누어야 했다.

"세상에…, 눈이 진짜 어마어마하네." 닉이 혀를 찼다.

"도와줘서 고마워요."

"네." 그는 한숨을 내쉬었다. "자…, 시작해 봅시다."

닉은 먼저 내 차 트렁크 위에 쌓인 눈을 치워서 내가 트렁크를 열 수 있게 해 줬다. 나는 트렁크에서 내 삽과 얼음 긁개를 꺼냈다. 뉴잉글랜드에서는 겨울에 필수품인 도구다. 모든 준비를 마친 우리 둘은 본격적으로 작업을 시작했다.

진척이 더뎠다. 차 위에도 눈이 한가득이었고, 차 주변에도 눈이 한가득이었고, 차 주변의 주변까지 전부 눈 천지였다. 나는 점점 기가 꺾여 갔는데, 닉은 불평 한마디 하지 않았다. 말없이 계속 눈을 퍼냈다.

"진짜 고마워요." 내가 말했다. "정말요. 너무 감사해요."

닉은 씩 웃었다. "별말씀을요. 도와드릴 수 있어서 저도 좋아요."

"보통 모텔 주인이 손님 차 눈 치우는 것까지 도와주진 않잖아요."

그가 웃었다. "저희는 풀 서비스 모텔이라서요." 그러더니 내 얼굴을 힐끗 봤다. "그리고 혹시 더 머물러야 한다면 얼마든지 그러셔도 돼요. 뭐, 할인 같은 걸 해 드릴 수도 있고요."

분명 그가 내 주머니 사정을 눈치챈 거다. 하지만 내가 여기 오래 못 있는 이유는 돈 때문만이 아니다. 게다가 저렇게 다 무너져 가는 모텔을 보면, 닉이 손님한테 할인 같은 걸 해 줄 여유가 있을 리도 없다.

"고마워요." 나는 작게 중얼거렸다.

"음식은 더 나아지진 않겠지만요." 그는 여전히 명랑하게 말을 이었다. "그래도 양은 많아요. 그 농담 알죠? 식당에서 손님이 음식이 너무 맛없다고 불평하면서 '그리고 양도 너무 적어!'라고 하는 거."

내가 전혀 웃지 않자, 그가 덧붙였다. "그러니까…, 진짜로 맛이 없으면 양이 적은 게 왜 불만이겠어요. 그렇죠?"

나는 멍하니 고개만 끄덕였다. "네…."

닉이 헛기침했다. "죄송해요. 기운 좀 내시라고 농담한 건데, 제 농담이 좀 별로였네요."

나는 그를 위해 아주 조금, 정말 아주 조금만 웃어 보였다. 내 마음은 전혀 웃을 상황이 아니었지만. "신경 쓰지 마세요. 만들어 주시는 음식은 뭐든 좋아요."

"지난번에도 말했지만, 원래 요리는 제 아내가 했었거든요." 또다시 그는 아내 이야기를 과거형으로 했다. "이제는 그러기가 힘들지만요."

춥긴 한데도, 나는 이마에 맺힌 땀을 훔쳤다. 삽질은 정말 고된 일이었다. 이 모든 육체노동의 끝에서, 내일 나는 온몸이 쑤시고 아플 게 뻔했다. "그럼 저 식당이 원래 아내분 식당이었어요?"

닉이 뒤쪽에 있는 나무판자로 막힌 건물을 힐끗 봤다. "네, 맞아요. 그게 로잘리의 꿈이었거든요. 자기 식당을 갖는 거. 한동안은 진짜 잘됐어요. 이런 작은 휴게소 치고는 정말, 정말 잘됐었죠."

"무슨 일이 있었어요?" 나도 모르게 튀어나온 말이었다.

닉은 내 질문에 조금 놀란 듯 보였다. 괜히 물었나 싶었지만, 우리는 한 시간 넘게 같이 삽질을 해 왔다. 몸으로 고생을 나누면 묘하게 거리가 가까워지는 법이다.

"음," 그가 말했다. "아내가 병에 걸렸어요." 그는 잠깐 망설이다가 덧붙였다. "아내는 다발성 경화증이에요. 게다가 진행성이라서…, 지난 5년 동안 계속 나빠졌어요. 이제는 걷지도 못해요. 거의 대부분 제가 돌보고 있고요."

"아…," 나는 숨이 턱 막혔다. "너무 안타깝네요. 많이 힘드셨겠어요." 하지만 마음 한구석에서는 이상하게 안도감을 느꼈다. 편집증적 조현병 같은 병명이 나올까 봐 잠깐 겁먹었으니까. 로잘리는 집 밖으로 나올 수도 없을 만큼 몸이 약해졌다. 설령 질투심이 강한 사람이라 해도, 적어도 내가 그녀를 두려워해야 할 이유는 없는 것 같았다.

"나는 로잘리가 계속 식당을 운영했으면 했어요." 닉이 말했다. "휠체어를 타고서도 쓸 수 있게 주방을 고치자고 했죠. 돈 좀 들이면 되니까. 그런데 로잘리는 끝까지 싫다더라고요. 늘 해 오던 방식대로만 하고 싶어 하고, 만약 그럴 수 없다면…."

"사람마다 다 자기 고집이 있죠."

그가 고개를 끄덕였다. "누구보다 로잘리가 힘들다는 건 나도 알아요. 만약 나한테 같은 일이 생겼다면 나도 쉽게 받아들이진 못했을 거예요. 그래도 스스로 원하기만 하면 예전처럼 다 할 수 있거든요. 정말로요. 하지만 이제는 아무것도 하고 싶어 하지 않아요. 하루 종일 집 안에만 있어요. 자신도 미칠 것 같으면서. 이러다 나까지 미치겠어요."

나는 데릭을 떠올리며 그를 동정 섞인 눈으로 바라봤다. "가끔은 우리도 다 조금씩 미치잖아요."

"그렇긴 한데…," 닉은 잠깐 삽을 내려놓고 먼 곳, 그러니까 자기 집 쪽을 바라봤다. "내겐 너무 큰 짐이에요. 솔직히 말해서 힘들어요."

"알아요." 나는 입술을 깨물었다. "혹시…, 다른 곳에서 지내는 게 아내분에게 더 나을 수도 있지 않을까 생각해 본 적은 없어요?"

닉의 온화하던 연갈색 눈에 순간적으로 분노가 번뜩였다. "다른 곳이라뇨? 요양 병원 같은 데를 말하는 거예요?"

"아니, 그러니까…."

"빌어먹을, 로잘리는 내 아내예요." 장갑 낀 그의 손이 주먹으로 굳었다. "아직 서른다섯밖에 안 됐다고요. 내가 아내를 요양 병원에 처넣을 리가 있겠어요? 진심이에요? 나를 뭐라고 생각한 거예요?"

나는 움찔하며 한 걸음 뒤로 물러났다. 삽자루를 쥔 손에 힘이 들어갔다. "미안해요. 그런 뜻으로 말한 게 아니었어요. 그냥 저는…."

나는 닉의 어깨가 축 늘어지고 나서야 내가 숨을 참고 있었다는 걸 깨달았다.

"아니, 내가 미안해요." 그가 말했다. "괜히 당신한테 화풀이했네요. 악의가 없었다는 거 알아요. 나도 이런 얘기는 늘어놓을 필요가 없었는데…, 그냥 다 내 탓이에요."

나는 그가 이렇게 빨리 가라앉은 게 놀라웠다. 데릭이었다면 몇 시간은 내게 고함쳤을 것이고, 며칠은 정신적으로 고문했을 텐데. 한 번은 내가 당신 엄마가 만드는 음식은 너무 짜다고 말했다는 이유로, 다음 날 현관문 자물쇠를 통째로 바꿔서 내가 집에 못 들어오게 한 적도 있었다. 데릭 엄마가 만든 음식은 진짜로 소금 덩어리였다.

"괜찮아요." 내가 말했다. "여기선 답답한 마음을 털어놓을 기회도 별로 없으실 테니까요."

"그건 확실하죠." 닉이 삐딱하게 웃었다. "아무튼 들어줘서 고마워요. 아내와 나는 여기서 나름 괜찮게 지내요. 뭐, 다른 곳에서 더 좋아질 수도 있겠지만…, 더 나빠질 수도 있는 거잖아요, 그렇죠?"

"그렇죠." 나는 말했다. 남편을 죽이고 도망치는 중일 수도 있고, 아니면 사실은 죽지 않은 남편이 지금 나를 쫓아오고 있을 수도 있으니까. 그래. 더 나쁠 수도 있지.

"아, 잠깐만요." 닉이 말했다. "휴대폰이 울려서요."

"전 아무 소리도 안 들리는데요?"

"무음인데, 진동이 느껴져요." 그는 오른손 장갑을 벗으며 분홍빛 손가락을 드러냈다. 주머니를 뒤적이더니 휴대폰을 꺼내 들었다. "어, 로지. 무슨 일이야?"

나는 그가 아내의 전화를 받고 말투가 변하는 걸 지켜봤다. 닉은 차 옆에서 몇 걸음 떨어진 곳으로 걸어갔다. 목소리를 낮췄지만, 그래도 어렴풋이 들렸다.

"지금 차 파내는 거 도와주고 있어." 그가 중얼거렸다. "손님이 눈에 갇혀서…," 그는 고개를 숙였다. "아니…, 로지, 제발, 그런 게 아니야…," 그는 길게 한숨을 내쉬었다. "그럼 나보고 뭘 어쩌라는 거야? 도와줘야 한다고."

나는 순간 얼굴이 굳었다. 그레타 말이 맞았다. 내가 이 일로 닉과 아내를 다투게 만든 셈이었다.

닉은 목소리를 더 낮췄다. 이제는 무슨 말인지 잘 들리지 않는다. 그러다 마침내 전화를 끊었다. 그는 잠깐 짜증 섞인 얼굴을 하더니, 이내 털어내듯 고개를 흔들었다.

"내가 괜히 곤란하게 만든 거면 미안해요." 내가 말했다.

닉이 손을 휘휘 저었다. "괜찮아요. 시동 한번 걸어 볼래요? 움직이나 확인해 봐요."

나는 반신반의하며 코롤라를 바라봤다. 차 위에 쌓인 눈은 다 치웠지만, 우리는 여전히 눈 바다 한가운데서 표류하는 꼴이었다. 여기서 어떻게 빠져나가라는 거지? 그래도 해 볼 수밖에 없다. 멀리까지 갈 필요도 없다. 그냥 일단 움직이기만 하면 된다.

나는 운전석에 몸을 구겨 넣었다. 차 안이 좀 더 따뜻할 줄 알았는데, 이상하게도 오히려 더 춥다. 나는 속으로 성모 마리아께 기도드리며 키를 꽂고 시동을 걸었다. 무사히 시동이 걸리자 안도의 한숨이 나왔다. 밤새 차가 죽어버렸을까 봐 겁이 났으니까.

그런데 가속 페달을 밟아도 차는 꿈쩍도 하지 않았다.

나는 창문을 내리고 닉에게 외쳤다. "전혀 안 움직여요!"

닉이 잠시 생각하듯 고개를 끄덕였다. "오케이, 일단 다시 파킹으로 해 놔요. 내가 바퀴 쪽을 조금만 더 파낼게요. 그다음에 다시 해 봅시다."

나는 닉이 바퀴 주위를 파내는 동안 얌전히 기다렸다. 몇 분쯤 지나자 그가 다시 해 보라고 손짓했다.

이번엔 바퀴가 앞으로 굴러갔다. 나는 속으로 환호를 질렀다. 딱 2초 동안. 차는 다시 멈춰 버렸다. 바퀴는 헛돌고, 차는 제자리다. 나는 더 세게 가속 페달을 밟아 봤지만 소용이 없었다.

"젠장!" 나는 거의 울먹였다.

닉이 미간을 찌푸렸다. "미안해요, 켈리. 솔직히 내가 여기서 큰 길까지 길을 파 주는 건 현실적으로 불가능할 것 같아요. 거리가 꽤 돼요."

"알아요." 나는 툭 내뱉었다.

"그래서 내가 말했잖아요. 제설차가 오후엔 올 거예요. 내가 식당 주변까지 꼭 밀어 달라고 할게요. 그러면 도로로 나갈 수 있을 거예요."

다른 방법이 없었다. 제설차가 오기 전까지 나는 이곳에 갇혔다. 그리고 제설차가 언제 올지는 오직 하느님만 안다. 닉은 오후라고 했지만, 오후의 언제? 그럼 나는 대체 몇 시간이나 모텔 방에 틀어박혀서 벌벌 떨어야 하는 거지?

그 순간, 눈물이 확 치밀어 올랐다.

"켈리?" 닉이 창문 옆으로 몸을 낮췄다. "괜찮아요?"

나는 급히 눈물을 닦아 보려 했지만, 닉은 다 알아챈 듯한 얼굴이었다. "괜찮아요. 그냥…, 꼭 가야 할 데가 있어서요."

"내가 태워다 줄 수 있으면 좋겠는데…. 하지만 내 포드는 당신 차보다 못할 거예요."

나는 참아보려 했지만 눈물이 뚝뚝 떨어졌다. 설령 닉이 날 태워다 준다 해도 소용없다. 차를 여기 두고 갈 수는 없다. 적어도 나중에 중고로라도 팔아야 하니까. "괜찮아요. 진짜요."

닉은 잠시 말없이 서 있다가 주머니를 뒤적였다. 나는 그가 휴대폰을 꺼내는 줄 알았는데, 대신 구겨진 티슈 뭉치를 꺼내 내밀었다. "새거예요. 진짜 깨끗해요."

나는 티슈를 받아 눈가를 닦고, 간신히 정신을 추슬렀다. 여기서 무너지면 안 된다. 이게 그렇게 큰일은 아니다. 길이 눈 때문에 막혔으면, 경찰도 나를 찾아다니기 힘들 거다. 몇 시간은 벌었다. 어쩌면 제설차가 생각보다 일찍 올 수도 있고.

나는 차에서 내려 닉과 함께 모텔로 터벅터벅 걸어 돌아갔다. 1층 바닥에는 그가 어제 가져다 놓은 양동이가 여전히 놓여 있었다. 201호 누수는 결국 고치지 못한 모양이다.

그런데 나는 이번엔 그 물을 유심히 봤다. 천장에서 떨어지는 물이 맑지 않았다. 갈색빛이 돌았다. 거의 붉은빛에 가까웠다. 녹 때문일까? 여긴 파이프가 녹슬었을 만도 하니, 그럴 법하다.

"배관공 부르려고요." 닉이 내가 천장에서 떨어지는 물을 바라보는 걸 알아채고 말했다. "오늘 아침에 시도해 봤는데, 뭐, 잘 안 되더라고요. 아무래도 전문가가 와야 할 것 같아요. 그렇죠?"

나는 고개를 끄덕였다. 그리고 양동이 안에 차오르는 물을 다시

봤다. 확실히 붉어 보인다. 정말 이상하다.

"방으로 올라가 있을게요." 내가 말했다. "좀 누워 있으려고요. 아침부터 삽질했더니 너무 피곤하네요."

"그래요." 그는 프런트 뒤로 가서 의자에 앉았다. "그럼 난 서류 좀 정리할게요. 점심 식사 필요하면 전화해요. 뭘 좀 만들어 줄게요."

나는 '맛은 없어도 양은 많이요' 하고 농담할 뻔했지만, 혓바닥 위에서 그냥 사라졌다. 지금은 농담할 기분이 아니다. 사실 먹을 기운도 없다.

"부츠는⋯, 라디에이터로 말려서 나중에 돌려드릴게요." 내가 말했다.

닉이 어깨를 으쓱했다. "그냥 갖고 있어도 돼요. 아까도 말했잖아요. 로잘리는 이제 걷지도 못하니까 어차피 신을 일도 없어요."

나는 눈썹을 치켜올렸다. "그럼 아내분은 제가 부츠 가지는 걸 괜찮아하세요?"

닉은 입을 열었지만 바로 대답하지 못했다. 잠깐 머뭇거리더니, "⋯그래요. 맞네요. 부츠는 돌려주는 게 맞겠네요" 하고 말했다.

나는 젖은 부츠 자국을 계단에 찍어가며 다시 2층으로 올라갔다. 계단을 밟는 소리가 아까보다 더 삐걱거렸다. 부츠가 무거워서 그런가. 이대로 덜컥 무너져 버린다 해도 하나도 이상하지 않을 것 같았다.

방으로 돌아가는 길에 또 201호 앞을 지나쳤다. 왜인지는 모르겠는데, 이 방 앞을 지날 때면 자꾸 등줄기가 서늘해진다. 문은 닫혀 있었고, 비어 있는 방인데도 문고리에 '방해하지 마시오' 팻말이 걸려 있었다. 나는 문에 귀를 대 봤다. 안은 조용했다.

　나는 손을 뻗어 문에 손가락을 살짝 대어 봤다. 그러다 충동적으로 손을 아래로 내려 문고리를 감쌌다.

　그리고 돌렸다.

11

"문은 잠겨 있어요. 닉이 자물쇠로 잠가 둬요."

그레타의 목소리에 나는 거의 3미터는 튀어 오를 뻔했다. 그녀가 문틈 사이로 얼마나 오래 나를 지켜보고 있었는지 알 수 없었다. 나는 문고리에서 손을 확 떼어 냈다.

"죄송해요…" 나는 중얼거렸다.

그레타가 새하얀 눈썹 한쪽을 들어 올렸다.

"나한테 사과할 필요 없어요. 이 모텔은 닉과 로잘리 백스터 부부 소유니까요. 당신이 뭘 하든 나는 상관 안 해요."

나는 바지에 손을 문질러 닦았다. "저는 그저…"

"궁금했어요?"

"…아마도 그런 것 같아요." 나는 201호 바로 아래 천장에서 새는 이상한 빛깔의 물 이야기는 굳이 꺼내고 싶지 않았다. "어쨌든요."

그레타가 눈을 깜빡였다. "들어와요. 같이 먹어요. 점심 먹으려고 하던 참이에요."

그제야 나는 그레타 방에서 꽤 괜찮은 냄새가 흘러나오고 있다는 걸 알아챘다. 불과 1분 전까지만 해도 식욕이 하나도 없었는데, 제대로 된 음식 냄새를 맡는 순간 '점심 먹을 시간이네' 하고 몸이 먼저 반응했다. 또 칠면조 샌드위치를 먹고 싶진 않았다. 게다가 냄새가 좋으니 그레타가 뭘 만들었든 누런 스크램블드에그보단 훨씬 나을 게 뻔했다.

"정말 괜찮아요?" 내가 물었다.

"괜찮지 않았으면 초대도 안 했겠죠."

맞는 말이다.

나는 일단 내 방에 들러 코트와 부츠를 내려놓고 그레타 방에서 점심을 먹기로 했다. 물론 202호에 들어서는 순간 지난번 내가 왜 이 방에서 소름이 돋았었는지 바로 떠올랐다. 벽을 가득 메운 거울들. 이걸 기억했더라면 아마 초대를 거절했을지도 모른다.

그레타는 침대 앞에 작은 테이블을 차려 두고 있었다. 나는 침대 가장자리에 앉아 그녀가 짙은 갈색 스튜처럼 보이는 걸 파스타 위에 푹푹 떠 얹는 걸 지켜봤다.

"비프스튜예요?" 내가 물었다.

"아니요." 그레타가 말했다. "이건 푀르퀼트예요."

"포르콜트?"

그녀가 고개를 세차게 흔들었다. "아니, 푀르퀼트. 헝가리식 스튜예요."

나는 절대 제대로 발음하지 못할 것 같아서 그냥 고개만 끄덕였다. 그레타는 내 접시에 스튜를 산더미처럼 퍼 담았다. 셋이 먹어도 남을 만큼의 양이었다. 그녀는 내 앞에 접시를 '쿵' 하고 내려놓았고, 살짝 휘어진 포크도 함께 건넸다.

"음식이 엄청 많은데요…" 내가 말했다.

"그래요. 당신 너무 말랐어요. 다 먹어요."

이걸 다 먹으면 나는 아마 바로 토해 낼 거다. 그래도 굳이 대꾸하진 않았다. 나는 포크로 고기 한 덩이를 찔러서 조심스럽게 입으로 가져와 한입 베어 물었다.

"와, 맛있어요!"

"왜 그렇게 놀라요?"

"그게…," 나는 한입 더 먹었다. 어쩌면 이 접시를 다 비울 수도 있겠는데?

"이걸 어디서 만드신 거예요? 이 방 안에서 만드신 건 아닐 텐데요."

"부엌에서 만들었죠. 닉이 부엌을 쓰게 해 주거든요. 일주일에 한 번은 장도 대신 봐 주고요." 그레타가 말했다. "나는 닉 요리가 입에 안 맞고, 닉은 요리를 하고 싶어 하지 않아요."

나는 또 한입 먹었다. 진짜 미쳤다. 깊고 짙은 스튜 맛이 확 깔리고, 끝에 파프리카 향이 살짝 올라온다. 내가 집에서 이런 걸 만들었다면 데릭은….

오, 세상에. 내가 지금 무슨 생각을 하는 거야? 난 이제 다시는 데릭한테 밥을 해 줄 일이 없다. 절대로.

"그럼 유랑 극단에서 일하는 건 어땠어요?" 내가 물었다.

"그저 먹고살려고 하는 일이었죠." 그레타는 어깨를 으쓱하면서 내 접시와 마찬가지로 스튜가 산처럼 담긴 자기 접시를 들고 내 옆에 앉았다. 저렇게 왜소한 몸으로 어떻게 저렇게 많이 먹는지 모르겠다. "나는 재능이 있었고, 그걸 나눌 의무가 있었어요."

"그 재능이라는 게…, 정확히 뭐예요?"

그녀가 가늘게 미소 지었다. "당신, 의심하고 있네요."

나는 어깨만 으쓱했다.

"우리 집안 대대로 내려오는 거예요." 그녀가 접시 속 음식을 스푼으로 천천히 휘저었다. "우리는 다들 눈에 보이는 것 너머를 보는 능력이 있어요. 나는 과거, 현재, 그리고 미래를 볼 수 있죠."

나는 고깃덩어리를 씹었다. 무슨 고기인지는 모르겠지만, 어쨌든 너무 맛있다. "음…."

"당신 운세를 봐 줄게요."

"저는 됐어요."

"왜요? 어차피 안 믿는다면서요. 그럼 그냥 재미로 들어요. 응?"

나는 전에 타로 카드가 놓여 있던 서랍 쪽을 향해 턱짓했다. "그럼 타로 카드나 수정 구슬 같은 걸 쓰는 거예요?"

그레타가 손사래를 쳤다. "그건 쇼를 위한 연출일 뿐이에요." 그러고는 자기 관자놀이를 톡톡 두드렸다. "진짜 재능은 여기 있어요."

"닉의 운세도 봐 줬어요?" 내가 물었다.

그녀가 스튜를 한 숟갈 뜨며 말했다. "봤죠."

"그리고요?"

그레타가 혀를 차며 말했다. "다른 사람의 운세는 비밀이에요. 하지만 이것만은 말해 줄게요. 닉은 자기 운세를 믿지 않았어요.

그게 그에게 독이 됐죠." 그녀가 몸을 앞으로 기울였다. 코앞에서 와인 냄새가 났다. "그리고 이것도 말해 줄게요. 크리스티나 마시가 자기 운세를 들었더라면, 아마 지금도 숨 쉬고 있을 거예요."

고기 한 덩이가 목에 턱 걸린 것 같았다. "운세 보는 건 패스할게요."

그녀는 어깨를 으쓱했다. "전부 당신 선택이죠. 하지만 운세를 듣지 않는다고 해서 그렇게 되지 않는 건 아니에요."

"그럼 운세를 알면 피할 수는 있어요? 아니면 그냥 진짜로 그렇게 되면 놀란 척만 해야 하는 거예요?"

"어떤 경우엔 운세를 듣고 자신의 운명을 바꾸기도 해요." 그레타가 말했다. "하지만 아주 드문 경우죠. 대부분은 그저 그렇게 흘러가게 돼요. 크리스티나처럼."

나는 눈을 굴리고 싶었다. 너무 황당하니까. 그런데도 이 여자한테는 이상한 기운이 있다. 거울로 가득한 기괴한 방, 눈알 무늬 양말, 그리고 내 인생에서 가장 맛있는 스튜. 만약 누가 정말 내 미래를 볼 수 있다면, 그건 이 여자일 것 같다.

그래서 더더욱 나는 운세 따위 보고 싶지 않았다.

12

나는 그레타의 방에서 거의 두 시간을 보냈다. 그녀는 유랑 극
단에 있었던 시절의 이야기를 더 들려주었는데, 생각보다 꽤 재밌
었다. 특히 극단 사람들이 매일 의무적으로 샤워해야 하는 규정에
맞서 두 달 동안 '샤워 파업'을 벌였다는 얘기에선 배를 잡고 웃어
버렸다.

"나중에는 말이야," 그레타가 말했다. "코를 빨래집게로 집고 다
녀야 했어요. 코에 빨래집게를 하고 손금 봐 주는 거 해 본 적 있
어요?"

"없죠." 내가 말했다.

"추천 안 해요."

"그럼 그땐 그레타 씨 방이 따로 있었어요?"

그레타는 자신의 풍성한 흰색 잠옷 자락을 정리했다. "버니랑
같이 썼어요. 내 남편이었죠."

"아…," 나는 침을 삼켰다. "그런 줄은 몰랐어요."

그녀는 잠옷 천을 만지작거리며 말을 이었다. "극단에서 만났어요. 내가 열아홉 살 때였죠. 그땐 영어도 거의 못 했는데, 버니가 가르쳐 줬어요. 우리는 삼십 년 넘게 같이 살았어요."

"남편분도 영적인 능력이 있었어요?"

그레타가 먼 곳을 향해 옅게 웃었다. "아뇨. 버니는 그런 재능이 없었어요. 그냥 되는 대로 놀이기구나 게임 같은 걸 맡았죠. 우리는 아이를 가질 수 없었지만, 버니는 카니발에 오는 아이들을 참 좋아했어요. 아이들이 웃는 걸 보고 좋아했죠. 그리고…"

나는 볼 안쪽을 살짝 깨물었다. "그리고요?"

"어느 날 아침, 버니가 일어나질 않았어요. 의사들은 심장 때문이었다고 했죠." 그녀는 눈가를 적시면서도 입꼬리 한쪽을 살짝 올렸다. "버니는 핫도그랑 감자튀김을 너무 좋아했거든요. 심장이 그렇게 될 거라는 건 점쟁이가 아니어도 알았겠죠. 그래도 우리가 함께한 그 시간들에 감사해요."

나는 이유 모를 질투를 느꼈다. 그레타의 얼굴엔 그녀가 그 남자를 얼마나 사랑했는지가 그대로 드러나 있었다. 나는 데릭을 그렇게 사랑한 적이 없었다. 그리고 앞으로도 어떤 남자를 그런 식으로 사랑할 수 있을지도 모르겠다. 진짜 사랑이란 건, 내게서 늘 도망 다니는 것 같았다. 어쩌면 나는 그런 감정을 느끼는 체질이 아닌지도.

"걱정 말아요." 그레타의 목소리가 내 생각을 끊었다. "당신도 사랑을 찾게 될 거예요. 내가 장담해요."

나는 고개를 살짝 기울였다. "그게 제 미래에서 보이는 거예요?"

"아니요. 당신은 젊고 예쁘잖아요. 그런 건 굳이 미래를 보지 않아도 뻔한 거예요."

그럴지도. 하지만 이 여자는 내 과거를 모른다. 내가 지금 무엇으로부터, 무엇을 남겨 둔 채 도망치고 있는지도 모른다. 그걸 안다면 이렇게 낙관적인 말을 하진 못했을 텐데.

내가 남겨 두고 온 것들을 떠올리자, 그레타의 맛있는 점심이 속에서 올라왔다. 나는 지금 여기 앉아서 할머니랑 수다나 떨고 있을 때가 아니다. 지금 당장 도로로 돌아가야 한다. 나는 손목시계를 내려다봤다.

"닉한테 가 봐야겠어요. 혹시 제설차가 왔을지도 모르잖아요."

"아뇨. 안 왔어요."

"그래도 혹시 모르잖아요."

"내 방 창문으로 제설차 소리를 들을 수 있어요." 그레타가 딱 잘라 말했다. "날 믿어요. 아직 안 왔어요."

나는 바지에 손을 한번 쓸어 닦고 일어섰다. "그래도 전 가 볼게요. 그리고 점심 정말 고마워요. 접시들은 제가 부엌에 내려다 드릴까요?"

"아뇨, 수고하지 마요. 닉이 나중에 가지러 올 거예요." 그레타가 말하더니, 눈썹을 치켜올렸다. "정말로 내가 운세를 봐 주지 않아도 되겠어요?"

나는 잠깐 망설였다. 아까까진 단호하게 '싫어요'였지만, 그레타라는 사람을 조금 알게 됐다. 나는 이 할머니가 싫지 않다. 오히려 마음이 갔다. 그리고 그레타는 정말 내 운세를 봐 주고 싶어 하는 눈치다. 그럼 뭐, 안될 게 뭐가 있어? 제설차가 올 때까지 방 안에서 왔다 갔다 하며 시간 죽이는 것보단 낫다.

"좋아요." 내가 말했다. "봐 주세요."

그레타가 미소 지었다. "후회 안 할 거예요."

그건 두고 봐야겠지만.

그레타는 침대 옆 노란 조명의 조도를 낮췄다. 방 안이 순식간에 무드 등만 남은 것처럼 어둑해졌다. 나는 그녀 옆에 앉았고, 그레타는 내 두 손을 자기 손으로 꼭 감쌌다. 그녀의 피부는 종잇장처럼 얇고 여려서, 손을 잡는 것만으로도 조심스러워졌다.

"마음을 편하게 해요." 그레타가 말했다.

"어떻게요?"

"생각을 다 비워요. 아무것도 없는 상태로 만들어요."

말은 쉽지. "알겠어요."

그레타는 눈을 감았다. 나는 뜬 눈으로 그녀를 바라봤다. 그녀가 고개를 뒤로 살짝 젖히자 그녀의 눈꺼풀이 미세하게 떨렸다.

"그래요. 당신은 아주 잘 읽혀요. 펼쳐진 책 같아요."

아, 아주 좋네.

"보여요…" 그녀 눈꺼풀이 다시 파르르 떨렸다. "당신의 과거에 남자가 있어요. 아주 잘생긴 남자."

"네…" 아직까진 별로 놀랍지 않다. 잘생긴 남자는 세상에 널리고 널렸다.

"그래, 그래…," 그레타의 손가락이 내 손가락을 꾹꾹 눌렀다. "당신이 사랑했던 사람인데, 지금은 더는 사랑하지 않아요. 그는…."

내 숨이 목에 걸렸다. 갑자기 나는 그녀의 한마디 한마디에 매

달리게 됐다.

"당신은 그 남자가 무서워요." 그녀가 눈을 살짝 떴다. "그가 당신에게 해를 끼칠 거라고 느껴요."

나는 침을 삼켰다. "저는 잘…."

"하지만 문제는," 그레타가 말을 이었다. "정말로 그가 당신에게 해를 끼칠까? 당신과 그 잘생긴 남자 사이의 미래는 어떻게 될까?"

그녀 손이 내 손을 누르는 힘이 점점 불편할 만큼 세졌다. 나는 손을 빼고 싶었지만 흐름을 끊고 싶지는 않았다. 마치 무언가에 홀린 것처럼.

그 순간, 그레타가 갑자기 내 손을 놓았다. 그러더니 내가 불덩이라도 되는 것처럼 벌떡 뒤로 물러섰다. 그녀의 눈이 확 떠졌다. "당신은 가야 해요!"

"뭐라고요?" 나는 당황한 채 그녀를 봤다. "무슨 소리예요?"

그레타는 한 걸음 더 뒤로 물러났다. 마치 나에게 겁을 먹은 것처럼.

"지금 당장 가요! 당신…, 당신은…, 위험해!"

나는 다리를 후들거리면서 일어섰다. "제가 위험하다는 말이에요? 아니면 제가 위험에 처해 있다는 뜻이에요?"

"미안해요." 그녀는 또 한 발 뒤로 물러서며 벽에, 아니, 거울에 등을 부딪쳤다. "당장 나가야 해요, 퀸. 가요! 여기서 나가요!"

"하지만…."

"나가!" 그레타가 거의 비명을 질렀다. "당장 나가야 해! 여기서 멀어져! 어서 가!"

그녀는 목의 핏줄이 붉어져 있었고, 눈은 툭 빠질 것처럼 부릅떠져 있었다. 나는 지금 무슨 일이 벌어지고 있는지 이해가 안 됐다. 왜 갑자기 이러는 거지? 운세를 보자고 한 건 그레타였잖아!

나는 이러다가는 그녀가 물건을 집어 던질 것 같아서 결국 비틀거리며 그녀의 방을 나왔다.

복도에 서서 잠깐 멍하니 있었다.

방금 저건 진짜였을까? 아니면 닉의 말대로 그냥 쇼였을까? 도무지 구분이 안 됐다.

그때 무언가가 내 머리를 세게 때렸다.

그레타가 나를 퀸이라고 불렀다. 어째서인지 그녀는 내 이름을 알고 있었다.

좋아, 이제 나는 공식적으로 소름이 돋는다. 나는 절대 내 진짜 이름을 말한 적이 없다. 나를 켈리라고 했고, 그게 가짜 이름이라는 걸 그레타가 눈치채긴 했지만 나는 끝까지 진짜 이름을 알려주진 않았다. 그런데…, 어떻게 내 이름이 퀸이라는 걸 알지?

나는 눈을 감았다. 그러자 조금 전 그레타의 공포에 질린 얼굴이 그대로 떠올랐다. 목과 관자놀이에 핏줄이 붉어져 있던 얼굴. 그리고 내게 소리치던 목소리.

'가요! 여기서 나가요!'

내가 여기 남아 있으면 대체 무슨 일이 벌어진다는 거지? 그레타는 내 미래에서 뭘 봤길래 저렇게까지 했던 걸까? 어떤 끔찍한 걸 봤길래?

너무 말도 안 된다. 그녀는 내게 진실을 말해야 한다. 이렇게 끝내 버리면 안 된다. 이건 불공평하다.

나는 그녀의 방 문을 두드렸다.

그리고 또 두드렸다.

세 번째로 두드렸다.

좋아, 역시 대답이 없다.

속이 서늘하게 가라앉았다. 그녀가 내 미래에서 뭘 봤든 간에, 혹은 이 모든 게 진짜든 가짜든 간에, 한 가지는 나도 동의한다. 여기서 나가야 한다. 지금 당장. 제설차가 올 때까지 차 안에서 기다리기라도 해야 한다.

나는 방으로 돌아가 짐을 다시 가방 속에 마구 쑤셔 넣었다. 오래 걸리지 않았다. 아쉽지만, 부츠는 방에 두고 가기로 했다. 운동화로 어찌어찌 버텨 봐야지.

방을 마지막으로 한번 훑으며 창밖을 봤다. 맞은편에 있는 집이 보였다. 해가 아직 떠 있어서 잘 보이지는 않지만, 2층 창문에 앉아 있는 여자의 그림자가 희미하게 보였다.

로잘리.

그녀는 왜 2층에 앉아 있을까? 걷지도 못한다면서, 왜 1층에 있지 않을까? 왜 군이 위층에 스스로를 가둬 버린 거지?

나는 고개를 세차게 흔들었다. 이제 이런 생각을 할 시간은 없다. 닉의 아내는 더 이상 내 문제가 아니다. 그리고 그쪽도 내가 떠나면 기뻐하겠지.

나는 계단을 가능한 한 빨리 내려갔다. 커다란 짐가방 때문에 몸이 휘청거렸지만 멈출 수 없었다. 내게 시간이 얼마 없다는 불길한 느낌이 들었다. 뭔가 끔찍한 예감이 살갗을 긁었다.

1층 프런트 뒤에 닉이 앉아 있었다. 그는 내 짐을 보고 숨을 들이켰다. "켈리, 뭐 하는 거예요?"

"저…, 가야 해요."

닉이 미간을 찌푸렸다. "아직 제설차 안 왔어요. 오면 바로 알려 주겠다고 했잖아요."

"더는 못 기다리겠어요." 나는 가방을 어깨에 다시 걸쳤다. "여기서 나가야 해요. 제설차가 올 때까지 차에 있을게요."

"밖은 얼어 죽을 만큼 추워요. 차에 타서 뭐 할 건데요? 두 시간 동안 히터 틀고 앉아 있을 거예요? 그러면 차 배터리 나가요."

맞는 말이다. 아주 합리적인 말. 하지만 나는 여기 더 있을 수 없다. "아마 더 빨리 올 수도 있잖아요."

"아뇨." 닉이 고개를 저었다. "방금 연락 왔어요. 지연됐대요. 몇 시간이 더 걸릴지도 알 수 없대요."

눈물이 터질 것 같아서 이를 악물었다. "그래도 저는 여기 못 있어요."

닉이 한 발짝 다가왔다. "왜요?"

"왜냐면…," 나는 결국 가방을 바닥에 툭 내려놓았다. "그레타가 제 운세를 봐 줬는데 제가 위험하대요."

닉은 잠깐 나를 멍하니 바라보더니 갑자기 웃음을 터뜨렸다.

"진심이에요?" 그는 웃음을 삼키며 고개를 저었다. "미안한데, 설마 진짜는 아니죠? 진짜로 그거 때문에 나가겠다는 거예요?"

"맞아요." 나는 주먹을 쥐고 손바닥을 손톱으로 꾹 눌렀다. "너무 섬뜩했어요. 진짜로 저에 대해 뭔가를 알고 있는 것 같았어요. 심지어 그레타 씨 자신도 겁먹은 것처럼 보였고요. 진짜 같았단 말이에요."

"아니에요. 날 믿어요." 닉이 딱 잘라 말했다.

"하지만…."

"아. 니. 에. 요."

그가 너무 확신에 찬 목소리로 말해서 나도 모르게 그를 믿고 싶어졌다. "그 사람은 쇼를 하는 사람이에요. 수십 년 동안 그걸로 먹고살았어요. 점쟁이가 아니라 그냥 연기자예요. 제발, 켈리. 그런 거 믿지 말아요."

"근데 진짜처럼 느껴졌어요." 나는 고집을 부렸다.

닉이 어깨를 으쓱했다. "그건 그 사람이 그만큼 잘하니까 그런 거예요. 그레타가 실제로 하는 게 뭔지 알아요? '콜드 리딩'이라고 해요. 예전에 나한테 얘기해 준 적이 있어요. 자연스럽게 말을 던지면서 상대방 얼굴이랑 몸짓을 슬쩍슬쩍 보고 단서를 찾는 거예요. 30년 동안 그게 그 사람 직업이었어요. 엄청 능숙한 것뿐이에요."

"저는 잘 모르겠어요."

"그래도 나는 알아요. 그리고 지금 말하잖아요. 그게 그 사람이 하는 일이라고요."

나는 발 옆에 놓인 짐 가방을 내려다봤다. 나도 그건 그냥 쇼였을 뿐이라고 믿고 싶다. 차 안에서 추위에 떨며 언제 오는 건지도 모르고 제설차를 기다리고 싶지는 않다.

"정말 쉬워요." 닉이 다시 말했다. "저도 할 수 있어요. 봐요." 그는 갈색 눈을 감고서 손끝으로 관자놀이를 천천히 문질렀다. "자, 당신의 과거를 들여다보는 중입니다. 남자가 보여요. 아주 잘생긴 남자. 당신 남편이죠."

나는 닉을 똑바로 바라봤다. "그레타가 딱 그렇게 말했어요."

닉의 왼쪽 입꼬리가 살짝 올라갔다. "그랬겠죠. 근데 켈리, 당신 여기 들어올 때 결혼반지 끼고 있었잖아요. 그리고 보통 다들 자기 남편을 매력적이라고 생각하니까, 그 정도는 그냥 알 수 있죠."

"네, 그래도…."

그가 다시 관자놀이를 문질렀다. "그리고 이제…, 당신 둘 사이에 끔찍한 일이 있었어요. 아주 나쁜 일이 있었고…, 그래서 지금 당신은 도망치는 중이에요."

나는 본능적으로 한 걸음 물러섰다. "그걸 어떻게…?"

닉이 어깨를 한번 들썩였다. "지금은 반지 안 끼고 계시잖아요. 그리고 솔직히 말해서, 당신은 누가 봐도 도망치고 있는 얼굴이에요. 저는 당신처럼 겁에 질려 있는 사람을 본 적이 없어요."

그가 내 눈을 똑바로 봤다. "그러니까 켈리, 당신은 꽤 읽기 쉬워요. 굳이 내가 점쟁이일 필요도 없고요."

나는 숨을 크게 들이쉬었다. 어쩌면 닉의 말이 맞는지도 모른다. 그게 전부 연기였을지도 모른다. 내가 무심결에 그레타 앞에서 진짜 이름을 말해 버렸을 수도 있다. 지금 내 상태라면 충분히 가능한 얘기다.

"알겠어요." 내가 말했다. "제설차가 올 때까지 방에서 기다릴게요."

닉이 고개를 끄덕였다. "잘 생각했어요. 오면 바로 전화 드릴게요. 약속할게요."

"네, 고마워요." 나는 다시 숨을 들이마셨다. "정말 친절하세요."

"너무 걱정하지 마세요." 닉이 손을 뻗어 내 손 위에 살짝 얹었다. 그의 손가락은 데릭의 매끈한 손과 달리 거칠었고 굳은살이 박여 있었다. 순간, 알 수 없는 전율이 몸을 타고 스쳤다.

하지만 그는 곧 손을 떼어 냈다. "위에서 기다리세요. 눈 깜짝할 새 여길 나가게 될 거예요."

나는 가방을 들고 계단을 무겁게 올라갔다. 닉의 말에 조금은 안심이 됐지만, 여전히 마음 한구석에서는 뭔가가 자꾸만 속삭였다.

여기 남는 건 엄청난 실수라고.

13

방으로 올라오자 할 일이 별로 없었다. 밤새 그렇게 끔찍하게 잠을 설쳤으니 일단 침대에 누워 눈을 감았다. 조금이라도 더 자 두는 게 좋겠다. 그래야 밤새 운전할 수 있으니까. 한곳에 이렇게 오래 머무르게 됐으니 다시 거리를 최대한 벌려야 한다.

나는 두어 시간 동안 얕게 잠들었다 깼다를 반복했다. 깊이 잠이 들려는 순간마다 데릭의 배 위로 붉은 얼룩이 번져 가던 장면이 머릿속에 툭 튀어나왔다. 그러면 잠이 싹 달아났다.

그 장면은 평생 나를 따라다닐 거다.

핸드폰이 있었으면 좋겠다. 전화를 하려는 게 아니라 하다못해 인터넷이라도 할 수 있게. 핸드폰이 사라지고 나서야 내가 얼마나 그것에 의지하면서 살아왔는지 알겠다. 책이라도 한 권 챙겼어야 했는데.

서랍 맨 위 칸을 열었다. 이 방에 있는 책은 성경이 전부인 모양이다. 솔직히 지금 읽을만한 책은 아니다. 어릴 때 우리 부모님은 매주 일요일마다 우리를 교회에 데리고 갔다. 언니와 나는 그게 정말 싫었다. 예배 내내 서로 귓속말하다가 부모님에게 조용히 하라고 눈총을 받기가 일쑤였다.

그래도 혹시 모르지. 조금은 위로가 될지도.

나는 성경을 펼쳤다. 당연히 제일 첫 문장을 보게 줄 알았다. '태초에 하나님이 천지를 창조하시니라.'

그런데 첫 페이지 전체가 빨간 매직으로 뒤덮여 있었다. 누군가가 페이지 위에 마구 휘갈겨 써 놨다. '지금 당장 꺼져, 이 더러운 년!'

나는 그 글자를 멍하니 바라봤다. 등골 뒤쪽이 바늘로 찌르는 것처럼 따끔거렸다. 다음 장을 넘기자, 거기에도 있었다. 똑같은 말을 수도 없이 써 놨다. '꺼져, 꺼져, 꺼져, 꺼져…'

나는 손을 덜덜 떨며 성경을 탁 덮었다. 그래, 신께 위로받는 건 글렀다.

혹시 이 낙서가 나를 향한 걸까? 누군가 나와 닉이 차 옆에서 같이 있는 걸 보고 메시지를 남기고 싶었던 걸까? 나는 고개를 들어 옆집을 바라봤다. 해는 이미 졌고, 2층 맨 위 창문에 불이 켜져 있었다. 그리고 여전히 그 창가에 앉아 나를 바라보는 여자의 실루엣이 보였다.

로잘리.

하지만 그럴 리가 없다. 닉은 로잘리가 걷지도 못한다고 했다. 그녀가 모텔까지 와서, 계단을 올라 내 방 문을 열고, 성경에 저렇게 낙서를 한 뒤 다시 집으로 돌아갔다는 건…, 불가능하다.

그래, 나는 진정해야 한다. 제설차는 머지않아 올 거고, 그러면 나는 여기서 나갈 거다.

그리고 다시는 돌아오지 않을 거다.

그때까지는 TV나 보자. 그러면 좀 낫겠지.

나는 텔레비전을 켰다. 어제와 달리 화면이 또렷했다. 화면 속에서는 어제와는 또 다른 금발의 앵커가 폭설로 인한 피해 상황을 전하고 있었다. 이 빌어먹을 폭설만 아니었으면 진작 여기서 빠져나갔을 텐데. 그래도 나는 아직 내게 시간이 더 있기를 빈다. 오늘은 토요일이니까, 월요일 아침까지 데릭이 사라졌다는 걸 아무도 눈치채지 못할 가능성도 충분하다.

"이어서 다른 소식입니다." 앵커가 말했다. "서른네 살 남성 데릭 알렉산더의 시신이 어젯밤 자택에서 발견됐습니다…."

가슴이 얼음장처럼 굳어 버렸다. 뭐라고?

금발 앵커는 계속 말을 이어 갔지만, 내 귀에는 그녀가 말하는 문장의 부분부분만이 파편처럼 꽂혔다. 그리고 곧바로 화면이 전환되며 스콧 드와이어 부보안관이 등장했다.

스콧은 상태가 좋아 보이지 않았다. 나만큼, 아니, 어쩌면 나보다 더 잠을 못 잔 얼굴이었다. 충혈된 갈색 눈으로 카메라를 똑바로 응시한 채, 무감각한 목소리로 사건 경위를 읽어 내려갔다.

"흉기에 찔려 사망한 것으로 추정되고, 외부 침입 흔적은 없었습니다. 아내 퀸 알렉산더를 참고인 신분으로 찾는 중입니다."

찾았어. 데릭을 찾았다. 데릭이 죽은 채로 발견됐고, 이제는 나를 찾고 있다.

게다가 뉴스에 따르면 시신은 어젯밤 발견됐다. 경찰이 아직 여기까지 들이닥치지 않은 건 아마 폭설 때문일 거다. 아니면…, 운 좋게도 그들이 백스터 모텔 표지판을 못 봤거나.

어쨌든 시간이 없다.

제설차는 엿이나 먹으라 그래. 나는 지금 당장 여기서 나가야 한다. 차 안에서 기다리면 된다. 길이 뚫리는 순간 바로 튈 수 있도록. 최소한 이 모텔 안에 더 머물러서는 안 된다.

나는 다행스럽게도 이미 싸 둔 짐 가방을 낚아챘다. 운동화에 발을 다시 쑤셔 넣고, 방을 나가서 문을 잠갔다.

계단 쪽으로 빠르게 걸어가는데 아래층에서 목소리가 들려왔다.

오, 하느님.

경찰이다.

14

나는 얼어붙었다.

어떻게 해야 할지 모르겠다. 방으로 돌아가 문을 잠그고 걸쇠까지 걸어야 할 것 같은데, 한 발짝도 움직일 수가 없다. 경찰이 나를 찾아올 거라는 건 알고 있었다. 그래도 이렇게 빨리 들이닥칠 줄은 몰랐다. 아니, 적어도 이렇게 빨리 오지 않기를 기도하고 있었다.

"당신이 이 모텔을 운영하는 게 맞습니까, 닉 백스터 씨?"

아래층에서 낮고 굵은 남자 목소리가 들렸다. 낯선 목소리다. 스콧은 아니다. 스콧이었으면…, 내가 먼저 나갔을지도 모른다. 물론 그도 결국 나를 체포했겠지만, 적어도 친절했을 거다. 수갑을 너무 세게 채우지는 않았을 테고.

"맞습니다. 제 모텔이에요." 닉의 목소리가 들렸다. "제가 운영합니다. 아내랑 같이요."

"다른 직원이 있습니까?"

"아니요. 저 혼자입니다."

"알겠습니다. 백스터 씨, 저희는 퀸 알렉산더라는 여성을 찾고 있습니다. 지난 24시간 안에 이곳에 들렀을 가능성이 있다고 보고 있는데요. 혹시 이 사진 속 여자를 보셨습니까?"

숨이 목구멍에 걸려 버렸다. 아래층에서는 잠시 정적이 흘렀다.

오, 하느님. 나는 이제 어떻게 하지? 창문으로 뛰어내려? 얼마나 다치게 될까?

다 내 탓이다. 기회가 있을 때 떠났어야 했다. 하지만 어디로 가? 아직도 제설차는 오지 않았다. 지금 차로 가도 나는 마찬가지로 꼼짝없이 갇힌 신세다. 그래도 식당 뒤에 숨겨 둔 차를 경찰이 못 볼 수도 있긴 하다.

끝났다. 경찰은 나를 끌고 갈 거다. 나는 남은 인생을 감옥에서 썩어야 한다.

그때, 닉의 목소리가 들렸다. "어…, 아니요. 모르는 얼굴이에요. 죄송합니다."

숨이 턱 막혔다.

경찰이 다시 물었다. "확실합니까? 머리를 잘랐을 수도 있습니다. 사진보다 더 짧을지도 몰라요."

"네, 그래도 못 봤습니다. 솔직히 말씀드리면 며칠째 손님을 받지 못했어요."

나는 어깨가 푹 내려앉았다. 닉이 나를 감싸 주고 있다니, 믿을 수가 없다. 그는 경찰 앞에서 나를 위해 거짓말을 하고 있다. 내가 누군지도 모르면서. 모든 걸 걸고 나를 숨겨 주고 있다.

"좋습니다." 경찰이 말했다. "방금 아내분도 여기서 일하신다고 하셨죠. 아내분께도 여쭤볼 수 있을까요? 혹시 알렉산더 부인을 봤을지도 모르니까요."

"아…, 유감이지만," 닉이 말했다. "아내가 요즘 많이 아픕니다. 일주일 내내 누워 있었어요. 독감 같아요. 아마 가까이 가시면…, 그건 원치 않으실 겁니다."

경찰이 짧게 웃었다. "그럴 것 같네요. 알겠습니다. 혹시 이 여자가 이곳에 나타나면 저희에게 알려 주시겠습니까?"

"물론이죠. 당연히요."

"협조해 주셔서 감사합니다, 백스터 씨."

"아뇨, 도움이 못 돼 죄송합니다." 닉이 잠깐 뜸을 들였다. "그 여자분 꼭 찾으시길 바랍니다."

"찾을 겁니다." 경찰의 목소리가 낮게 가라앉았다. "시간문제죠."

나는 벽에 등을 기대고 서서 심장이 미친 듯이 뛰는 걸 억지로 진정시켰다. 방금 무슨 일이 벌어진 거지? 경찰이 들이닥쳤다. 내가 그토록 두려워하던 바로 그런 상황이었다. 그런데도 나는 수갑을 찬 채 끌려 나가지 않았다. 닉이 나를 감춰 줬다. 하지만 그렇다고 해서 이제 완전히 안심해도 되는 건 아니다.

모텔 현관문이 '쾅' 하고 닫히는 소리가 들리자마자 나는 내 방으로 달려 돌아왔다. 창밖을 내다보니 이미 어둠이 짙게 내려앉았지만, 경찰이 차에 올라타는 모습은 희미하게 보였다. 나는 그들이 시동을 걸고 떠나는 걸 끝까지 지켜봤다. 그리고 그때, 눈에 들어오는 게 또 하나 있었다.

제설차가 와 있었다. 자유로 향하는 길을 내고 있었다. 경찰차가 여기까지 들어올 수 있었던 것도 아마 저 길 덕분이었겠지. 이제 15분쯤 뒤면 나도 드디어 빠져나갈 수 있을 거다.

그런데 바로 그때, 문을 두드리는 소리가 났다.

"닉이에요."

나는 문 앞으로 가서 살짝 열었다. 닉이 두 손을 비비며 서 있었다. 나도 모르게 그를 끌어안고 싶은 충동이 치밀었다.

"들어가도 될까요?" 그가 물었다.

나는 옆으로 비켜섰고, 닉은 방 안으로 들어와 문을 닫았다. 순간 어떤 생각이 스쳤다. 어쩌면 닉이 순수하게 호의만으로 나를 숨겨 준 건 아닐지도 모른다는 의심이. 돈을 요구하려는 걸까? 오백 달러만 내놔. 안 그러면 경찰에 신고할 거야, 하고.

하지만 그 생각은 곧바로 사라졌다. 닉은 그런 사람 같지가 않았다. 게다가 내가 먹은 밥값조차 한 번도 요구하지 않았으니까.

"방금 들었죠?" 그가 말했다. "경찰이 당신을 찾고 있어요."

나는 천천히 고개를 끄덕였다. "네… 정말 고마워요. 어떻게 보답해야 할지 모르겠어요."

닉이 비뚤어진 미소를 지었다. "남편이 분명 벌 받을 짓을 했겠죠."

나는 시선을 떨어뜨렸다. "그랬어요. 정말이에요. 저는 그럴 만했어요."

"네, 저도…, 음." 닉이 잠깐 말을 멈췄다. "당신 목에 멍이 있는 거 봤어요. 아무튼, 저는 그냥…."

"감사해요. 정말로요."

"그러면…," 닉은 창밖을 힐끗 보았다. "경찰이 오기 직전에 제설차가 도착했어요. 한 15분 정도만 더 기다리면 이제 길로 나갈 수 있을 거예요."

나는 다시 고개를 끄덕였다. 지금은 입만 떼도 울음이 터질 것 같아서, 다물고 있을 수밖에 없었다.

그는 다시 두 손을 비비며 말했다. "어디로 갈 생각인지는 내가 모르는 게 좋겠죠. 그런데 혹시 필요한 건 없나요? 내가 도울 수 있는 거요."

안 돼, 울면 안 돼. "아니요…, 정말 고마워요."

닉이 내가 오늘 신었던 부츠를 바라봤다. 그와 눈을 치우던 때가 마치 아주 오래전 일처럼 아득하게 느껴졌다.

"부츠는 가져가세요. 진짜로요."

그 말에 결국 무너져 버렸다. 나는 침대 위로 주저앉아 어깨를 들썩이며 울기 시작했다. 눈물이 뺨을 줄줄 타고 흘렀다. 닉은 약간 당황한 얼굴이었지만, 내 옆에 앉아 등을 천천히 두드려 주었다.

"괜찮아요." 그가 낮은 목소리로 말했다. "정말 괜찮을 거예요. 당신이 여기 있었다는 거 누구한테도 말 안 할게요. 그레타도 그럴 거고요."

"알아요." 나는 손등으로 눈가를 문질렀다. "그냥…, 모든 걸 두고 떠난다는 게 너무 힘들어서요. 그리고 당신이…, 이렇게 친절하니까."

"저는 그냥 돕고 싶었을 뿐이에요." 그가 부드럽게 말했다.

"알지만…," 나는 떨리는 숨을 들이켰다. "그렇게 오랫동안 같이 살았는데, 그 사람은 깨어 있는 동안 내내 나한테 어떻게 잔인해

질지만 고민하던 사람이었어요."

닉의 이마에 주름이 잡혔다.

"정말 유감이에요, 퀸."

그는 이제 내 진짜 이름을 부르고 있다. 경찰을 통해 알게 됐으니까. 그 사실이 오히려 더 서럽게 다가왔다. 왜 나는 닉같이 좋은 사람과 결혼하지 못했을까? 왜 하필이면 나르시시스트 사이코패스와 평생을 함께하겠다고 맹세해 버렸던 걸까?

나는 벌겋게 부어오른 눈으로 그의 갈색 눈을 올려다봤다. 그 안에 담긴 친절과 걱정이 나를 거의 주저앉힐 만큼 적셨다.

그리고 스스로가 뭘 하는 건지도 알기 전에, 나는 몸을 앞으로 숙여 그의 입술에 내 입술을 갖다 댔다.

15

키스는 시작하자마자 끝나 버렸다. 내 입술이 그의 입술에 닿는 순간, 닉은 마치 뜨거운 것에 데이기라도 한 것처럼 홱 몸을 떼 냈다. 그는 눈을 크게 뜬 채 나를 바라보고 있었다.

"세상에, 퀸! 지금 뭘 하는 거예요?"

나는 절대 그러지 말았어야 했다. 최악의 실수였다. 그의 얼굴에서 조금 전의 다정함과 걱정은 흔적도 없이 사라져 있었다.

"미안해요. 나도 모르게…."

"나는 아내가 있어요." 닉은 그 말을 하면서 창밖을 힐끗 봤다. 길 건너 자기 집, 그 환하게 불을 밝힌 창문을. "그리고 난 내 아내를 사랑해요. 알겠어요? 대체 무슨 생각을 한 거야…."

"정말 미안해요. 그럴 의도는…."

"당신 가야 돼." 그는 머리를 쓸어 올렸다. "여기서 나가요. 지금 당장."

"저기, 부츠는…."

"가져가요." 닉이 이를 악문 채 말했다. "지금 빌어먹을 부츠가 뭐가 중요해? 빨리 가기나 해요. 내가 경찰한테 당신 숨겨줬잖아. 그러니까 이젠 당신이 떠나야지." 그는 문 쪽으로 물러나며 말했다. "당장."

"네. 당연히 그럴게요." 딱딱한 대답이 튀어나왔다. "제설차 작업만 끝나면 바로 갈게요. 그럼 되죠? 당신을 곤란하게 하고 싶진 않아요."

"절대," 그는 문손잡이를 꽉 잡았다. "문제를 만들지 말아요."

그 말만 남긴 채, 닉은 문을 확 열고 내 방을 빠져나가 버렸다.

…5분 전보다 더 끔찍한 기분이 되는 게 가능한 일이었구나. 내가 대체 무슨 생각을 한 거지? 이 사람은 그저 나를 도와주려 했을 뿐인데. 나는 그에게 달려들어 키스해 버렸다. 닉이 말한 것처럼, 그는 아내가 있는 사람이다. 나는 데릭이 바람을 피운다고 수년 내내 그를 탓해 왔는데, 정작 기회가 생기자 내가 남의 남편에게 입을 맞췄다.

그것도 그냥 '남'의 남편이 아니다. 아프기까지 하다. 아내는 그에게 전부 의지하고 있고, 스스로 맞서지도 못한다. 나는 정말 끔찍한 사람이다. 벌을 받아 마땅한 인간이다.

나는 다시 창밖을 올려다봤다. 맞은편 집의 불빛은 여전히 켜져 있었다. 로잘리 백스터는 늘 그 자리에 앉아 있다. 늘 지켜보고 있다. 그녀가 모든 걸 봤을 게 틀림없다. 닉이 그렇게까지 당황한 것도 이해가 된다.

그녀에게 사과하고 싶다. 전부 내 잘못이라고, 당신 남편은 잘못이 없다고 말해 주고 싶다. 그는 그저 내게 좋은 사람이 되려고 했을 뿐이다. 그리고 내가 정말 오랜만에 '좋은 사람'을 만났을 뿐이고.

하지만 방법이 없다. 당장 저 집으로 건너가서 그녀와 속 깊은 대화를 나눌 생각은 눈곱만큼도 없다. 내가 할 수 있는 가장 좋은 건 닉이 말한 대로 하는 것이다. '여기서 나가요. 지금 당장.'

나는 모텔과 그 집 사이에 쌓인 눈을 내려다봤다. 검은 코트를 입은 닉이 제설차가 만든 길을 따라 걸어가고 있다. 로잘리에게 가는 거다. 아마 사과하려고.

아, 미치겠다. 죄책감에 속이 뒤틀린다.

이제 내가 할 수 있는 건 하나뿐이다. 저 빌어먹을 제설차 작업이 끝나기만을 기다리는 것. 눈을 퍼내는 소리가 계속 들렸다. 하필 이런 폭설을 만나지만 않았어도…. 나는 지금쯤 수백 킬로미터는 더 달아나서 캐나다 어딘가의 사람들 눈에 띄지 않는 곳에 있었을 텐데. 그런데 나는 아직도 여기 갇혀 있다. 경찰은 이제 내 번호판을 찾고 있을 거다. 진작 갈아 끼웠어야 했는데.

나는 다시 한번 눈물을 참았다. 여길 벗어날 방법이 없다. 난 얼마 오지도 못했고, 경찰은 결국 나를 찾아낼 거다. 몇 시간 안에는 못 찾더라도, 며칠 안에는 틀림없이. 나는 가짜 신분증을 어떻게 구해야 하는지도 모르고, 신분증 없이 앞으로 어떻게 돈을 벌어야 할지도 모른다. 이 모든 폭탄이 머지않아 내 얼굴 앞에서 터질 거다.

도망친 건 잘못이었다. 준비도 안 됐고, 나는 이런 삶을 받아들일 수 있는 사람도 아니다. 그러니 가장 좋은 선택은 돌아가는 거다. 돌아가서 내가 한 일을 자백하는 거다.

닉은 내 목에 남은 멍을 봤다. 경찰도 그 멍을 보면 내 말을 믿어 줄지도 모른다. 그리고 내가 돌아가면, 클라우디아가 곁에 있어 줄 거다. 나를 지지해 줄 거고.

결정했다. 집으로 돌아간다.

어젯밤 어디서 잤는지는 경찰에게 말하지 않을 거다. 그건 닉을 곤란하게 만들 테니까. 그냥 차에서 잤다고 하면 된다. 경찰은 그런 건 신경도 안 쓸 거다. 중요한 건 내가 돌아가서 그들이 나를 '찾는' 거니까.

집으로 돌아가면 감옥에 갈지도 모른다는 생각에 속이 뒤집힐 줄 알았는데, 이상하게도 오히려 어깨에서 무거운 짐을 한꺼번에 내려놓는 느낌이 든다. 나는 도망치고 싶지 않다. 내가 무엇을 했는지, 왜 그렇게 할 수밖에 없었는지 모두에게 말하고 싶다. 데릭은 그런 일을 당해도 쌌다. 그는 끔찍한 사람이었고, 괴물이었으니까. 내가 그를 죽이지 않았으면 그가 나를 죽였을 거다.

나는 창밖을 내다봤다. 모텔 주변은 이제 제법 말끔히 치워져 있었다. 나갈 수 있다. 마침내. 나는 가방을 챙겨 마지막으로 방을 나섰다. 문을 잠그려는데, 202호 문이 다시 살짝 열려 있는 게 보였다. 그 틈으로 그레타가 내가 떠나는 걸 지켜보고 있었다. 내가 고개를 돌려 그녀를 바라보자, 그레타는 곧바로 문을 쾅 닫아 버렸다.

"잘 있어요, 그레타." 나는 중얼거리듯 말했다.

1층으로 내려가는 동안 계단은 금방이라도 주저앉을 것처럼 삐걱거렸다. 가방끈이 어깨를 파고들었다. 로비에 가방을 잠깐 놔두고 차를 가져올까 고민했지만, 닉이 아래에 없었다. 가방만 남겨 두고 싶지 않았다.

천장에서는 여전히 물이 뚝뚝 떨어지고 있었다. 처음 들어왔을 때랑 똑같다. 왜 빛깔이 이렇게 붉어 보이는 걸까? 아직도 이해가 안 된다. 하지만 이제 내 일이 아니다. 나는 프런트 위에 열쇠를 툭 내려놓았다.

모텔을 빠져나가려 현관문을 밀어 열자, 차가운 공기가 얼굴을 후려쳤다. 그래도 이제 눈은 오지 않는다. 코트 지퍼도 안 올린 채 밖으로 나온 걸 그제야 깨달았다. 바람이 벌어진 옷 사이로 파고들어 몸을 쑥 훑고 지나갔다. 그래도 도로는 이제 뚫려 있을 거다. 일단 고속도로에 올라타기만 하면 집까지 두 시간이면 간다. 그리고 집에 도착하면…, 자수할 거다.

차 열쇠를 찾느라 가방 안을 뒤적이는데, 그때 발소리가 들렸다. 고개를 들자 누군가 이쪽으로 다가오고 있었다. 사방이 너무 어두워서 누구인지는 잘 보이지 않았다. 나는 눈을 가늘게 뜨고 캄캄한 어둠 속을 응시했다.

"누구세요?" 내가 물었다.

날이 선 목소리가 돌아왔다. "네가 어떻게 그럴 수 있어?"

그리고 바로 다음 순간, 벌어진 코트 사이로 들어온 칼이 내 복부를 깊숙이 파고들었다. 나는 잠깐 멍하니 그 칼자루를 바라봤다. 내 셔츠 위로 진홍색 얼룩이 빠르게 번져 가는 걸 보면서.

그리고…, 모든 게 까매졌다.

16

클라우디아

스콧 드와이어 부보안관에게 뭘 물어보기만 하면 돌아오는 대답은 딱 세 가지뿐이다.

'모릅니다.'

'말해 줄 수 없어요.'

'집에 가 계세요. 뭔가 알게 되면 연락드릴게요.'

특히 세 번째가 사람을 미치게 만든다. 만약 당신 여동생의 남편이 그들 집 부엌 바닥에 피 웅덩이를 만들고 죽은 채 발견된 뒤에 여동생이 사라졌다는 걸 알게 됐다면, 무능한 부보안관이 마침내 머릴 굴리기 시작할 때까지 집에 가서 얌전히 기다릴 수 있을까? 아니지. 나도 그렇다. 그런데 하필 경찰서장은 휴가로 자리를 비운 상태고 월요일에나 돌아온단다. 그때까지 스콧이 일을 얼마나 더 엉망으로 만들어 놓을지 생각만 해도 끔찍하다.

"딜레이니 부인."

차가운 비가 쏟아지는 여동생 집 밖에서 스콧이 내게 말했다. 고등학교 때 얼굴에 빼곡하던 주근깨는 많이 옅어졌고, 예전보다 몸도 제법 불어서 파란 제복을 꽤 그럴듯하게 채우고 있었다. 퀸이랑 사귀던 시절엔 그냥 '그럭저럭 귀여운 애' 정도였는데, 지금은 동네 아줌마들이 힐끔힐끔 쳐다볼 법한 남자로 자랐다. "집에 들어가 계세요. 저희가 처리하고 있습니다."

"처리하고 있다고요?"

나는 그를 똑바로 노려봤다. "몇 시간 전에 이웃이 비명 소리를 들었다는 신고를 받고 집 앞까지 와서, 집 안을 확인하긴커녕 그냥 가 버린 그 '처리' 말이에요? 그딴 식으로 처리하고 있다는 거냐고요?"

스콧의 뺨이 붉게 달아올랐다. 추위 때문일 수도 있지만, 자기가 대놓고 실수했다는 걸 알아서일 가능성이 더 컸다. 스콧은 그때 여기 있었다. 내 여동생이 아직 이 집에 있었고, 어쩌면 끔찍한 위험 속에 있었을 바로 그때. 그런데 그는 안을 들여다보지도 않았다.

부엌에서 데릭의 시체를 발견한 건 결국 나였다. 한참 뒤에. 너무 늦은 뒤에.

나는 전화로 퀸과 얘기할 때부터 뭔가 이상하다는 걸 느꼈다.

"제가 문 앞에서 퀸을 봤을 때는 멀쩡해 보였어요." 스콧이 말했다. "이웃이 영화 소리를 들은 거라고 하더군요."

그 말에 뭐라고 답해야 할지 모르겠다. 내 여동생이 경찰 앞에서 '정상적인 대답'을 할 수밖에 없던 상황이었을 수도 있잖아. 누군가가 머리에 총을 겨눈 그런 상황 말이다. 스콧이 그때 한 발짝만 집 안으로 들어갔어도….

"그런데 부인, 그 메시지들을 누가 보낸 건지 정말 모르신다고요?" 스콧이 물었다.

"내가 알았으면 안 말했겠어요?" 나는 쏘아붙였다.

그게 퍼즐의 또 다른 조각이다. 데릭이 원래 가지고 다니던 휴대폰 말고도, 그의 주머니에서 휴대폰이 하나 더 나왔단다. 스콧 말로는 데릭은 죽기 직전 그 휴대폰으로 다른 여자와 메시지를 주고받고 있었고, 퀸이 일하러 간 사이에 집에서 만나기로 약속까지 했다.

"그 여자가 뭔갈 봤을 수도 있어요." 스콧이 덧붙였다.

"아니면 내 여동생을 죽였을 수도 있고요." 나는 그를 노려봤다. "당연히 그 가능성도 생각하고 있는 거죠?"

"그럼요." 스콧이 말했다. "모든 가능성을 생각하고 있습니다."

퀸에게 그나마 유리한 게 하나 있다면, 스콧이 아직도 퀸을 사랑하고 있다는 사실이다. 고등학교 때 사귀고 헤어진 지 벌써 십 년이 넘었는데도 그는 아직도 결혼하지 않았다. 제대로 사귀는 여자 친구가 있다는 얘기도 못 들었다. 퀸이 대학에 가고 난 다음 해에, 스콧은 볼 때마다 길 잃은 강아지처럼 풀이 죽어 있었다. 그래서 나는 일부러 그의 아버지 가게에 가는 걸 피했다. 내가 갈 때마다 그가 바닥을 쓸거나 계산대에 서 있다가 희망에 찬 목소리로 퀸 얘기를 물어보곤 했으니까.

그는 거의 퀸에게 매달려 있었다.

그때 집 안쪽에서 다른 경찰이 스콧을 불렀다. 스콧이 뒤를 한 번 흘끗 보더니, 다시 내 쪽을 돌아봤다. 옅은 속눈썹에 맺힌 얼어붙은 빗방울을 털어내려 눈을 끔뻑이면서.

"가 봐야겠어요, 클라우디아."

"뭐라도 알아내면 연락해 줄 거죠?"

"네. 약속드릴게요." 그가 잠깐 멈칫했다. 나는 그게 거짓말이란 걸 알았다. "혹시 퀸한테서 연락이 오면…, 클라우디아도 저한테 바로 알려 주실 거죠?"

"당연하죠." 하지만 나도 거짓말했다.

스콧이 돌아서서 집 쪽으로 걸어가자 나는 지갑에서 휴대폰을 또 꺼냈다. 벌써 백 번쯤 꺼내는 것 같다. 자주 거는 전화 목록에서 퀸 번호를 눌렀다. 통화 연결음이 울린다.

또 울리고.

또 울리고.

받아, 제발. 퀸. 나야. 언니잖아.

"안녕하세요! 퀸의 휴대폰입니다. 삐 소리 후에 메시지를 남겨 주세요."

이를 악물었다. 받을 거라 기대하진 않았지만, 그래도 혹시나 하는 마음은 있었다. 퀸이 아직 휴대폰을 가지고 있는 건지도 의심스럽다. 그래도 또 메시지를 남겼다.

"퀸, 언니야." 얼어붙은 손으로 휴대폰을 더 세게 움켜쥐었다. "이거 들으면 꼭 전화해. 제발. 무슨 일이 있었든 우리가 해결할 거야. 약속해. 그러니까…, 연락해 줘. 사랑해."

전화를 끊고 화면을 내려다봤다. 제발 울려라 하고 기도하듯 노려봤지만 역시나 휴대폰은 조용했다.

지금 퀸의 남편은 죽었다. 살해당했다. 퀸도 사라졌고, 퀸의 차도 함께 사라졌다.

내 머릿속엔 두 가지 가능성밖에 없다.

첫째, 데릭을 죽인 사람이 퀸에게도 뭔 짓을 했다는 것. 스콧이 퀸 집에 왔을 때 누군가 문 뒤에 숨어 총을 겨누고 있었고, 퀸이 한마디라도 흘리면 쏴 버리겠다고 했던 거다. 그래서 지금 퀸은 어디 트렁크 안에서 묶여 있거나, 휴대폰이 터지지 않는 지하 감옥 같은 장소에 감금당한 상태일지도 모른다.

둘째, 퀸이 데릭을 죽였다는 것.

두 번째는 상상하기가 어렵다. 퀸과 데릭의 결혼 생활이 완벽하지 않았던 건 맞다. 퀸은 내게 데릭에 대해 정말 많이 불평했다. 솔직히 왜 그 지옥 같은 결혼 생활을 계속 버티는지 이해가 안 될 정도였다. 하지만 내 여동생은 사람을 죽일 애가 아니다. 십 대 시절에도 침대 위를 기어다니는 딱정벌레 하나를 못 죽여서 나한테 잡아 달라고 했다. 더 어릴 땐 사람을 향해 피구 공 던지는 것도 싫어하던 애였다. 그런 퀸이 자기 남편 배를 칼로 찌르고, 부엌 바닥에서 피 흘리며 죽어 가는 걸 그대로 놔두고 도망쳤다? 아니. 퀸은 그러지 못한다. 못해.

그리고 그 부엌은 퀸과 내가 둘이서 몇 시간이나 잡지를 뒤적이며 꿈꿨던 '완벽한 부엌'이었다. 그런데 퀸이 그 부엌 한가운데서 데릭을 찔러 죽였다고? 아니야. 절대.

퀸이 데릭을 그렇게까지 사랑한 건 아니었을지 몰라도, 그래도 퀸은 나름 좋은 삶을 살고 있었다. 그런 퀸이 남편을 칼로 찔러 죽였다니…, 아무리 생각해도 그럴 리가 없다.

그러니까 남는 결론은 하나다. 퀸은 어딘가에 감금돼 있다. 누군가에게 붙잡혀 있다. 그리고 우리는 반드시 퀸을 찾아야 한다.

내가 널 찾아 줄게, 퀸.

세 가지 맛에 체리까지 얹어서 약속해.

그때, 휴대폰이 울렸다. 심장이 두근거렸다. 혹시 퀸일까 싶어 서둘러 가방에서 휴대폰을 꺼냈는데, 화면에 뜬 이름을 보고 얼굴이 굳었다. 롭이었다.

나는 초록색 버튼을 세게 눌러 전화를 받았다.

"클라우디아." 롭의 목소리가 바짝 조여져 있었다. "집에 올 거야?"

나는 동생 집 현관 주변을 맴돌고 있는 스콧을 힐끗 보며 말했다. "아직."

"경찰이 처리하고 있잖아. 그만 집으로 와."

"여기 있는 경찰들 다 무능해."

"클라우디아, 넌 그냥 마사지사야. 제발 경찰한테 맡겨."

그래, 나는 마사지사다. 하지만 대학에서 형사법을 전공했다. 부모님이 그날 사고를 당하지만 않았더라면, 졸업하고 로스쿨에 갔을지도 모른다. 1학년이 끝나가던 무렵이었다. 그날 부모님이 차를 끌고 나가지만 않았더라면….

"난 내 동생을 찾아야 해." 나는 단호하게 말했다. "경찰이 이미 이렇게까지 망쳐 놨는데, 더는 못 맡겨."

롭이 또 뭐라 할 줄 알았는데, 의외로 한 박자 쉬더니 이렇게 말했다. "그럼 나도 거기로 갈까?"

"아냐. 괜찮아."

"괜찮지 않아, 클라우디아. 비가 엄청 쏟아지는 데다가 심지어 눈으로 바뀌고 있어. 당신 차로는 위험해. 계속 거기 있을 거면, 내가 트럭으로 데리러 갈게."

롭과 결혼한 지 거의 여섯 해가 됐다. 요즘 우리 사이는 좀 식은 느낌이었고, 그는 늘 일에 치였다. 어느 집 변기가 막혔다 하면 바로 튀어 나갔다. 가끔은…, 우리 둘이 서로를 그다지 좋아하지 않는 것 같기도 했다.

그런데 롭이 이런 말을 하면, 내가 괜히 또 무너지게 된다.

나는 다시 고개를 들어 동생 집을 봤다. 현관 앞 계단은 얼음처럼 미끄러워 보였다. 롭 말이 맞다. 진짜로 꽤 심하게 내리고 있다.

창문 너머로 스콧 드와이어의 실루엣이 보였다. 그는 다른 경관과 무언가 얘기하고 있었는데, 살인 사건을 조사하는 사람치곤 너무 차분해 보였다. 아직도 이해가 안 된다. 이웃이 비명 소리를 들었다고 신고했는데, 왜 집 안을 확인하지 않았을까? 비명 소리 신고를 받고도 집에 안 들어가 보는 경찰이 어디 있나? 이상하다. 말이 안 된다.

하지만 지금 와서 그걸 따져 봐야 소용없다.

"알겠어." 나는 휴대폰에 대고 말했다. "집에 갈게."

17

롭은 데릭 같은 부자 사업가는 아니다. 그래서 우리 집은 동생 집보다 훨씬 소박하다. 2층짜리 집에 침실은 세 개. 그중 두 개는 퀸의 드레스룸보다 조금 큰 정도다. 3년 전에 우리가 이 집을 샀을 때도 손볼 데가 수두룩한 '고쳐 쓰는 집'이었고, 아직도 완전히 고치진 못했다. 외벽은 페인트를 한 번 제대로 칠해야 하고, 현관은 여전히 수리 중이다. 반년 전에는 썩은 나무 판자를 밟는 바람에 발이 바닥을 그대로 뚫고 내려가 엉덩방아를 찧은 적도 있다.

롭은 손재주가 좋은 편이라, 언제나 "내가 지금 고치는 중이야" 라고 말했다. 매주 일요일이면 공구 벨트를 두르고 나와서 아주 중요한 일을 한다는 듯이 굴었지만, 정작 정면에서 보는 우리 집은 아직도 고전 공포 영화에나 나올 법한 꼴을 하고 있다.

차를 차고에 대고 집에 들어오자마자 온몸에서 물이 뚝뚝 떨어졌다. 몇 시간을 살을 에는 듯한 차가운 빗속에 서 있었으니 당연하다. 게다가 집으로 오는 길에 빗줄기는 눈으로 바뀌었다. 롭 말이 맞았다. 도로는 얼어서 미끄럽기 이를 데 없었고, 나는 집까지 무사히 돌아오는 일에 온 신경을 쏟아야 했다.

거실에 들어서자, 난방이 확 올라가 있는 게 느껴져서 오히려 안도감이 들었다. 평소에는 롭이 난방을 이렇게 세게 틀어 놓으면 짜증이 먼저 났는데, 지금은 고맙기만 했다.

롭은 중고로 산 소파에 앉아 신문을 읽고 있었다. 아마 스포츠 면일 것이다. 아직까지 종이 신문을 읽는 사람은 쉰 넘은 아저씨들뿐이라고 생각하겠지만, 롭은 아직 마흔도 안 됐다. 하지만 몇 년 전부터 머리가 빠지기 시작해서, 적게 잡아도 열 살은 더 많아 보이긴 한다.

내가 들어오자 롭은 신문을 툭 던져 치웠다. 손가락에는 잉크가 까맣게 묻어 있었다. 롭의 손은 늘 이렇다. 신문 잉크가 묻어 있거나, 배관 일을 하며 묻은 기름때가 묻어 있거나. 가끔은 볼에 키스받기 전에 먼저 물로 씻겨야 할 것 같은 기분이 든다.

"그래서 상황이 어때?" 롭이 물었다. "경찰이 뭐라도 잡았어?"

나는 목 안쪽이 뻐근해지는 걸 삼키며 말했다. "퀸 휴대폰 위치를 추적 중이래. 그런데 잘 안된다네. 날씨 때문이라나. 폭풍 때문에 모든 게 엉망이래."

롭의 미간이 구겨졌다. "너는 괜찮아?"

나는 축축한 옷 아래로 오한이 올라오는 걸 느끼며 가느다란 숨을 들이켰다. "이게 다 진짜라는 게 믿기지가 않아. 오늘 오후에 퀸하고 통화했을 때부터 뭔가 이상하단 느낌이 있었어."

그러니까 그 빌어먹을 경찰보다도 내가 났다는 거다.

롭이 다가와 내 어깨를 주물러 줬다. 나는 잠깐 그 손길에 기대려다가도, 잉크 묻은 손이 떠올라 홱 몸을 뺐다.

"손 좀 씻어 줄래?" 내가 말했다.

롭이 멈칫했다. 순간 또 싸움이 시작되는 줄 알았지만, 그는 말없이 싱크대로 가 손을 씻었다. 비누까지 써서 꼼꼼히. 오늘은 최대한 얌전하게 굴겠다는 태도였다.

"그래도 네가 직접 가서 확인하길 잘했어." 롭이 거뭇해진 비누를 헹구며 말했다.

"응…." 나는 작게 중얼거렸다.

눈을 감으면, 몇 시간 전 동생 집 부엌에서 마주친 그 광경이 아직도 선명하게 떠오른다. 온몸에 소름이 돋는다. 나는 평생 그 광경을 잊지 못할 거다.

"클라우디아?" 눈을 뜨자 롭이 손을 다 씻고는 나를 뚫어지게 바라보고 있었다. "괜찮아?"

"나…," 몸이 떨렸다. 추워서인지, 다른 이유 때문인지 나도 모르겠다. "위에 올라가서 샤워나 할까 봐. 뜨거운 물은 나오지?"

그가 고개를 끄덕였다. "나올 거야."

한편으로는 내가 범죄 현장에 그대로 남았어야 했다는 생각이 든다. 내가 그냥 마사지사일 뿐이라 해도, 내 동생을 나만큼 잘 아는 사람은 없다. 지금 퀸을 찾을 수 있는 사람이 있다면 그건 바로 나다.

하지만 스콧은 새로운 정보가 들어오면 바로 전화하겠다고 약속했다. 나는 그 '새로운 정보'가 어디 배수로에서 퀸이 발견됐다는 소식일까 봐 미칠 것 같다. 오늘 밤 내가 무슨 수로 잠을 잘 수 있을지 모르겠다.

나는 계단을 올라 가장 안에 있는 침실로 향했다. 우리 집에서 유일하게 '좁디좁지 않은 방'이다. 집을 샀을 때 우리는 나머지 두 방을 언젠가 생길 아이들을 위한 방으로 쓰자고 했지만, 아직 우리 사이에 아이는 없다. 그래서 지금은 그저 손님방만 두 개일 뿐이다. 손님이 자주 오는 것도 아닌데 말이다. 그래도 나는 퀸에게 데릭과 헤어지면 우리 집으로 와서 방을 골라 쓰라고 말해 뒀었다.

침대 위에는 초록색 꽃무늬 이불이 아침에 덮어 둔 그대로 가지런히 정돈돼 있었다. 나는 매일 아침 일어나면 바로 침대를 정리한다. 우리 침실은 나와 롭 말고는 볼 사람이 없는데도 그렇다. 어렸을 때 엄마가 늘 침대 정리를 시켰고, 결국 나는 침대가 어질러진 채로 방을 나설 수가 없게 됐다. 그냥…, 그럴 수가 없다. 그리고 만약 롭이 침대를 정리하는 날이 온다면 난 기절할지도 모른다.

젖은 옷을 벗어 던지는 순간, 전화가 울렸다. 또다시 심장이 뛰어 올랐다. 사건 관련 전화거나 혹은 퀸이 전화를 걸어온 걸지도 모른다는 희망을 품었다. 그런데 화면에 뜬 이름은 '로리 마셜'이었다.

내가 로리 번호를 저장해 둔 건 예전에 그녀에게 몇 번 마사지해 준 적이 있기 때문이었다. 하지만 퀸이 로리가 데릭과 불륜 중인 것 같다고 말한 뒤로는 그녀의 전화를 전혀 받지 않았다. 로리는 데릭이 딱 좋아할 타입이다. 금발에, 다리는 엠파이어 스테이트 빌딩만큼 길어 보이는 여자. 데릭은 금발을 좋아했다. 퀸이 머리를 염색하기 시작한 것도 그래서였다.

그런 로리가 지금 왜?

그냥 음성 사서함으로 넘길까 잠깐 고민했지만, 호기심이 더 컸다. 그래서 전화를 받았다. "로리?"

"클라우디아, 안녕." 낮고 조심스러운 그 목소리만 들어도 무슨 일이 일어났는지 그녀가 이미 알고 있다는 게 느껴졌다. 동생 집 주변에서 기자 같은 건 보이지 않았으니 아직 뉴스에는 안 나왔을 텐데… 분명 그새 입소문이 난 거다. "나 소식 들었어. 그거 사실이야?"

"뭐가 사실인데?" 나는 건조하게 되물었다.

"그…," 그녀의 목소리가 갈라졌다. "데릭…, 데릭이 죽었다는 거."

전부 부정해 버릴까 생각도 했지만, 어차피 곧 진실은 드러난다. "그래. 사실이야."

로리가 흐느끼기 시작했다. "세상에, 너무 끔찍해. 퀸이 어떻게 그런 짓을 할 수가 있지?"

"실례지만," 나는 이를 악문 채 휴대폰에 대고 낮게 쏘아붙였다. "내 동생은 지금 실종 상태야. 함부로 넘겨 짚지 말아 줬으면 좋겠는데."

"네 동생이 남편을 죽이고 도망간 거잖아! 무슨 결론이 더 있어!"

"있지." 나는 침대 위로 털썩 주저앉았다. "경찰은 데릭이 어제 오후 다른 여자랑 있었다고 봐."

"그, 그래?"

"그래." 나는 목을 가다듬었다. "로리, 말해 봐. 너 아직도 데릭이 랑 자고 있었어?"

"클라우디아! 무슨 말을 하는 거야!"

"내가 무슨 말 하는지 너도 알잖아."

"말도 안 돼!" 로리는 분노하는 척하려 애썼지만, 목소리가 미세 하게 떨리는 게 들렸다. "내 생각에 경찰은 모든 에너지를 퀸을 찾 는 데 써야 해."

"사실 로리," 내가 말했다. "나는 네 생각이 어떤지는 관심 없어. 곧 경찰한테 연락 올 줄이나 알아."

나는 전화를 끊고 휴대폰을 침대 한가운데로 툭 던졌다. 내가 어렸을 때는 집에 진짜 전화기가 있었다. 유선 전화기. 그땐 통화 상대방에게 화가 나면 수화기를 쾅 내려칠 수 있었지. 휴대폰으로 는 그 맛이 안 난다.

내가 이 여자를 정말 싫어하긴 하지만, 그렇다고 진심으로 그녀 가 내 동생에게 무슨 일이 일어났는지 알고 있다고 생각하진 않는 다. 그냥 참견쟁이일 뿐이다. 퀸이 살인죄로 재판받는 모습을 즐기 고 싶어 하는 부류. 분명 그걸 원하는 사람이 로리만은 아닐 거다. 데릭은 누구에게나 호감을 사는 사람이었으니까. 게다가 부자였 고, 권력도 있었다.

전화가 또 울린다. 데릭이 숨겨 둔 또 다른 여자에게서 또 전화 가 걸려 온 거라면 진짜 폭발할지도 모른다. 그런데 화면에 뜬 이 름은 내가 전혀 예상하지 못한 이름이었다.

퀸이었다.

18

나는 전화를 낚아채듯 집어 들었다. 손이 너무 심하게 떨려서 받기 버튼을 제대로 미는 것조차도 힘들었다. 끊지 마, 퀸! 내가 손가락만 좀 움직이면 돼!

마침내 통화가 연결되자 나는 숨을 들이켜며 말했다. "퀸?"

나는 동생의 높고 달콤한 목소리를 기대했다. 하지만 들려온 건 훨씬 낮은 목소리였다. "여보세요?"

숨이 턱 막혔다. 남자다. 남자가 퀸의 휴대폰으로 전화를 걸었다. 설마…, 동생을 납치한 건가? 지금 몸값을 요구하려는 건가?

"누구세요?" 나는 겨우 목소리를 냈다.

반대편에서도 긴 침묵이 흘렀다. "그쪽은 누구신데요?"

이게 대체 뭔 상황이지? "왜 우리 동생 휴대폰을 갖고 있죠?"

그러자 남자가 말했다. "제가 이 휴대폰을 발견했어요. 제 트럭 짐칸에 있더라고요."

나는 미간을 찌푸렸다. "트럭 짐칸에요? 무슨 말이에요?"

"트럭에서 뭘 좀 꺼내려다가 휴대폰이 거기 있는 걸 봤거든요. 근데 클라우디아라는 이름으로 부재중 전화가 엄청 떠 있더라고요. 그게 당신 맞나요?"

"맞아요. 저예요."

"어쩌다 제 트럭에 있는지는 모르겠는데, 원하시면 돌려드릴게요."

그러게. 퀸 휴대폰이 왜 트럭에 있을까?

나는 분명 퀸과 통화했었다. 그때까지만 해도 휴대폰은 퀸 손에 있었다. 그리고 통화가 끝나고 얼마 지나지 않아서 나는 데릭의 시체를 발견했다. 그즈음부터 퀸은 전화를 받지 않았다. 그렇다면 우리 통화와 내가 데릭을 발견한 시점 사이 어느 지점에서 퀸의 휴대폰이 이 남자의 트럭으로 들어간 거다.

문제는 이 남자가 과연 믿을 만한 사람인지 아닌지다. 내가 휴대폰을 받으러 나오면 머리를 후려갈겨서 나를 기절시킨 다음 자기 옷장에 처넣으려는 건 아닐까?

그래, 어디 해 보라지. 퀸이랑 달리 난 싸울 줄 안다.

"그런데 당신 동생이 누구죠?" 남자가 물었다.

"이름이 퀸인데요, 지금 걔가⋯."

"잠깐, 퀸 매키요?"

남자의 목소리에는 놀람과 반가움이 섞여 있었다. 게다가 그는 우리의 결혼 전 성을 말했다. 그 순간 나는 확신했다. 이 남자가 내 동생에게 해를 끼친 건 아니다. 그냥 트럭에서 휴대폰을 발견한 사람일 뿐이다.

"맞아요." 내가 말했다. "혹시 퀸을 알아요?"

"네! 제 이름은 빌 월시예요. 예전에 퀸이 제 베이비시터였거든요. 그리고 아까 봤어요. 여기서 북쪽으로 한 30분쯤 거리에 있는 주유소에서요."

나는 숨을 크게 들이켰다. "퀸을 봤다고요? 언제요?"

"음…, 정확히는 모르겠는데, 한 다섯 시쯤이었던 것 같아요. 일막 끝나고 들렀거든요."

심장이 미친 듯이 뛰었다. 그는 퀸을 봤다. 우리 통화 이후에 퀸을 본 거다. "그때 퀸 혼자였나요?"

"그랬던 것 같은데요. 매점에서 뭐 좀 사고, 현금도 좀 뽑았던 것 같고…, 그리고 바로 가버렸어요. 되게 서두르는 것처럼 보였는데."

"차 안에 다른 사람은 없었어요?"

"잘은 모르겠는데, 제가 보기엔 없었어요."

나는 아랫입술을 꾹 깨물었다. "퀸이 어떤 상태였어요? 많이 긴장한 것처럼 보였다거나, 겁먹은 것 같았다거나, 어디 다친 것 같지는 않았나요?"

그는 잠시 생각하더니 말했다. "음…, 지금 생각해 보니까 좀 불안해 보이긴 했어요. 근데 그거 말고는 다 괜찮아 보였어요. 사실 그냥 괜찮은 정도가 아니라 정말 괜찮아 보였어요."

정말 괜찮아 보였다고? 이 멍청이가 분명 내 동생한테 작업을 건 거다. "지금 그 휴대폰 잠금 걸려 있어요?"

"네. 잠금 화면에 부재중 전화가 떠 있어서 그거 보고 그냥 전화 누른 거예요."

그 말인즉슨, 내가 휴대폰을 손에 넣어도 시도할 수 있는 게 거의 없다는 뜻이다. "잘 들어요." 내가 말했다. "이 건은 경찰에 알릴 거예요. 그러면 경찰이 당신한테 가서 휴대폰을 회수할 거예요."

"경찰이요?" 빌 윌시의 목소리가 확 꺾였다. "근데 전 훔친 게 아니에요! 진짜로 트럭에서 발견한 거라니까요. 맹세해요."

"알아요. 하지만 퀸이 지금 실종 상태거든요."

그가 숨을 들이켜는 소리가 들렸다. "그럼 설마 지금…, 제가 그랬다고 생각하는 건 아니죠?"

아니야. 내 직감이 말해 준다. 이 남자는 그냥 지나가다가 우연히 휴대폰을 주운 사람이다. 퀸은 위치 추적을 피하려고 휴대폰을 버려야 했던 거고. 그래서 그의 트럭에 던져 넣은 거다. 나라면, 나라도 그렇게 했을 거다. 퀸이 그렇게 했다는 게 오히려 대견하다.

그렇다면 퀸은 누군가에게 붙잡혀 있는 게 아니다. 스스로 떠난 거다. 아마 데릭을 찔러 죽인 직후에.

이걸로 모든 게 달라졌다.

경찰에게 발견되는 즉시 퀸이 감옥으로 직행한다는 뜻이다. 이제 이건 구조가 아니라 추적이다.

여기서 법적으로 옳은 '정상적인' 선택은 스콧 드와이어에게 전화를 걸어서 이 새로운 정보를 알려 주는 거다. 그가 수사를 맡고 있고, 이건 중요한 증거다.

하지만 나는 스콧을 믿지 못하겠다. 남편이 찔려 죽은 직후에도 퀸이 살아 있었고, 멀쩡했고, 혼자였다는 걸 알게 되면 스콧이 어떻게 할지는 뻔하다. 그리고 그 결과는 퀸에게 결코 좋지 않을 거다.

그렇게 되도록 놔둘 수 없다. 내가 제대로 손을 써야 한다.

"당신도 알잖아요, 지금 이게 어떻게 보일지." 내가 말했다. "여자가 실종됐는데 당신 트럭에서 그 여자의 휴대폰이 나왔다? 빌, 진짜 안 좋게 보일 수밖에 없어요."

"하지만 전 그냥 트럭에서 발견했을 뿐이라니까요?" 그가 거의 울먹이듯 말했다. "진짜예요. 저 퀸한테 손도 안 댔어요."

"경찰이 그 얘길 믿어 주면 좋겠네요."

"젠장." 그가 이를 갈 듯 중얼거렸다. "저 정말 착한 사람이에요. 여자한테 해코지 같은 거 할 사람 아니고요. 그리고…, 하, 제 여자 친구가 알면 저 죽어요. 제가 그런 짓을 했다고 하면…."

"알겠어요." 내가 말했다. "난 당신 얘길 믿어요. 다만 경찰이 믿어 줄지 확신이 없을 뿐이죠."

"그럼…, 제가 휴대폰을 직접 돌려드릴 테니까 경찰한테는 말 안 하시면 안 돼요?"

나는 침실 문을 흘끗 봤다. 롭은 아직 아래층에 있다. 이 얘기를 그가 듣게 하고 싶진 않았다. "이렇게 하죠, 빌. 내가 직접 가서 휴대폰을 받을게요. 그리고 내가 내일 경찰에 넘기면서 당신이 연관됐다는 건 말하지 않을게요."

"정말 그렇게 해 주실 거예요?"

"그럼요. 목소리만 들어도 당신이 정직한 사람인 건 알겠어요. 난 그냥 내 동생한테 무슨 일이 있었는지 알고 싶을 뿐이에요."

"퀸이 무사했으면 좋겠어요." 그가 진심으로 말했다. "퀸은 좋은 사람이에요. 제가 제일 좋아하던 베이비시터였고요. 정말 꼭 찾으셨으면 좋겠어요."

"꼭 찾을 거예요." 내가 경찰보다 먼저 퀸을 찾을 거다. 반드시.

"그럼 휴대폰 받으러 오늘 밤에 오실 거예요?"

나는 창밖을 봤다. 눈발이 점점 더 굵어지고 있었다. 지금 집을 나가면 롭이 난리를 칠 거다. 어딜 가느냐고 캐물을 테니 필히 그럴듯한 이유를 댈 수 있어야 한다. "내일 아침 일찍 갈게요. 그때까지 휴대폰 전원은 꺼 두세요. 꺼져 있으면 경찰이 추적 못 해요."

"네."

그런데 빌 월시는 몇 살일까? 어렸을 때 퀸이 봐 줬다고 했으니까, 아마 20대 초반? 말투만 들어도 내가 적당히 구슬리면 뭐든 시키는 대로 할 성격이다.

"내일 아침에 갈게요." 나는 확실히 못을 박았다. "주소 알려 줘요."

19

잠을 제대로 못 잤다.

잠에 들었다가 깼다가를 반복하면서, 계속 퀸이 나오는 꿈을 꿨다. 처음 퀸을 만난 순간이 떠오른다. 부모님은 내게 "곧 동생이 생길 거야"라고 말했고, 그러고는 어느 날 나를 병원에 데려갔다. 엄마 품에는 아주 작고 잔뜩 찡그린 얼굴의 아기가 안겨 있었다. 나는 너무도 동생을 안아 보고 싶었지만 부모님은 허락하지 않았다. 내가 아직 너무 어리다는 이유였다.

하지만 두 분이 세상을 떠난 뒤, 퀸을 돌본 건 결국 나였다. 부모님의 사고 소식을 들었을 때 나는 모든 걸 내려놓았다. 다음 날 시험이 있었지만 사고 이후로 그런 건 아무 의미가 없었다. 학교를 그만두고 우리가 살던 집을 지키기 위해 일을 시작했다. 그 아이에게 남은 사람은 나뿐이었고, 나에게 남은 사람도 퀸뿐이었다.

퀸은 데릭 알렉산더에 대해서 내가 하는 말을 들었어야 했다.

나는 그 남자가 퀸에게 어울리지 않는다고, 결코 좋은 사람이 아니라고 계속 말해 왔다. 내 인생이야말로 실수투성이였으니, 그 정도는 알아야 했다. 물론 정확히 이런 일이 벌어질 거라고는 상상도 못 했다. 데릭이 그 비싼 집 부엌 바닥에서 죽게 될 거라는 건 몰랐다. 하지만 적어도 퀸이 그런 남자와 결혼하면 안 된다는 건 알고 있었다.

이제 와서는 다 의미 없는 얘기다.

나는 동이 트자마자 눈을 떴다. 토요일이라 롭은 늦잠을 자고 있었다. 침대에 옆으로 누워 입을 벌린 채, 왼쪽 입꼬리에서 침을 조금 흘리며 우렁차게 코를 골고 있었다. 내 남편은 전기톱 같은 소리를 내며 잔다. 전에 한 번은 남편에게 수면 중에 숨이 멎는 '수면 무호흡 증후군' 같은 질병이 있고, 코를 심하게 고는 사람에게서 더 흔하게 나타난다는 신문 기사를 보여 준 적이 있었다.

'그러니까 당신도 매일 밤 잘 때 숨 쉬는 걸 멈추는 거야, 롭.'

그러자 그는 코웃음을 치며 대꾸했다. '그런 헛소릴 믿어?'

그러고는 신문을 쓰레기통에 던져 버렸다.

나는 최대한 조용히 옷을 챙겨 입고 아래층으로 내려갔다. 창밖을 보니 우리 집 진입로는 발목까지 쌓인 눈으로 완전히 막혀 있었다. 나는 제일 두꺼운 겨울 부츠를 꺼내 신고, 현관 옆 작은 바구니에 넣어 두었던 트럭 열쇠를 집었다. 내 쉐보레로는 나가지 못하겠지만, 롭의 녹슨 초록색 트럭이라면 가능하다.

빌 월시네 집은 우리 집에서 차로 15분 정도 거리밖에 안 됐다. 어젯밤 페이스북에서 그의 프로필을 찾아봤다. 예상대로 20대의 덩치 큰 남자였고, 사진마다 어딘가 얼빠진 듯한 표정을 하고 있었다. 전혀 위협적으로 보이지 않았다. 휴대폰을 받아 내는 건 어렵지 않을 거라고 생각했다. 오히려 기뻐하며 내줄 것 같았다.

길은 아직도 눈 때문에 미끄러웠다. 오늘은 아직 경찰서에 전화해 보진 않았지만, 퀸을 찾는 데에 큰 진전은 없었을 거라고 짐작했다. 경찰이 퀸을 찾았다면 내가 알았을 테니까. 내 생각에 퀸은 어딘가에서 하룻밤 몸을 숨기고 있었을 것이다. 문제는 그게 어디냐는 거다.

빌의 집은 우리 집보다도 작았고, 페인트칠이 시급해 보일 만큼 더 낡아 있었다. 나는 집 앞에 트럭을 세웠고, 차에서 내리자마자 부츠가 눈 속으로 푹 하고 빠졌다. 현관까지 가는 데만 해도 한참 걸렸다. 꼭 끈적한 꿀 속을 걷는 기분이었다.

외투로는 살을 에는 찬 바람을 막을 수 없었다. 나는 가슴을 꼭 끌어안은 채 빌이 문을 열어 주기를 기다렸다. 거의 바로 문이 벌컥 열렸다. 마치 내가 올 걸 알고 있었다는 듯이. 그는 나보다 훨씬 컸지만, 얼굴에는 어딘가 어린애 같은 취약함이 묻어 있었다. 턱에 듬성듬성 난 염소수염도 그 느낌을 더했다.

"클라우디아?" 그가 조심스럽게 물었다.

나는 고개를 끄덕였다. "휴대폰은요?"

그는 잠시 머뭇거리더니 휴대폰을 내밀었다. 퀸의 아이폰이다. 그가 마음을 바꾸기 전에 나는 재빨리 그걸 낚아챘다. 전원은 내가 당부한 대로 꺼져 있었다.

그는 염소수염을 만지작거리며 물었다. "진짜 경찰한테 말 안 할 거예요?"

"입 다물게요. 약속했잖아요."

"고마워요." 그는 몸을 조금 뒤척였다. "저도 퀸을 찾는 일을 돕고 싶어요. 진짜로요. 그런데…, 제가 지금 보호 관찰 중이라서요. 그래서…."

내 배 속이 싸늘해졌다. 내가 이 남자를 너무 쉽게 생각한 건 아닐까. "보호 관찰이요?"

"친구랑 같이 대마 팔다 걸렸거든요."

나는 손에 든 휴대폰을 내려다봤다. 사실 내가 경찰에 이걸 가져가면 오히려 내가 더 곤란해진다. 하지만 그걸 그가 알 필요는 없다. "신경 쓰지 마요. 우리만 아는 거예요."

그의 어깨가 축 처졌다. "고마워요. 진짜 감사해요. 그리고 퀸 꼭 찾으셨으면 좋겠어요. 정말 좋은 사람이었거든요."

나는 그의 눈을 똑바로 바라봤다. "정말…, 퀸이 멀쩡해 보였어요? 다친 데도 없었고?"

"다친 데는 없었어요." 그가 고개를 갸웃했다. "근데…, 뭔가 이상하긴 했어요. 뭔가 일이 꼬인 것 같았달까. 되게 불안해 보였고, 급해 보였어요."

"고마워요." 나는 휴대폰을 손안에 꼭 쥐었다. "이게 퀸을 찾는 데 아주 큰 도움이 될 거예요. 그리고 정말 당신 얘긴 경찰한테 한마디도 안 할게요. 또 감옥 가는 건 싫잖아요."

마지막 말은 빌이 입을 열 생각을 아주 못 하게 하려고 일부러 강조했다.

나는 트럭에 올라타 손가락이 얼기 전에 문을 꽝 닫았다. 운전석에 앉아서 퀸이 그토록 버리고 싶어 했던 휴대폰을 내려다봤다.

이제는 내가 해야 한다. 퀸을 위해서.

20

우리가 사는 뉴잉글랜드의 작은 마을에서는 날씨가 어떻든 절대 멈추지 않는 게 하나 있다. 장례식이다.

집에서 서쪽으로 한 시간쯤 떨어진 곳에 공동묘지가 있다. 퀸이 간 방향과는 정반대다. 나는 그 묘지를 아주 잘 안다.

…거기에 우리 부모님이 묻혀 있으니까.

부모님은 내가 열여덟, 퀸이 열네 살 때 돌아가셨다. 교통사고였다. 그날 부모님은 퀸이 주연을 맡은 고등학교 연극을 보러 가는 길이었다. 눈 덮인 도로에서 차가 미끄러져 제어를 잃었고, 대형 트레일러와 충돌했다. 두 분은 그 자리에서 즉사했다.

더 끔찍한 건, 사고 전에도 우리 집은 살림이 넉넉하지 않아서 보험료를 제때 갱신해 두지 못했다는 거다. 보험이 끝나 있었고, 퀸과 내게 남은 건 아무것도 없었다.

대학을 그만두는 건 고민할 것도 없었다. 애초에 등록금을 낼 수도 없었고, 퀸을 멀리 사는 친척 집으로, 아니, 더 최악인 경우 위탁 가정으로 보내게 둘 순 없었다.

그날 이후로 세상엔 우리 둘뿐이었다. 나와 퀸이 세상과 맞서는 구조였다. 나는 퀸을 챙겼다. 시험공부를 제대로 하는지, 어울리는 애들이 괜찮은지, 가끔 생기는 남자 친구가 어떤 애인지까지 전부 살폈다. …그런데 정작 결혼할 남자에 대해서는 내 말을 듣지 않았다.

솔직히 말하면, 나는 요즘엔 부모님을 거의 떠올리지 않는다. 두 분이 돌아가신 지 너무 오래됐다. 엄마 목소리가 어땠는지도 이제는 잘 기억나지 않는다. 아빠가 수염이 있었는지조차 가물가물하다. 마치 전생에서 알던 사람들 같다. 그래도 나는 가끔 이곳에 온다. 꽃을 들고.

하지만 오늘은 꽃을 들고 오지 않았다.

공동묘지에 도착하니, 예상대로 눈이 쏟아지는데도 장례식이 진행 중이었다. 장례식에 온 차량들이 길가에 줄지어 서 있었고, 조문객들이 묘비 주변에 모여 있었다. 모두 검은색 두꺼운 외투와 모자를 눌러쓰고 사랑하는 사람에게 마지막 인사를 건네는 중이었다.

나는 차 안에 잠깐 앉아 있다가 퀸의 휴대폰 전원을 켰다. 화면에 작은 애플 로고가 떠오르더니 곧 비밀번호를 입력하라는 창이 떴다.

퀸은 비밀번호를 뭘로 해 놨을까? 생일?

입력해 본다. 실패.

그럼 내 생일?

역시 안 된다.

내 휴대폰이 윙 하고 울렸다. '내 트럭 갖고 어디 갔어?' 롭이 보낸 메시지였다. 나는 답장하지 않았다.

대신 데릭의 생일을 입력했다.

…이젠 잠금이 걸렸다.

상관없다. 나는 퀸의 휴대폰을 열려고 여기 온 게 아니다. 버리러 왔다.

내 휴대폰이 또 울렸다. 이번엔 보지도 않았다. 분명 롭일 테니까.

나는 주차된 차들을 따라 천천히 걸어갔다. 대부분은 문이 단단히 잠겨 있었지만, 몇 대는 창문이 살짝 열려 있었다. 그러다 버몬트주 번호판이 달린 차 앞에서 멈췄다. 뒷좌석 창문이 아주 조금, 정말 '한 줄' 정도만 열려 있었다. 휴대폰을 밀어 넣기엔 충분할 만큼. 나는 그 틈으로 퀸의 휴대폰을 미끄러뜨려 넣었다.

됐다.

이제 스콧이 퀸을 어떻게 추적하는지 두고 보자.

나는 공동묘지를 다시 올려다봤다. 마지막으로 여기 온 지 최소 1년은 된 것 같다. 부모님이 돌아가시고 나서 처음 몇 년 동안은 퀸과 함께 달에 한 번씩은 꼭 왔었다. 내 차로 운전해서 오면, 우리는 부모님 묘비 앞에 나란히 서서 손을 꼭 잡았다. 퀸은 거의 늘 울었다. 다 자기 탓이라고 했다. 부모님이 퀸이 나오는 연극을 보러 가다가 사고가 났으니까.

'내가 그 멍청한 연극만 안 했어도…'

퀸은 그렇게 말하며 흐느끼곤 했다.

시간이 지나면서 찾아오는 주기가 점점 길어졌다. 두 달에 한 번이 되었다가, 몇 달에 한 번이 되었다가, 결국 일 년에 한 번.

그러니까, 마침 찾을 때가 된 셈이긴 했다.

나는 철문을 밀고 공동묘지 안으로 들어갔다. 안쪽은 눈이 거의 그대로 남아 있었다. 두툼하고, 자국 하나 없이 새하얬다. 걸음을 옮길 때마다 무릎 높이까지 푹푹 빠졌다. 나는 그렇게 부모님 묘비까지 걸어갔다.

두 분의 묘비는 맨 뒤쪽에 있다.

맥신 터너 매키. 새뮤얼 매키.

사랑받는 아내이자 남편, 퀸과 클라우디아의 부모.

가끔은, 두 분이 돌아가시지 않았다면 내 인생이 어땠을까 상상해 본다. 나는 대학을 끝까지 다녔을 거고, 지금쯤 변호사가 되어 있었을지도 모른다. 부모님이 든든하게 곁에 있었다면 나는 더 현명한 선택들을 했을 것이다. 그랬다면 롭과 결혼하지 않았을 수도 있다.

퀸도 아마 더 나은 선택을 내렸을지도 모른다.

하지만 그런 식의 가정은 아무 의미가 없다. 두 분은 이미 돌아가셨고, 그건 바꿀 수 없는 사실이니까.

21

집에 돌아오자, 롭이 부엌에서 나를 기다리고 있었다. 다 먹어 치운 시리얼 그릇을 앞에 두고서 현관에서 부츠를 털고 있는 나를 노려보듯 쳐다봤다. 어디 소리칠 거면 쳐 보라지 하고 생각했지만, 그러지는 않았다.

"어디 갔다 왔어?"

나는 거실로 들어가며 말했다. "그냥 차 끌고 퀸 찾아다녔어."

그가 코를 훌쩍였다. "네가 경찰보다 잘 찾을 수 있다고 생각하는 거야?"

이게 바로 롭의 문제다. 그는 절대 나를 믿지 않는다.

몇 년 전 롭에게 '다시 대학에 가 볼까, 아니면 적어도 수업이라도 몇 개 들어 볼까' 하고 얘기를 꺼낸 적이 있었다.

'그런 거 하기엔 넌 너무 늙었어, 클라우디아.' 인정하기는 싫지만, 그 말이 꽤 세게 박혔다. 결국 나는 아무것도 하지 않았다.

"그럴 수도 있지." 내가 대답했다.

"그래? 그래서 찾았어?"

나는 눈을 굴렸다. "아니. 못 찾았어."

그가 얼굴을 찌푸렸다. "조심해, 클라우디아. 걔 돕다가 괜히 공범으로 몰릴 수도 있어."

"퀸은 범죄자가 아니야."

"자기 남편을 죽였어. 그 정도면 범죄자 맞지."

"말조심해."

식탁 너머로 서로 눈이 마주쳤다. 롭의 턱 근육이 떨리는 게 보였다. 한참을 버티던 그가 결국 시선을 떨궜다.

"내 트럭을 쓸 거면," 그가 중얼거렸다. "말은 하고 쓰든가."

"내가 오래 나가 있었던 것도 아니잖아."

"그래도 난 일하러 가야 하거든."

나는 코웃음을 쳤다. "일하러? 누구 집 변기 막힌 거 뚫으러?"

그는 벌떡 일어나며 거의 의자를 쓰러뜨릴 뻔했다.

"누구 등이나 주무르는 것보단 훨씬 중요한 일이거든?"

이제 내가 반격하려고 입을 여는데, 롭은 이미 내 옆을 지나가고 있었다. 코트를 집어 들고 차 키를 챙기더니, 그대로 문밖으로 나가 버렸다. 현관문이 쾅 닫히는 소리에 집이 통째로 흔들렸다.

어차피 오늘은 다시 나갈 생각도 없다. 이미 퀸 휴대폰은 처리했다. 아마 지금쯤 버몬트주로 가고 있겠지. 경찰이 그걸 찾아낼 때쯤이면 퀸은 여기서 훨씬 더 멀리 도망가 있을 거다.

그리고 퀸이 내게 전화를 걸어 도움을 요청하면, 그럴 거라고 믿고 있지만, 나는 준비가 되어 있을 거다.

◆

오후에 손님 둘이 마사지를 받으러 숍에 오기로 예약돼 있었는데, 눈 때문에 전부 취소됐다. 그래서 나는 결국 집 안에서 빈둥거리며 퀸에게 지금 무슨 일이 벌어지고 있을지 걱정만 하게 됐다. 세탁도 좀 했다. 롭은 절대로, 진짜 절대로 빨래를 안 한다.

빨지 않은 팬티를 몇 달이고 입다가 다 떨어지면 새로 살 인간이다.

나는 경찰서에 전화를 걸어 스콧에게 메시지를 남겼지만, 답이 온 건 오후 다섯 시 가까이 돼서였다. 나는 소파에 앉아 TV를 보며 온종일 쌓인 걱정을 잠시 잊어보려 하고 있었다. 롭은 일이 생겨 집을 나갔고, 트럭도 가져갔다.

"찾았어요?" 스콧이 말을 꺼내기도 전에 내가 먼저 물었다.

그의 목소리는 거칠었다. "아직이요."

나는 어깨에 잔뜩 들어갔던 힘을 조금 뺐다. 그럴 줄 알았다. 이 사람은 작은 동네의 별 볼 일 없는 부보안관이다. 살인 사건을 제대로 수사할 능력도, 도망 중인 사람을 추적할 기술도 없다. 경찰서장이 있었다면 좀 나았겠지만, 그는 월요일까지 휴가다.

"하지만 시간문제예요." 그의 목소리에 불길한 기운이 배어 있었다.

"무슨 뜻이에요?"

"단서가 좀 나왔어요."

"퀸 휴대폰 찾았어요?"

스콧이 잠시 머뭇거렸다. "버몬트까지 추적됐어요. 일단 거기로 경관을 보냈습니다. 하지만 우리는 퀸이 아직 뉴햄프셔를 벗어나지 못했다고 보고 있어요. 멀리 가진 않았을 것 같아요."

내 속에서 욕지기가 나는 느낌이 들었다. 버몬트로 가는 차에 휴대폰을 슬쩍 넣어 두었으니 스콧은 한동안 헛수고만 하게 될 줄 알았다. 그게 퀸에게 하루 정도 시간을 벌어 줄 거라고 생각했다. 하지만 이 남자는 내가 생각한 것보다 훨씬 영리했다.

"왜 그렇게 생각해요?" 내가 조심스럽게 물었다.

"어젯밤 93번 고속도로 북쪽 주 경계 근처에서 한 경관이 퀸의 차를 세웠어요. 후미등이 나가 있었다더군요. 딱지는 끊지 않았지만 도로에서 빠지라고 했고, 더 보이지 않아서 그냥 그렇게 도로에서 빠진 걸로 생각했다고 해요."

퀸, 어떻게 그렇게 멍청하게 굴 수가 있어? 나는 엄지손톱을 깨물었다.

"그건 어젯밤이잖아요. 지금쯤이면 수백 마일은 갔을 거예요."

"그럴 수도 있죠. 하지만 눈보라가 심했고, 퀸의 차는 코롤라였습니다. 후미등 때문이 아니더라도 결국 도로에서 빠져야 했을 겁니다. 그리고 어딘가에서 멈춘 뒤 그대로 그곳에 갇혔을 가능성이 높아요. 우리가 그걸 확인하는 중이고요."

온몸이 오그라들었다. 퀸이 아직 뉴햄프셔 안에 있다면 곧 잡히고 말 것이다. 어떻게 아직 주 밖으로 나가지도 못한 거지? 나라면 두 시간 안에 주 경계를 넘었을 거다.

물론 그 눈보라에, 사륜구동도 아니고, 스노타이어도 없이 운전했다면 뭐 거의 기어가다시피 했겠지. 아무리 그래도….

"스콧." 내가 말했다. "설마…, 퀸이 자기 남편을 죽였다고 생각하는 건 아니죠?"

전화기 너머로 긴 침묵이 이어졌다. "지금은 뭐라고 말할 수 없어요. 하지만 클라우디아, 상황이 좋지 않습니다. 퀸은 죽어 가는 남편을 집 안에 방치해 두고 떠났어요. 그리고 차에 다른 사람은 전혀 없었습니다. 누가 총을 들이대고 협박한 흔적도 없었고요."

나는 주먹을 꽉 쥐었다. "스콧은 퀸을 알잖아요. 그럴 사람이 아니라는 거 알잖아요."

"모릅니다."

스콧의 목소리가 너무 차가워서 놀랐다. 그는 퀸의 옛 남자 친구였다. 동생에게 완전히 빠져 있던 아이였다. 게다가 퀸이 돌아왔을 때 거리에서 스콧을 마주친 적이 있었는데, 나한테 퀸에 대해 이것저것 묻고 아주 난리였다. 아직도 좋아하는 게 티가 났다.

"무슨 소리예요?" 나는 말했다. "퀸은 스콧 여자 친구였잖아요."

"몇 달 만났을 뿐입니다. 10년 전에."

"그래도 당신 여자 친구였잖아요. 스콧이 퀸을 얼마나 좋아했는지 나도 알아요."

"그건 정말 오래전 일이에요."

그가 또 잠시 말을 멈췄다. "그때 우린 그냥 애들이었어요. 아무 것도 아니었죠. 난 이제 퀸을 몰라요. 알잖아요, 퀸이 워낙 남하고 거리 둔 거."

그 말은 맞다. 데릭과 퀸은 거의 손님을 집에 부른 적이 없었다. 내 동생은 원래 밝고 활발한 편이었는데, 결혼하고 나서는 완전히 은둔자가 되어 버렸다.

스콧이 한숨을 내쉬었다. "클라우디아, 이만 끊어야겠어요. 퀸한테서 연락이 오면 바로 알려 주세요."

"퀸이 어디 있는지 감이 오면 나한테도 말해 줄 거예요?"

"네."

하지만 그는 그렇게 말하기 전에 몇 초 동안 망설였다. 그 짧은 침묵 때문에 그가 사실은 나한테 아무것도 말해 줄 생각이 없다고 확신했다. 왜 그걸 내게 알려 주겠어? 내가 먼저 퀸을 빼내면 어쩌려고.

그래, 드와이어 부보안관은 내가 생각했던 것보다 훨씬 유능한 경찰일지도 모른다. 그래도 비명 소리 신고를 받고도 집 안으로 들어가 보지 않았다는 건 아직도 납득이 안 되지만.

전화를 끊고 나서, 나는 거실을 빙빙 돌며 발만 동동 굴렀다. 나는 추적에 혼란을 줘서 퀸이 경찰한테서 도망칠 시간을 벌어 주려고 했다, 그리고 추적이 느슨해지면 퀸이 나한테 연락해 올 거라고 기대했다. 그런데 전혀 뜻대로 되지 않고 있다. 도대체 어떻게 했길래 경찰한테 걸린 거야? 후미등이 나갔다고? 왜 그런 상태로 운전을 한 걸까?

그 순간 나는 결심했다.

내가 직접 퀸을 찾아 나설 거다.

여기는 뉴잉글랜드다. 지금쯤 주요 도로는 눈이 다 치워졌을 거다. 경찰보다 내가 먼저 퀸을 찾아야 한다. 대충 어디쯤에서 단속에 걸렸는지 감이 왔다.

이 세상 누구보다 퀸을 잘 아는 건 바로 나다.

나는 반드시 내 동생을 찾아낼 거다.

22

어둑해진 뒤에야 도로에 나설 수 있었다. 다행히 눈은 거의 치워져서 바퀴가 미끄러지진 않았다. 어젯밤, 눈이 쏟아지던 와중에 퀸이 이 길을 달렸을 걸 떠올려 봤다. 갈팡질팡했겠지.

나는 고속도로로 진입해 북쪽으로 차를 몰았다. 폭설에 대비해 미리 기름을 가득 채워 둔 터라, 주 경계를 훌쩍 넘을 만큼의 연료는 있다. 그래도 내가 기름이 다 떨어질 때까지 갈 필요는 없을 거라고 믿고 싶다.

하루 전, 퀸도 똑같이 이 길을 따라 도망쳤다. 두 손으로 핸들을 꽉 쥐고, 눈은 전방에만 고정한 채 달렸겠지. 퀸에게 운전을 가르쳐 준 건 나다. 퀸은 정말 성실한 초보 운전자였다. 항상 왼손은 아홉 시 오른손은 세 시 위치로 핸들을 잡았고, 어깨에는 잔뜩 긴장이 들어가 있었다. 운전면허 시험은 한 번에 붙었고, 합격 통보를 받자마자 제일 먼저 날 끌어안았다.

난 퀸을 찾을 수 있다. 분명히.

고속도로에 오른 지 한 시간쯤 지났을 때 내 휴대폰이 울렸다. 나는 한 손을 가방 안으로 넣어 더듬거리며 휴대폰을 찾았다. 먼저 손끝에 걸린 건 주머니칼이었다. 롭이 낚시할 때 쓰는 칼인데, 내가 슬쩍 빌려 왔다. 혹시 모르니 작은 무기 하나쯤은 가지고 있는 게 좋을 것 같았다. 정말 만약의 경우를 위해.

마침내 손이 휴대폰에 닿았다. 나는 시선을 전방에서 떼지 않은 채 가방에서 휴대폰을 꺼냈다. 그리고 아주 잠깐 고개를 숙여 화면에 뜬 이름을 확인했다.

경찰서였다.

나는 스피커폰으로 전환한 뒤, 휴대폰을 컵 홀더에 끼웠다. "여보세요?"

"클라우디아? 드와이어 부보안관입니다."

"네, 스코티."

잠깐 정적이 흘렀다. 내가 어렸을 적 별명으로 불러서 슬슬 약이 오르는 걸까. "클라우디아, 지금 어디 있어요?"

나는 얼어붙었다. "…집에 있는데요."

"아니잖아요. 방금 클라우디아 집에 갔었는데, 안에 남편분만 계셨어요. 집에 없다고 하시더군요. 아침 이후로 못 봤고, 어딜 갔는지도 모른다고 하셨어요."

"아…."

"그 이후에 남편분하고 통화는 했습니까?"

"아니요. 내가 밖에 나갈 때마다 남편한테 허락 맡고 나가는 스타일은 아니라서요."

스콧은 내 비아냥을 못 들은 척했다. "그러면 지금은 어디입니까?"

그에게 내 위치를 솔직히 말해 줄 수는 없었다. "그냥 잠깐 나왔어요. 장 보러."

"그렇군요." 믿지 않는다는 게 목소리에서 다 드러났다. 그래 봤자 뭘 어쩌겠나. '집에 없음' 혐의로 날 체포할 수도 없는 노릇이다. "그럼 지금 계신 곳으로 제가 가겠습니다. 대화를 좀 나누고 싶어서요."

등줄기를 타고 한기가 훅 올라왔다. "무슨 대화요?"

또다시 짧은 침묵. "직접 뵙고 말씀드리겠습니다. 어디 계십니까?"

나는 가속 페달을 꾹 밟았다. 차가 튀어 나가면서 머리가 뒤로 훅 젖혀졌다.

"퀸은 찾았어요?"

"아직요. 못 찾았습니다."

도대체 왜 나랑 그렇게까지 대화를 하고 싶어 하는 건지 이해가 안 간다. 그리고 굳이 경찰서 밖에서 단둘이 만나자는 것도 마음에 들지 않는다. 한때 내 매부였던 남자의 시체를 발견한 그 순간부터 난 스콧 드와이어 부보안관을 전적으로 믿지 못하게 됐다.

"클라우디아."

"장 다 보고 집에 가면 그때 연락할게요."

그가 더 말하기 전에 나는 전화를 끊어 버렸다. 속이 서늘해지는 느낌이 든다. 스콧은 대체 나한테 무슨 말을 하려는 걸까? 전화로는 말할 수 없을 정도로 대단한 '비밀'이 뭐가 있을까?

하지만 상관없다. 지금 와서 핸들을 돌려 집으로 갈 생각은 없다. 여기까지 와 버렸다. 앞만 보고 간다.

한 시간쯤 더 달리자 뉴햄프셔주 경계가 멀지 않았다. 경찰이 후미등 고장으로 퀸을 세웠던 곳이 바로 이 근처일 거다. 나는 퀸이 차를 세웠을 법한 곳이 있는지 눈을 부릅뜨고 둘러봤다. 해가 완전히 지고 나니, 노면에 남아 있던 물기들이 얼어붙기 시작했다. 바퀴가 미끄러지지 않게 속도를 줄여야 했다.

이 눈보라 속에서, 퀸이 이 지점보다 훨씬 멀리 갔을 리는 없었다.

그리고 그때, 보였다. 거의 놓칠 뻔하다가 간신히 눈에 들어온 색이 다 바랜 작은 표지판 하나가.

백스터 모텔.

왜인지는 모르겠지만, 내 직감이 여기가 퀸이 마지막으로 들른 곳이라고 소리쳤다. 퀸이라면 분명 이렇게 작고, 눈에 잘 띄지 않고, 외진 곳을 찾았을 거다. 게다가 이 근처에서 이미 한 번 경찰한테 잡혔으니, 어딘가로 얼른 빠져야 한다고 생각했을 것이다.

나는 고속도로를 빠져나와, 퀸과 똑같이 빛바랜 방향 표지판을 따라 모텔 진입로로 접어들었다. 그때 반대편에서 경찰차 한 대가 다가와 내 차 옆을 지나쳐 갔다. 아마 경찰도 나와 같은 생각을 한 모양이다. 나는 속도를 최대한 늦추고서 경찰차 뒷좌석을 힐끗 훔쳐봤다. 비어 있다.

적어도 경찰이 백스터 모텔에서 퀸을 찾지는 못했다는 얘기다.

나는 길가에 잠깐 차를 세우고 다음으로 뭘 해야 할지 고민했다. 경찰이 이미 모텔을 수색했고, 거기서 퀸을 찾지 못했다. 그럼 나는 시간만 낭비하게 되는 걸까?

그런데도 이 느낌이 사라지지 않는다. 퀸은 분명 여기에 차를 세웠을 거라는 그 이상한 직감이.

확인해 봐야겠다.

23

외딴 휴게소에 덩그러니 박혀 있는 허름한 모텔이면 딱 이럴 거라고 예상한 그대로였다. 백스터 모텔의 간판은 칠이 거의 다 벗겨져서 썩어 가는 중이었다. 모텔 옆에는 똑같이 낡아빠진 집 한 채와, 한때는 식당이었을 것 같지만 지금은 폐허가 된 건물이 붙어 있었다. 퀸이 하룻밤 묵어갈 곳을 찾았고, 꽁꽁 언 차 안에서 자긴 싫었다면, 숨어 있기에 이보다 더 좋은 장소도 없었을 거다.

모텔 로비엔 불이 켜져 있었다. 안으로 들어서자 제일 먼저 눈에 들어온 건 바닥 한가운데에 놓인 양동이였다. 천장에서 새는 물방울이 그 양동이 속으로 '톡, 톡' 하고 떨어지고 있었다. 안쪽에 프런트가 있었고, 그 뒤에 남자가 앉아서 고개를 숙인 채 휴대폰을 보다가 내가 들어오자마자 몸을 벌떡 일으켰다.

나는 조심스레 프런트 쪽으로 다가갔다. 남자는 예전에 퀸이 고등학교 시절과 대학교 시절에 사귀던 남자애들을 떠올리게 했다.

딱 '옆집 남자애' 같은 평범한 잘생김. 스콧 드와이어 같은 타입. 퀸의 취향은 늘 대쪽 같았다. 전형적으로 잘생긴 데릭은 퀸 타입이 아니었다. 그래서 퀸이 데릭한테 빠졌을 때 나는 솔직히 꽤 놀랐었다.

남자는 내 미소를 받지 않았다. 갈색 눈이 경계심 가득한 채로 나를 훑어봤다. 혹시 나를 알아본 걸까? 사람들은 가끔 우리 자매가 닮았다고 했지만, 퀸이 머리 색을 바꾸고 난 뒤로는 덜해졌는데.

"무슨 일이죠?" 그가 말했다.

내가 입도 떼기 전에 잔뜩 의심부터 하는 눈치다. 이대로는 제대로 된 대답 하나 못 건질 거란 감이 확 왔다. 우회해서 가야겠다.

"오늘 밤 빈방 있나요?" 내가 물었다.

그가 눈을 가늘게 떴다. "방이요?"

나는 눈을 깜박였다. "여기 모텔 맞죠?"

그는 한참 나를 쳐다보다가 고개를 끄덕였다. "맞아요. 하룻밤에 50달러에요."

"현금도 돼요?"

"네, 괜찮아요."

그는 그대로 서서 내가 지갑을 뒤지는 걸 지켜봤다. 지갑에서 20달러짜리 한 장, 10달러짜리 두 장, 5달러짜리 한 장을 꺼냈다. 그리고 1달러짜리 세 장을 더 꺼냈고, 이제 동전을 세기 시작한다.

"됐어요." 내가 동전을 쏟아 놓고 1달러까지 세자 그가 말했다. "그 정도면 됐습니다."

안도의 한숨이 나왔다. 진짜로 50센트 모자란 걸로 쫓아낼까 봐 걱정했다. "고마워요."

"침대 시트 갈아 드릴게요." 그는 책상 밑으로 손을 뻗더니 누렇게 바랜 종이 한 장을 꺼내 들었다. "그동안 이거 좀 작성해 주세요."

이름, 연락처, 주소 따위를 적는 평범한 숙박 카드다. 전부 지어내야 한다.

남자는 느릿느릿 걸어 나왔다. 아마도 침대 시트를 갈러 방으로 가려는 모양이다. 불필요한 일이다. 나는 여기서 밤을 보낼 생각이 없다. 필요한 정보만 얻어서 떠날 거다.

나는 가짜 이름을 하나 지어냈고, 최대한 악필로 엉터리 주소까지 휘갈겨 적었다. 내 이름은 멜리사 스미스. 주소는 뉴햄프셔주 제퍼슨.

남자가 돌아오기를 기다리는 동안 나는 휴대폰을 꺼내 들었다. 경찰서에서 부재중 전화가 또 와 있었다. 지금은 스콧에게 전화하지 않을 거다. 하더라도 집에 돌아가서 할 거다.

검색창을 열고 이렇게 쳐 넣었다. '백스터 모텔 뉴햄프셔'

검색 결과가 별로 없을 줄 알았다. 메인 화면이 '준비 중'으로 되어 있는 홈페이지 링크와 페이스북 페이지 정도? 그런데 내 예상과는 달리 화면이 뉴스 기사들로 가득 찼다.

그리고 모든 기사에 공통으로 박혀 있는 단어 하나.

'살인'

가슴이 쿵 하고 내려앉았다.

"손님, 방 준비됐어요."

나는 퍼뜩 고개를 들었다. 남자가 어느새 내 앞에 서 있었다. 계단 내려오는 소리도 안 들렸는데. 나는 황급히 휴대폰을 가방에 쑤셔 넣었다. 이 모텔을 인터넷에 검색하면 전부 '살인'이라는 단어가 따라붙는다는 걸 아느냐고 묻고 싶었지만, 이미 알고 있을 거란 느낌이 들었다. 나는 침을 삼켰다. "고마워요."

그는 내가 마구 적어 놓은 종이를 집어 들고 훑어보더니, 눈을 굴렸다.

"왜요?" 내가 물었다.

"아무것도요."

"지금 분명 눈 굴리셨는데요."

그가 종이를 책상 위에 내려놓았다. "이 얘길 꼭 들으셔야겠어요?"

"무슨 얘기요?"

"손님 정보, 다 거짓말이잖아요." 그는 어깨를 으쓱했다. "뭐, 상관없어요."

나는 팔짱을 끼며 말했다. "어떻게 그렇게 확신하죠?"

"제가 전에 제퍼슨에 살았거든요. 이거, 우편번호 틀렸어요. 완전히."

입이 떡 벌어졌지만 뭐라고 해야 할지 떠오르지 않았다. "아…."

"괜찮다니까요." 그가 손짓으로 따라오라고 했다. "위층으로 가시죠, 멜리사 씨. 저는 닉이에요."

나는 닉을 따라 2층으로 올라갔다. 계단은 새로 페인트를 칠해도 모자랄 판이었고, 한 발짝씩 올라갈 때마다 삐걱삐걱 무너질 것처럼 울어 댔다. 사실 계단뿐 아니라 이 모텔은 전부 갈아엎어야 할 것 같았다.

우리는 201호와 202호를 지나, 203호 문 앞에서 멈춰 섰다. 방금 시트를 갈아서인지 문이 약간 열려 있었다. 닉은 방 열쇠를 내 손에 쥐여 줬다.

"받으세요."

나는 그의 어깨 너머로 방 안을 힐끗 들여다봤다. 딱딱해 보이는 침대, 쪼그만 TV, 그리고 작은 창문 하나뿐인 허름한 모텔 방.

"여기 저녁 식사는…, 되나요?"

그가 못마땅한 눈길을 보내며 내게 말했다. "샌드위치는 만들어 드릴 수 있어요."

"숙박비에 포함된 건가요?"

"뭐, 그럴 수밖에 없겠네요. 방값도 다 못 내셨으니까."

나는 대꾸하지 않고 그의 등 뒤에 있는 복도를 바라봤다. 닫혀 있는 두 개의 문. 201호와 202호. 저 중 하나에서 퀸이 묵었을까? 이제는 물어볼 때다.

"다른 손님도 있어요?"

그가 눈썹을 치켜올렸다. "손님분 사생활을 존중해 드렸으니, 다른 손님 사생활도 존중해 주시죠."

그 말만 남기고 그는 돌아서서 가 버렸다.

와…. 내가 진짜로 마음에 안 드나 보다. 왜 저러는지 모르겠다. 사실 내가 여기 들어온 순간부터 짜증이 목 끝까지 차 있는 얼굴이었다. 어쩌면 나 때문이라기보다는…, 오늘 뭔가 안 좋은 일이 있었던 거겠지.

나는 모텔 방 안으로 들어가 문을 닫았다. 잠금장치를 돌리고, 위에 걸쇠가 하나 더 달려 있는 걸 보고 그것도 탁 걸어 놓았다.

더블 침대는 보기만큼이나 불편했다. 코트를 벗어 의자에 대충 걸쳐 두고 침대에 앉자, 스프링 하나가 엉덩이를 콕 찔러 왔다. 등을 받치려고 베개를 끌어모아 세워 봤지만, 베개들도 전성기가 한참 지난 상태였다. 세 개나 있는데 하나같이 팬케이크처럼 납작하다.

그때 휴대폰이 울렸다. 가방을 뒤져 꺼내 보니 화면 위에는 '롭'이라는 발신자명이 번쩍이고 있었다. 분명 내가 어디 있는지 캐묻고 싶겠지. 퀸 찾으러 나왔다고 솔직하게 말하면 좋다고 할 리가 없다. 그래도 뭔가 말하긴 해야겠는데….

전화를 받자마자 수화기 너머에서 잡음이 와그작거렸다.

"클라우디아?"

"응, 나야, 롭." 내가 말했다. "갑자기 나와서 미안해. 그냥…, 꼭 가야 할 곳이 있었어."

"클라우디아, 나…," 5초 정도는 잡음밖에 들리지 않았다. "뭐라…, 안 들…."

"퀸 찾으러 왔어." 나는 최대한 또박또박 말했다. "오늘 밤 안엔 집에 갈거야. 약속할게."

또 한참 잡음만 들리다가 결국 통화가 끊겼다. 폭설이 지나간 뒤라 그런지 아직도 통신망이 엉망인가 보다. 뭐, 어쨌든 전화를 받긴 했으니 최소한 내가 살아 있다는 건 알겠지.

나는 휴대폰을 쥔 채 다시 침대에 몸을 기대고 인터넷 창을 열었다. 방 안에는 나뿐이니 이제 마음 놓고 백스터 모텔을 검색해 볼 수 있다.

검색 결과 화면에서 맨 위에 있는 기사부터 눌러 봤다. 2년 전

기사였다. 제목부터 눈에 확 들어왔다.

'뉴햄프셔 모텔에서 여성 피살'

피살된 여성은 스물다섯 살의 크리스티나 마시. 이 모텔 객실 중 한 곳에서 숨진 채 발견됐고, 사인은 흉기에 찔려 사망. 외부 침입 흔적은 없었다고 했다.

기사에는 모텔 주인 닉과 로잘리 백스터 부부가 경찰의 수사에 협조하고 있다는 내용도 적혀 있었다.

나는 기사를 하나씩 읽어 내려갔다. 조금씩 퍼즐이 맞춰졌다. 크리스티나 마시는 이 모텔에서 대략 일주일 정도 머물렀다. 어느 날부터 하루 넘게 방에서 나오지 않자, 닉 백스터가 상태를 보러 갔고, 그때 피투성이가 된 그녀를 침대 위에서 발견했다는 이야기였다.

몇몇 기사에서는 닉과 크리스티나 사이의 '관계'를 언급했다. 어떤 기사에서는 아예 '닉의 애인'으로 못 박으면서 그녀가 모텔에 머무는 동안 두 사람 사이에서 불륜이 있었던 것처럼 묘사해 놓았다.

그래도 닉은 기소되지는 않았다. 적어도 내가 눌러 본 어느 기사에서도 그런 말은 없었다. 애초에 2년 전에 살인죄로 유죄 판결을 받았으면 지금 이렇게 손님을 받고 있을 리도 없지. 결국 혐의는 벗겨졌다.

나는 내가 깔고 앉아 있는 침대보를 내려다봤다. 혹시…, 여기가 그 방일까? 그녀가 죽었던 바로 그 자리?

나는 휴대폰을 가방에 쑤셔 넣었다. 지금은 퀸을 찾는 데에만 집중해야 하는데, 이 모텔의 무언가가 점점 더 내 신경을 곤두세

왔다. 어서 할 일 하고 여길 뜨자.

방문을 살짝 열었다. 복도엔 아무도 없다. 고요하다. 나는 조용히 복도로 나와, 닫혀 있는 두 개의 문을 번갈아 바라봤다. 201호와 202호. 이 모텔은 우리 집보다 조금 클까 말까 한 크기였다.

먼저 201호 문 앞에 섰다. 문고리에 '방해하지 마시오' 팻말이 걸려 있었지만, 못 본 척하고 살짝 주먹으로 두드려 봤다. 반응이 없다. 나는 좀 더 세게 두드려 봤다.

여전히 아무 반응도 없다.

이번엔 문고리를 한번 돌려 봤다.

잠겨 있었다.

뒤통수부터 서늘해지는 느낌이 올라왔다. 나는 소스라치듯 놀라 돌아섰고, 그 순간 202호의 조금 열린 문 사이로 누군가가 나를 노려보는 게 보였다. 물먹은 듯 흐릿한 푸른 눈. 은색 머리카락.

나는 식겁해서 203호로 냅다 도망쳤다. 문을 닫고 걸쇠를 걸어 잠갔다.

머릿속이 쉴 새 없이 돌아갔다. 201호는 뻔하다. 비어 있다. 202호에는 누군가가 묵고 있다. 그렇다면 퀸이 202호에 있을 리는 없다. 그 말인즉슨, 이제 나는 다시 길을 떠나야 한다.

조금만 더 있다가. 먼저 떠난 경찰과의 거리가 조금 더 벌어질 때까지.

TV나 틀어 볼까 싶었지만 리모컨이 눈에 띄지 않았다. 시선이 자연스럽게 침대 옆 서랍장으로 갔다. 리모컨이 저기 들어 있나 보다 싶어 서랍을 열었지만 안에는 성경책 한 권밖에 없었다. 그런데 서랍이 살짝 움직이면서 성경책 밑에서 반짝이는 무언가가 눈에 들어왔다.

나는 성경책을 옆으로 밀쳤다. 그제야 그게 보였다. 결혼반지가.

손이 부들부들 떨리는 걸 느끼면서, 서랍 안에서 금반지 하나를 집어 들었다. 지난 2년 동안 내 동생 손가락에 끼워져 있던 그 반지와 똑같이 생긴 반지였다. 확인하는 방법은 하나뿐이다.

나는 반지를 살짝 비틀어 안쪽을 들여다봤다. 반지 안쪽 면을 따라 새겨진 글자가 눈에 들어왔다.

'데릭 + 퀸'

퀸이 여기 있었다. 바로 이 방에.

고개를 들자마자 창문과 눈이 마주쳤다. 모텔을 내려다보는 작은 이층집이 하나 보였고, 2층 창문 하나에 불이 켜져 있었다. 창가에 앉아 있는 여자의 실루엣이 어렴풋이 보였다.

나를 지켜보는 여자의 실루엣이.

소름이 돋아서 그만 손에서 반지를 떨어뜨릴 뻔했다. 저 창가에 앉아 있는 여자의 모습이 기묘하게 신경을 긁었다. 나는 손안의 결혼반지를 내려다봤다. 여길 당장 빠져나가야 한다.

…아니, 아직은 안 돼.

그때, 문에서 '쿵' 하고 한 번 노크 소리가 들렸다.

24

문 두드리는 소리에 나는 거의 펄쩍 뛰었다. 한동안 꼼짝 못 하고 제자리에 서 있었다. 지금 문을 열고 싶은 마음은 전혀 들지 않았다. 하지만 혹시 닉이 저녁을 가져온 걸 수도 있다. 확인은 해야 한다.

침대 위에 놓아둔 휴대폰이 진동했다. 화면을 보니 또 경찰서였다. 그대로 음성 사서함으로 넘겼다.

잠시 더 망설이다가 문을 열었다. 그리고 문 앞에 아무도 없는 걸 확인한 순간, 나도 모르게 안도의 한숨이 터져 나왔다. 아래를 내려다보니 접시가 바닥에 놓여 있었다. 그 위에는 샌드위치가 올려져 있었다. 서둘러 만든 게 분명했다. 위를 덮은 빵이 샌드위치에서 거의 벗어나 있었다. 나는 접시를 들어 샌드위치를 살폈다. 칠면조 샌드위치. 그 이상도 그 이하도 아니었다. 마요네즈도 없고, 양상추도 없고, 토마토도 없다. 그냥 퍽퍽한 칠면조 고기와 빵.

그래도 공짜다. 선택의 여지가 없는 사람에겐 이 정도도 감지덕지다.

그런데, 과연 이걸 먹어도 될까?

이 모텔 주인, 닉 백스터가 정말로 살인자일 수도 있다. 게다가 나를 별로 좋게 보지도 않는다. 그의 음식을 넙죽 받아먹는 게 과연 괜찮은 일일까?

나는 고개를 들었다. 그리고 그때, 202호 문이 다시 조금 열려 있는 것이 보였다. 틈 사이로 물먹은 듯한 푸른 눈 두 개가 나를 똑바로 바라보고 있었다.

아까는 소스라치게 놀랐지만 이번엔 준비되어 있었다.

"무슨 용건이 있으세요?" 내가 물었다.

문이 조금 더 열렸다. 마침내 푸른 눈의 주인이 내 앞에 모습을 드러냈다. 백발, 깊은 주름, 모래를 긁는 듯한 목소리를 가진 노파였다.

"당신은…, 지난번 그 여자보다 성깔이 있네요."

숨이 턱 막혔다. 이 여자는 퀸을 봤던 거다. 어쩌면 퀸과 대화를 나눴을지도 모른다.

나는 접시를 방 안의 서랍장 위에 내려놓고 복도로 나섰다.

"지난번 그 여자라니, 누굴 말씀하시는 거죠?"

노파의 입술이 느리게 올라가더니 웃음인지 비웃음인지 모를 표정을 만들었다.

"지난번 그 여자가 누구냐고요?" 이번엔 더 크게 물었다.

쾅.

또다시 내 면전에서 문을 닫아 버렸다.

좋다, 아주.

그냥 이 젠장맞을 모텔을 떠나고 싶다. 하지만 그럴 수 없다. 퀸이 여기 있었다. 그리고 저 여자는 퀸과 말도 섞었을 가능성이 있다. 분명히 뭔가 알고 있을 것이다. 나는 그걸 반드시 확인해야 한다. 확인하고 나서 떠나면 된다.

가방을 챙기고 복도를 건너와 문을 두드렸다. 대답은 없었다. 그래서 다시 두드렸다.

"저기요?" 내가 말했다. "잠깐 말씀 좀 나누고 싶어요."

아무 소리도 들리지 않았다.

"제발요." 나는 문 가까이 얼굴을 가져갔다. "실은…, 여동생을 찾고 있어요. 이 모텔에 있었던 것 같아요. 도와주실 수 있나요?"

침묵이 끝없이 이어졌다.

그리고 마침내, 문 뒤에서 잠금장치들이 하나씩 풀리는 소리가 들렸다. 낡은 문이 삐걱거리며 열리자 흰색 잠옷을 입은 노파가 거기 서 있었다.

"당신 여동생을 찾고 있다…, 그 말이죠?"

나는 두 손을 꽉 쥐었다. "여동생이 여길 나간 뒤에 어떻게 됐는지 알고 싶어요."

"정말 알고 싶어요?"

나는 고개를 끄덕였다. "들어가도 될까요?"

그녀는 눈을 가늘게 뜨고 날 잠시 쳐다보더니 천천히 몸을 옆으로 비켰다. 심장이 쿵쿵 울리며 지금 실수하는 거라고 내게 경고했지만 나는 멈추지 않았다. 내가 방 안으로 들어가자 노파는 문을 닫았다. 등 뒤에서 '철컥' 소리가 들렸다.

25

　방은 그야말로 섬뜩했다.

　전부 거울이었다. 크기는 내 방이랑 비슷할 텐데, 벽이 죄다 거울로 뒤덮여 있었다. 마치 거울의 집에 들어온 느낌이었다. 이렇게 어둡기까지 하니 걷다가 벽인 줄도 모르고 그대로 들이받을 것만 같았다.

　"내 이름은 그레타예요."

　노파가 푸른 눈으로 나를 똑바로 바라보며 말했다. 그제야 그녀에게 약간의 억양이 있다는 걸 눈치챘다. 동유럽 쪽…, 그런 느낌이었다.

　"저는 멜리사예요."

　그녀의 눈동자가 어두워졌다. "이 방에서는 진실만 말해야 해요. 아니면 나가든가요."

　농담이 아니라는 게 표정에서 분명히 보였다. 나는 헛기침을 했다. "좋아요. 저는 클라우디아예요."

그레타가 자기 침대를 턱으로 가리켰고, 나는 가방을 품에 안은 채 조심스레 침대 끝에 걸터앉았다. 노란 조명 아래서 그녀의 눈이 묘하게 빛났다. "당신 여동생, 퀸이 여기에 있었어요. 지금 당신이 앉아 있는 바로 그 자리에."

"언제요?"

"불과 몇 시간 전에요."

나는 침대 시트를 쓰다듬어 봤다. 그 위에 여전히 퀸의 온기가 남아 있을 것만 같았다. "퀸과 대화를 나누셨어요?"

"그랬죠." 그녀가 고개를 끄덕였다. "닉도 그랬고. 경찰이 퀸을 찾으러 왔을 때 닉은 거짓말을 했죠. 퀸을 위해서."

경찰차가 내 차 옆을 그냥 지나쳤을 때 이상하다고 생각했었다. 분명 이 모텔을 뒤졌을 텐데, 어떻게 퀸을 못 찾았을까 싶었다. 이제야 이해가 갔다. 그 남자가 거짓말을 해 준 거다. 내가 들어왔을 때 그렇게 신경이 곤두서 있었던 것도 그것 때문이었겠지. "닉에게 고맙네요."

"하지만 로잘리는 그걸 마음에 들어 하지 않았어요."

"로잘리가 누구죠?" 이름이 어딘가 낯익었다. 분명 전에 본 이름이었다.

그레타가 입꼬리를 올렸다. "닉의 아내예요."

맞다. 아까 기사에서 본 이름이다. 로잘리 백스터. 이 모텔의 공동 소유주. 남편이 바람을 피웠고, 그 상대 여자가 여기서 살해당한 바로 그 아내.

"로잘리는 여기 없나요?" 내가 물었다.

그레타가 고개를 저었다. "로잘리는 집을 떠나지 않아요. 늘 창가에 앉아 있지. 늘 지켜보고 있어."

모텔 바로 옆집 2층 창문에서 본 실루엣이 떠올랐다. 창가에 앉아 있던 그 여자. 등줄기가 서늘해졌다. "제 여동생한테 무슨 일이 있었는지 아세요?"

그레타는 잠시 입을 다물었다. 뭔갈 말할까 말까 저울질하는 표정이었다. "당신 여동생은 떠나지 않았어요."

"그럼 아직 여기 있는 거예요? 201호에 있어요?"

"나는 당신 여동생이 아직 여기에 있다고 말하지 않았어요." 그녀가 고개를 아주 천천히 저었다. "단지 떠나지 않았다고만 했지."

이건 또 무슨 멍청한 수수께끼 같은 말장난이지?

"그게 무슨 뜻이죠?"

"무슨 뜻인지 알고 있잖아요."

나는 고개를 세차게 저었다. 뱃속이 서서히 가라앉는 느낌이었다.

그레타가 침대에서 일어섰다. 몸집은 아주 작았지만, 이상하게도 방을 꽉 채우는 느낌이 있었다. 이 여자에게는 뭔가가 있다.

"내가 당신 여동생의 운세를 봤어요." 그녀가 말했다. "아주 어두웠지. 과거도 어두웠고, 미래는 그보다 더 어두웠어."

"어둡다니요?"

그녀는 거울 하나를 향해 몸을 돌렸다. 거울 속 그녀가 나를 똑바로 바라봤다. "죽음에 관한 이야기예요, 클라우디아. 그녀의 과거에서 죽음이 보였고, 미래에도 죽음이 보였어요. 그리고 가장 끔찍한 건…."

나는 숨을 삼켰다. "뭔데요?"

"그게 그 아이에게서 뿜어져 나왔어요." 그레타의 목소리가 낮아졌다. "악취처럼. 바이러스처럼. 주변에 있는 사람들 모두를 감염시켰지."

이 여자는 미친 사람처럼 보인다. 하지만…, 역시 뭔가 있다. 그녀는 알고 있다. "그럼 어떻게 제 여동생이 떠나지 않았다는 걸 아시죠?"

그레타가 고개를 돌려 나를 똑바로 봤다. "밖으로 나가요. 로잘리로 가."

"로잘리…, 뭐요?"

"뭐가 아니라 어디지. 로잘리로."

나는 미간을 찌푸렸다. "옆집을 말하는 거예요?"

"아니. 집은 아니에요."

"하지만…"

"가." 그녀가 주름진 손을 들어 올렸다. "내가 아는 건 다 말했어요."

"정말요?"

그녀는 대답하지 않고 잠옷 밑으로 가슴을 오르락내리락하며 나를 노려보기만 했다.

나는 침대에서 일어섰다. "아직 다 말 안 하신 것 같은데요."

"가!" 그녀가 더욱 단호하게 말했다.

아마 그녀는 알고 있는 게 더 있을지도 모른다. 하지만 분명한 건, 내게 더 말해 줄 생각은 없다는 거다. 짐작건대 내가 찾아야 하는 것은 이 모텔 안에 있지 않다. 밖으로 나가야 한다. 그리고 그게 뭐든 간에 나는 찾아낼 거다.

◆

방을 나서면서 나는 가방과 코트를 챙겼다. 퀸의 결혼반지도 주머니 깊숙이 넣어 뒀다. 다시 이 방으로 돌아올 생각은 없다. 경찰이 떠난 지도 꽤 됐고, 이제 내 할 일만 마치면 바로 길을 나설 거다.

복도를 내려가다가 닉과 마주쳤다. 그는 공구 상자를 들고 있었다.

"안녕하세요." 내가 말했다. "저…," 아직 그에게 여길 떠난다고 말하고 싶지는 않았다.

닉이 턱으로 201호를 가리켰다. "누수 고치러 가는 중이에요."

"행운을 빌게요." 내가 말했다.

그는 퉁명스럽게 계단을 올라갔다.

로비로 내려오니 섬뜩할 만큼 텅 비어 있었다. 천장은 여전히 양동이 위로 물을 똑똑 떨어뜨리고 있었다. 물방울이 떨어질 때마다 퐁 하고 소리가 울렸다. 그래도 고치러 간다니 다행이다. 저러다간 천장이 완전히 망가질 테니까. 롭은 늘 누수는 제때 고쳐야 한다고 말했다. 배관은 고칠 수 있지만, 무너진 천장은 못 고치니까.

하지만 그건 내가 알 바 아니다. 내게 문제가 되는 것은 오직 퀸뿐이다.

나는 방 열쇠를 프런트 위에 두었다. 닉이 놓고 간 휴대폰 옆에. 휴대폰을 저렇게 아무렇게나 두다니, 참으로 조심성 없는 성격이다. 어쨌든, 내가 떠났다는 건 곧 알겠지. 50달러는 그냥 날린 셈이다. 아니, 정확히는 48달러.

모텔 밖으로 나오자, 내가 여기 도착했을 때보다 기온이 20도는 더 떨어진 것 같았다. 바람이 얼굴을 후려쳤고, 목도리를 챙기지 않은 게 바로 후회됐다. 내가 왜 그랬지? 나는 뉴햄프셔에서 평생을 살았다. 밤엔 이곳이 얼마나 추워지는지 잘 알고 있었다.

로잘리. 로잘리를 찾아야 한다.

그런데 로잘리가 뭘까? 그 정신 나간 노파는 대체 무슨 말을 한 걸까?

나는 모텔 바깥을 훑어봤다. 내 차는 주차장 맨 뒤에 세워 두었었다. 고개를 들어 옆에 붙어 있는 낡은 집을 봤다. 2층에 켜진 단 하나의 불빛. 그리고 창가에 비친 실루엣은 내가 마지막으로 봤을 때 이후로 조금도 움직이지 않은 것처럼 보였다.

저게 로잘리일까?

나를 지켜보고 있는 걸까?

나는 고개를 반대편으로 돌려 오래전에 버려진 낡은 건물을 보았다. 예전엔 식당이었던 것 같지만 지금은 나무판자로 완전히 막혀 있었다. 가늘게 눈을 뜨고 어둠 속을 바라보니, 눈과 흙이 덕지덕지 붙은 간판 하나가 보였다. 뭐라고 쓰여 있는지 여기서는 잘 보이지 않았다.

나는 눈을 헤치며 다가갔다. 돌멩이를 던지면 닿을 거리쯤 왔는데, 아직도 글씨를 읽을 수 없다. 조금 더 가까이 가야 한다.

발밑은 이제 빙판길이었다. 미끄러져 손목을 부러뜨리고 싶지는 않지만, 간판에 뭐라고 쓰여 있는지는 꼭 확인해야 했다. 여섯 걸음쯤 더 다가가서야 마침내 글자가 눈에 들어왔다.

'로잘리'

나는 몸을 떨며 가방을 끌어안았다. 그레타는 분명 여길 말한 거다. 퀸이 이 안으로 들어간 걸까?

버려진 식당 출입문으로 다가갔다. 문은 닫혀 있을 뿐 아니라 판자로 단단히 막혀 있기까지 했다. 손으로 눈가를 가리고 안을 들여다봤지만 안은 완전히 깜깜했다. 아무 기척도 없었다.

그런데 그레타는 나더러 여기로 가라고 했다. 대체 왜?

나는 로잘리 옆으로 돌아갔다. 살얼음 낀 길이 너무 미끄러워서 한 걸음 한 걸음 조심스럽게 옮겼다. 넘어지지 않으려고 건물 벽을 붙잡고 움직였다. 그리고 건물 뒤편으로 돌아섰을 때, 쓰레기통 뒤에서 파란색의 무언가가 삐져나와 있는 게 보였다.

나는 가능한 한 빠르게, 그러나 조심스럽게 다가갔다. 쓰레기통까지 열 걸음쯤 남았을 때, 그게 무엇인지 확실히 보였다.

코롤라다.

퀸의 차다.

그레타가 말한 게 바로 이거였다. 퀸은 모텔에 없다. 하지만 떠나지도 않았다. 차가 아직 여기 있으니까. 이렇게 잘 숨겨져 있는데, 그레타가 어떻게 알았는지는 도무지 모르겠다. 모텔에서는 전혀 보이지 않는데.

나는 남은 거리를 마저 걸어 차로 갔다. 미끄러지지 않으려고 차를 잡고 몸을 기댔다. 안을 들여다봤지만 예상대로 차 안은 비어 있었다.

강한 돌풍이 불어와 나를 거의 넘어뜨릴 뻔했다. 눈물이 찔끔 났는데, 추위 때문인지 아니면 다른 이유에서인지 모르겠다.

나는 고개를 들었다. 여전히 그 낡은 집이 보였다. 2층 침실에 켜진 불빛 하나. 저기에서는 모든 게 보인다. 모텔 주차장도, 로잘리 뒤에 숨겨진 퀸의 차도, 그리고 203호 내부도.

경찰이 퀸을 찾으러 왔었고, 닉은 그들을 속였다. 퀸을 위해서.

고마운 일이다. 정말로.

하지만 로잘리는 그걸 마음에 들어 하지 않았다.

로잘리.

나는 그녀를 만나야 한다.

하지만 한 가지는 분명하다. 나는 내 여동생처럼은 되지 않을 거다. 나는 퀸보다 훨씬 똑똑하다.

나는 가방 속을 더듬었다. 손끝이 닿았다. 롭의 주머니칼이다.

심장이 요동치는 가운데, 나는 낡아빠진 집을 향해 조심스럽게 걸어갔다. 단단하게 굳어 가는 눈 위에서 부츠가 바삭거렸다. 눈은 그쳤지만 바람은 잔인했다. 얼음처럼 차가운 칼날이 얼굴을 스치는 느낌이다. 나는 얼마 가다가 멈춰 서서 2층 창문을 올려다봤다. 불은 여전히 켜져 있었다. 로잘리는 역시 움직이지 않았다. 단 1밀리미터도. 여전히 창가에 앉아서 나를 내려다보고 있다. 나는 눈을 가늘게 뜨고 그녀의 얼굴을 보려 했지만 보이지 않았다.

집 앞에 다다르자 다리가 풀렸다. 현관문은 나무로 되어 있었고, 긴 세월 동안 아무도 손보지 않은 것 같았다. 페인트가 보기 흉하게 벗겨져 있었다. 마치 우리 집처럼. 고쳐야 할 것투성이인 '고쳐 쓰는 집'이지만 아무도 고치지 않는 그런 집처럼.

나는 침을 삼켰다. 이건 실수일지도 모른다. 이대로 돌아서서 여길 떠나는 게 맞을지도 모른다.

손에 쥔 칼에서 무게가 느껴진다. 그 감각이 나를 단단하게 만든다. 나는 누구에게도 휘둘리며 살아온 적이 없다. 작은 여자 하나쯤은 감당할 수 있다.

…그렇지?

나는 왼손으로 문을 두드렸다. 대답은 없다. 로잘리가 나오는 일은 없었다. 그럴 거라고 예상했으니, 놀랍지도 않다.

나는 문고리에 손을 올렸다. 그리고 그게 돌아가는 순간, 숨이 턱 막혔다. 문이 잠겨 있지 않았다.

나는 문을 밀어 열고 안으로 들어갔다.

26
로잘리

나는 죽지 않았다.

혹시 내가 죽었다고 생각했나? 남편이 2층 창가에 내 시체를 세워 두고 투숙객들을 겁주고 있다고?

아니다. 나는 분명히 살아 있다.

그리고…, 내 남편이 살인마일지도 모른다고 생각한다.

12년 전

엔진이 돌아가는 소리가 귓가에 울리고, 도로의 작은 요철 하나하나에 내 몸이 덜컹거리며 흔들렸다. 나는 낡아빠진 포드 자동차의 조수석에 앉아 아랫입술을 세게 깨물었다. 눈에는 안대가 씌워져 있어서 세상은 완전히 깜깜했다.

나는 오른손으로 안대를 잡아당겼다. 막 벗겨 내려는 순간, 억센 손이 내 손목을 강하게 움켜쥤다. 남자 친구 닉의 목소리가 정적을 깨고 들려왔다. "그러면 안 돼, 로지."

나는 신음했다. "닉…"

"진짜야. 깜짝 놀라게 해 주고 싶단 말이야. 몰래 보면 안 돼."

"알았어. 그럼 얼마나 더 가야 해?"

"길어야 10분."

"그럼 지금부터 9분 30초가 지나면 이 안대 바로 벗을 거야. 진짜야, 닉."

나는 닉 백스터와 6년째 사귀고 있다. 믿기 힘들겠지만, 우리는 고등학교에서 만났다. 고등학교 때부터 사귄 사이. 그래, 나도 안다. 나 역시 고등학교에서 인생의 사랑을 만날 거라고는 상상도 못했다. 하지만 열여섯 살 때 처음 그와 키스하고 나는 바로 알았다. 아, 이 사람이구나.

살면서 그런 사람을 만난 적 있지 않나? 처음부터 말이 너무 잘 통하고, 마치 내 일부처럼 느껴지는 사람. 내가 잃어버렸던 반쪽. 첫 데이트에서 마주 앉아 저녁을 먹던 순간부터 나는 그에게 뭐든 말할 수 있을 것 같았다. 그리고 실제로 다 말했다. 부모님이 늘 하라고 하는 교사가 되고 싶지 않다고. 나는 셰프가 되고 싶고 내 식당을 열고 싶다고. 그게 내 꿈이라고. 그는 나를 믿어 준 유일한 사람이었다. 그래서 나는 그를 사랑하게 됐다.

게다가 솔직히 말하자면, 그는 꽤 잘생겼다.

안대를 쓰고 있는 지금도 그의 모습이 선명하게 떠오른다. 짙은 금발 머리, 날렵하지만 탄탄한 몸, 사람을 끌어당기는 그 미소. 여자들은 늘 닉을 한 번 더 돌아본다. 하지만 그의 눈은 나만 바라본다. 내가 그럴 자격이 있는지는 모르겠지만, 그는 내가 밟고 다니는 땅까지도 숭배하는 것 같았다.

차가 오른쪽으로 크게 방향을 틀었다. 이제 고속도로를 빠져나간다는 뜻이다. 다행이다.

조금만 더 늦었으면 나는 정말 토했을지도 모른다.

만약 내가 정말 토했다면 전부 닉이 치워야 했을 것이다. 전부 닉 탓이니까.

차가 덜컹하며 멈춰 섰다. 닉의 크고 따뜻한 손이 내 무릎을 꼭 쥐었다. 나는 그의 얼굴이 기대와 흥분으로 가득 차 있을 걸 상상했다. "자, 로지. 도착했어."

"이제 안대 벗어도 돼?"

"딱 1분만 더 기다려 줘."

그는 굳이 내 눈을 가린 채 조심스럽게 차에서 내리게 했다. 문틀에 머리를 찧지 않게 하려는 듯 손을 내 머리 위에 살짝 얹었다. 그리고 내가 차에서 내리자 내 어깨를 잡고는 몸을 대략 90도쯤 돌려서 세운 뒤, 안대를 확 벗겨 냈다.

"짜잔!" 그가 말했다.

나는 눈을 깜빡이며 주변 밝기에 적응했다. "뭐가 짜잔이야?"

"네 새 레스토랑."

내 새 레스토랑? 지금 농담하는 건가?

나는 요리 학교를 졸업한 뒤 허름한 식당의 요리사가 됐다. 월급은 간신히 생활을 꾸릴 수 있을 정도라서, 웨이트리스 일을 그만 둘 수 있었던 것만 해도 다행이었다. 부모님은 내 '말도 안 되는 인생'을 지원하겠다는 마음이 전혀 없어서, 내가 요리 학교에 들어간

이후로는 단 한 푼도 보태 주지 않았다.

닉은 최근 경영학 학위를 받고 대학을 졸업했고, 우리 둘이 레스토랑을 시작해 보자는 말을 종종 했었다. 나는 그저 꿈같은 얘기겠거니 하며 "그래, 좋지" 하고 넘겼다.

그런데 지금, 우리는 '당장 철거해야 할 것 같은' 1층짜리 건물 앞에 서 있다. 창문은 죄다 금이 가 있었고, 눈에 보이는 모든 구석마다 때가 잔뜩 눌어붙어 있었다. 문은 경첩 하나에 간신히 매달린 채 삐딱하게 서 있었고, 내가 멍하니 서 있는 사이 문틈으로 쥐 한 마리가 쏜살같이 튀어나왔다. 저 안에 사는 쥐는 분명 그 한 마리로 끝이 아닐 것이다.

여긴 끔찍하다. 이건 좋은 서프라이즈가 아니다. 이런 걸 위해 안대까지 할 필요가 있었나 싶다.

"아…" 나는 말끝을 흐렸다. 기쁜 표정을 지으려 했지만, 내 연기력에 한계를 느꼈다.

닉이 급하게 말을 보탰다. "그래, 지금은 그다지 상태가 좋아 보이진 않지. 그런데 진짜 싸게 샀어. 날 믿어, 로지. 여긴 위치가 정말 좋아. 내가 직접 고속도로를 달리면서 조사했는데, 앞뒤 20분 거리 안에 식당이 하나도 없어."

"음…"

"여기저기 손보면 근사하게 될 거야. 내가 도와줄게." 닉이 말했다. "그리고 너도 인정하게 될 거야. 여기, 대박 날 거야. 약속해."

"음…"

닉이 내 눈을 똑바로 바라봤다. "이게 네 꿈이잖아. 내가 꼭 이루어 줄게."

그는 지나치게 확신에 차 있었다. 나는 닉을 사랑하지만, 이번만큼은 그가 무리한 것 같다. 그래도 나는 그의 말을 따라 주기로 했다.

어차피 내가 잃을 게 뭐가 있겠어?

9년 전

하루 쉬는 게 이렇게 사치처럼 느껴지다니.

요즘 나는 이것밖에 안 한다. 일. 레스토랑은 점심부터 문을 열고, 나는 보통 밤늦게 문 닫을 때까지 거기 있다. 최소한 일주일에 하루는 쉬라고 닉이 계속 보채서, 일을 도울 사람을 새로 뽑기도 했다. 하지만 나는 누구도 나만큼 일을 잘할 거라고 믿지 못하겠다. 그리고 솔직히 말하면 나는 거기 있는 게 좋다. 내 레스토랑의 주방에 서 있는 게. 그게 내가 바라던 전부였으니까.

그런데 오늘은 쉰다. 닉이 지역 축제에 가자고 설득했다. 우리는 롤러코스터를 탔고, 대관람차도 탔고, 이제는 분홍색 솜사탕 덩어리를 사이좋게 나눠 먹고 있다.

"솜사탕이 이렇게 맛있는지 까먹고 있었네." 닉이 큼직한 솜털 같은 솜사탕 한 움큼을 입에 밀어 넣으며 말했다. "레스토랑에서 이거 팔자."

"어…, 아니."

"꼭 팔자. 아마 우리 레스토랑 간판 디저트 될걸."

나는 곁눈질로 그를 쳐다봤다. "지금 진심인지 농담인지 모르겠네."

"농담 아닌데!"

우리 레스토랑이 이렇게 잘된 걸 아직도 실감하지 못하겠다. 솔직히 말하면, 첫해는 최악이었다. '로잘리'를 손봐서 제대로 된 식당으로 만드는 데만도 엄청난 시간이 걸렸다. 닉과 나는 진짜 죽어라 일했다. 창문을 전부 갈고, 안에 있던 걸 손으로 하나하나 치웠고, 주방 기기랑 홀 테이블, 의자, 용품도 전부 새로 샀다. 돈도 노동도 많이 쏟아부었다. 그리고 오픈하고 나서 처음 몇 달 동안은…, 이 모든 게 헛수고가 될 것만 같았다. 일주일 동안 손님이 몇 명이나 왔는지 한 손가락으로 셀 수 있을 정도였으니까. 첫해에만 진지하게 스무 번도 넘게 포기할까 생각했다.

그런데 첫해 말쯤, 갑자기 손님이 늘기 시작했다. 닉이 뭘 했는지는 모르겠다. 어쨌든 단골이 생겼고, 이듬해에는 손익 분기점을 달성했고, 셋째 해부터는 흑자를 냈다. 그리고 몇 달 전, 닉은 식당 바로 옆에 있는 집 두 채를 사 버렸다. 한 채는 우리가 살 집, 한 채는 모텔로 바꿀 집.

"우리가 집을 산다고?" 그의 계획을 들었을 때 내가 물었다. "그거 꽤 중요한 이야기 같은데. 우리 아직 결혼도 안 했잖아."

"그럼 그것부터 해결해야겠네." 닉이 말했다.

그 나쁜 놈은 주머니에 반지를 숨겨 두고 있었다. 나는 당연히 '응'이라고 했다. 닉이 아닌 다른 누구와 평생을 함께한다는 게 상상되지 않았다.

그래서 우리는 다음 달에 결혼한다. 시청에서 하는 작은 결혼식이고, 가까운 가족들만 부를 거다. 번 돈이 전부 레스토랑이랑 새 모텔에 들어갔기도 했고, 우리 둘 다 가족이 많은 편도 아니었다.

게다가 우리 부모님은 닉을 좋아하지 않는다. 엄마는 이유를 명확히 말하진 않지만 늘 내가 더 좋은 사람을 만날 수 있었다는 듯이 말하고, 우리가 하는 식당도 별로라고 깎아내린다. 그래서 나는 요즘 엄마랑 거의 연락을 안 한다. 엄마가 결혼식에 올지조차 모르겠다.

"솜사탕 아이디어는 일단 숙성시켜 둘게." 닉이 말했다. "그럼 다음엔 뭐 탈까? 저거 어때? 공중에서 빙글빙글 돌다가 뒤집히는 저거."

닉이 가리키는 놀이기구를 보자마자 속이 울렁거렸다. "아니, 사양할게. 저거 말고…," 나는 조금 떨어진 곳에서 작고 검은 천막을 봤다. 천막 앞에 있는 표지판에는 검은 글씨로 이렇게 적혀 있었다.

'운세 봐 드립니다. 티켓 세 장.'

"오, 나 운세 보러 갈래!"

닉이 콧방귀를 뀌었다. "점쟁이한테 갈 필요 없어. 내가 지금 바로 봐 줄게." 그는 손끝을 관자놀이에 갖다 댔다. "미래가 말하길, 너는 엄청 잘생긴 비즈니스 천재랑 결혼해서…, 다섯 명의 아이를 낳을 거래."

"흠…. 진짜 다섯이래?" 나는 능청스럽게 물었다. "내 느낌에는 셋인데."

"아냐. 다섯 맞아."

우리는 아이 얘기를 늘 '언젠가' 정도로만 해 왔지만, 이제 결혼이 코앞이라 그런 얘기도 더 현실적으로 변했다. 우리는 둘 다 아이를 많이 갖길 원했다. 둘 다 외동으로 자랐고, 늘 대가족을 꿈꿔

왔다. 그래도 다섯은…, 너무 많지 않나 싶다. 게다가 애를 낳는 건 그가 아니라 나다.

"이봐요." 내가 말했다. "그러니까 내가 진짜 점쟁이를 만나야 한다니까요? 그동안 당신은 이번엔 제발 좀 괜찮은 상품을 따 와."

닉은 낮에 공을 던져 병을 쓰러뜨리는 게임을 했는데, 말 그대로 처참하게 망했다. 그래 놓고는 게임이 조작된 거라고 우겼다. 어쨌든 그가 딴 건 조그만 고무 오리 한 마리였고, 들고 다니기에도 애매해서 그냥 버렸다.

닉이 거수경례하듯 손을 올렸다. "알겠어. 이번엔 꼭 커다란 인형 하나 따 줄게. 너무 커서 집에 갈 때 우리 둘 중 한 명은 차 보닛 위에 올라타야 할 정도로."

그건 두고 볼 일이다.

닉이 그가 고른 '게임' 쪽으로 걸어가자, 나는 검은 천막을 향해 걸음을 옮겼다. 운세를 본 적은 한 번도 없지만, 예전부터 재미있어 보이긴 했다. 내가 그런 걸 믿는 편은 아니지만 한 번쯤 해 볼 만한 놀이 아닌가. 해가 될 것도 없고.

천막의 커튼이 살짝 벌어져 있었다. 나는 손으로 커튼을 젖히고 고개를 빼꼼 들이밀었다. 안에는 촛불 몇 개만 켜져 있었으나 내부를 보기엔 충분했다. 작은 나무 테이블 하나, 양옆으로 접이식 의자 두 개. 그중 하나에 긴 흑발의 여자가 앉아 있었다. 그저 검다는 말로는 부족할 정도로 검은 머리. '검은색은 색이 없는 것'이라는 표현을 어디서 들어 본 적이 있는데, 그게 무슨 뜻인지 나는 이 여자의 머리를 보고서 이해했다.

그녀가 나를 올려다봤다. 눈도 머리칼만큼이나 새까맣다. 너무 검어서 동공이 어디 있는지도 분간이 안 된다. "안녕하세요." 그녀가 말했다.

"아…, 안녕하세요." 내 목소리가 본의 아니게 갈라져서 나왔다. 나는 헛기침을 하며 목을 가다듬었다. "여기서 운세를 보나요?"

그녀는 고개를 끄덕이더니 맞은편에 있는 접이식 의자를 가리켰다. "앉으세요."

나는 티켓 세 장을 건넸고, 그녀는 그걸 입고 있는 보랏빛 로브 소매 안에 쑤셔 넣었다. 나는 어둠에 반쯤 가려진 그녀의 얼굴을 훑어봤다. 나이를 가늠할 수가 없었다. 스무 살 같기도 하고, 예순 살 같기도 하다. 이상하다.

"제 이름은 나오미예요." 그녀가 말했다.

"저는 로잘리예요."

"예쁜 이름이네요." 나오미의 검은 눈이 내 왼손으로 내려갔다. "반지도 예쁘고요."

나는 무의식적으로 왼손을 꼭 쥐었다. 반지 위에 올라가 있는 다이아는 아주 작았다. 우리 형편에 가능한 정도로. 하지만 나는 이 반지가 너무 좋다. "네. 감사합니다."

"그 사람은 좋은 사람이군요." 나오미는 그걸 질문이 아니라 단정하는 것처럼 말했다. "적어도 당신은 그가 좋은 사람이라고 믿고 있고요."

"좋은 사람이에요." 나는 거의 본능적으로, 그를 감싸듯 말했다.

나오미의 입술에 미소 비슷한 것이 아주 잠깐 스쳤다. "두고 봐야죠."

그녀는 타로 카드 한 묶음을 집어 들었다. 타로 카드를 본 적은 있지만, 내 운세를 점쳐 본 적은 없었다. 이 모든 게 우스운 놀이일 뿐인데도 이상하게 속이 울렁거렸다. 그냥 밖에서 닉이 상품을 따는지 아니면 또 망치는지 응원이나 할 걸 그랬나 싶다.

나오미가 카드 세 장을 테이블 위에 펼쳐 놓았다. 그녀는 잠시 카드를 내려다보다가, 가운데 카드 위에서 손가락을 오래 머물렀다. 번개를 맞아 불타는 탑, 그리고 그 탑에서 아래로 내던져지듯이 떨어지는 두 남자. 나는 타로를 모르지만, 이 그림은 아무리 봐도 좋아 보이지 않는다.

"뭐예요?" 내가 물었다.

"타워 카드예요." 나오미가 말했다. "이 카드가 뜻하는 것은 '인생을 뒤바꿀 사건'이죠. 당신을 완전히 기습해서, 넋을 잃게 만들 그런 사건."

나는 고개를 가로저었다. "어떤 사건인데요?"

혹시 임신? 생리는 다음 주지만, 이번 달에 피임약을 며칠 빼먹긴 했다. 임신이라면 닉이 기뻐할 텐데.

나오미가 맨 오른쪽 카드를 짚었다. 섬뜩하기는 이쪽이 더 섬뜩하다. 말 위에 기사가 올라타 있고, 말발굽 아래에는 시체가 하나 누워 있다. 기사의 투구가 들려 있어서 얼굴이 보인다. 해골이다. 카드 아래쪽 글자가 눈에 들어온다.

죽음.

나오미가 날카롭게 나를 올려다봤다. 그리고 얼음장처럼 차가운 손가락으로 내 손목을 움켜쥐었다. 마치 카드 속 해골만큼이나 차가웠다.

"로잘리." 그녀가 잔뜩 쉰 목소리로 말했다. "그 남자와 결혼하면 안 돼요."

"뭐라고요?" 나는 손을 빼내려 했지만, 그녀는 꽉 잡고 놓지 않았다. "무슨 말을 하는 거예요?"

"제발, 로잘리." 그녀의 새까만 눈이 내 눈을 붙들었다. "내 말을 들어요. 당신은 그 남자가 행복을 가져다줄 거라고 믿지만, 아니에요. 그 남자는 당신 인생에 죽음을 들여올 거예요."

"죽음이요?" 내가 되물었다. "그럼…, 그 사람이 죽는다는 뜻이에요?"

닉이 죽는 걸 상상한 순간, 누군가 내 심장을 움켜쥐는 것 같았다. 나는 닉이 없는 삶을 상상할 수 없다.

"아니요." 나오미가 단호하게 말했다. "그는 죽지 않아요. 대신 다른 누군가의 죽음을 가져올 거예요."

"그럼…," 머리가 어지러웠다. "그가 누군가를 죽인다는 거예요?"

나오미는 대답하지 않았다. 그러더니 내 손목을 놓았다. 하지만 나는 너무 충격을 받아 움직일 수가 없었다.

"세상에." 나는 고개를 저었다. 이런 건 말도 안 된다. 나는 이런 걸 믿는 사람이 아닌데… 이상하다. 이 여자에게는 뭔가가 있다. "당신은 닉을 몰라요. 닉은 좋은 사람이에요. 절대 누구도 해치지 못해요. 절대로요. 그리고 난 그를 사랑해요. 정말 많이."

"하지만 변할 거예요."

"안 변해요." 나는 테이블 위의 카드들을 노려봤다. "지금 겨우 탑이랑 해골 카드 뒤집어 놓고서 제 약혼자가 살인자라고 말하는 거잖아요? 내가 들어 본 것 중에 제일 황당해요."

"그림 때문만은 아니에요." 나오미의 목소리가 낮았다. "카드가 내게 따로 말해 주는 것들이 있어요. 그걸 듣는 게 바로 내 재능이고요." 그녀는 나를 향해 얼굴을 찡그렸다. "아직 시간이 있어요. 그와 결혼하지 않을 수 있어요."

나는 입을 열어 그녀를 쏘아붙이려 했다. 이런 형편없는 축제에서 만난 점쟁이의 말 한마디 때문에 내가 사랑하는 사람과 헤어지는 일은 없다고, 그럴 일은 절대 없다고. 그런데 이상하게도 말이 입 밖으로 나오지 않았다.

"생각해 봐요, 로잘리." 나오미가 말했다. "나는 그저 옳은 길을 보여 줄 수 있을 뿐이에요. 그 길을 걸을지 말지는 당신이 선택해야 해요."

나는 손을 덜덜 떨며 천막을 빠져나왔다. 안이 너무 어두웠던 탓에 햇빛이 눈을 아프게 했다. 눈을 몇 번 깜빡이며 시야를 맞췄다.

"해냈어!"

뒤를 돌아보니, 닉이 봉제 팬더 인형을 번쩍 들고 서 있었다. 사람 머리 정도 크기라 차 뒷좌석에 충분히 들어가겠다. 적어도 그 고무 오리보단 훨씬 낫다. 닉은 세상 뿌듯하다는 듯한 얼굴을 하고 있었고, 나는 그대로 그의 목에 팔을 감아 끌어안았다. 그리고…, 이상하게 놓을 수가 없었다.

"정말?" 닉이 웃었다. "네가 팬더를 이렇게 좋아하는지 몰랐어."

그런데 내가 몸을 떼어 내자, 닉의 얼굴에서 미소가 사라졌다. 그제야 나는 내 뺨에 눈물이 흘러내린 걸 알아차렸다.

"로지, 무슨 일이야?" 닉이 물었다. "괜찮아?"

나는 다시 올라오는 눈물을 억지로 삼켰다. "괜찮아."

"안 괜찮잖아." 닉이 검은 천막을 힐끗 봤다. "저기서 대체 무슨 일이 있었던 거야?"

"그 여자가…," 나는 떨리는 숨을 한 번 들이쉬었다. 나오미가 한 말을 닉에게 털어놓을 생각은 없었다. 오늘 하루를 망치고 싶지도 않았다. 그런데도 입이 멈추질 않았다. "우리가 결혼하면 안 좋은 일이 생길 거라고 했어. 결혼을 취소해야 한대."

닉의 입이 떡 벌어졌다. "농담하는 거 아니지? 진짜 그렇게 말했어?"

나는 천천히 고개를 끄덕였다.

그는 팬더 인형을 내 품에 밀어 넣었다. "말도 안 돼. 내가 가서 한마디 하고 올게."

나는 급히 그의 팔을 붙잡았다. "닉, 제발 그러지 마."

"하지만 널 울렸잖아!" 그의 턱 근육이 파르르 떨렸다. "감히 널 울리다니. 형편없는 축제에서 점이나 보는 사기꾼 주제에. 로지, 알잖아. 점쟁이가 하는 말 중에 진짜는 하나도 없다는 거. 전부 다 쇼야."

"알아…"

"로지…," 그의 갈색 눈이 커졌다. "설마 이걸 진지하게 받아들이는 건 아니지? 점쟁이는 다 가짜야. 애초에 미래를 볼 수 있을 리가 없잖아?"

"알아."

"그리고…," 그는 내 손을 꼭 잡았다. "난 널 사랑해. 우리가 결혼하지 않는다면, 나는 내가 앞으로 뭘 하며 살아야 할지 모르겠어. 내가 평생을 함께할 사람은 너 말고는 없어."

목구멍이 꽉 막혔다. "나도 그래."

"그러니까," 그가 말했다. "그 점쟁이는 우리가 결혼하면 안 좋은 일이 생긴다고 했지만, 솔직히 난 네가 없는 삶보다 더 나쁜 건 상상도 안 돼."

동감이었다. "나도 그래."

"그럼…," 그의 입꼬리가 살짝 올라갔다. "그 점쟁이가 하는 말 때문에 나랑 헤어지지는 않을 거지?"

나는 아주, 아주 작게 웃어 보였다. "그럴 것 같진 않아."

그는 나에게 키스했다. 우리 사이에 낀 팬더 인형이 납작해졌다. 나는 이 순간을 즐기려고 애썼지만, 점쟁이가 한 말이 머릿속에서 사라지지 않았다. 나는 정말로 그런 걸 믿지 않는다. 가짜라는 것도 안다. 그런데도 그녀의 눈에서 본 그 두려움만큼은 도무지 떨쳐낼 수가 없었다.

27

당신이 전부 가졌다는 걸, 인생이 완전히 무너지기 전까진 모를 것이다.

닉과 결혼한 지 이제 3년이 됐다. 그 점쟁이의 경고에도 불구하고 우린 예정대로 결혼했다. 그리고 놀랍게도, 놀랍지도 않지만 끔찍한 일은 무엇도 일어나지 않았다. 닉이 누굴 죽인 적도 없었다. 그는 여러모로 꽤 괜찮은 남편이었다. 그리고 긴 시간 동안 우리의 삶은 제법 잘 굴러갔다.

로잘리는 번창했고, 모텔도 제법 짭짤한 수익을 올렸다. 우리가 사는 집도 조금씩 고쳐 나가고 있었다. 그야말로 대공사였다. 하지만 우리는 다 중지해야 했다. 왜냐하면….

내가 임신했기 때문이다.

사업이 좀 더 안정되고 집수리도 어느 정도 끝난 뒤에 아이를 갖자고 미루고 있었지만, 닉은 다섯 명의 아이를 갖자며 빨리 시작하자고 계속 졸랐다. 닉이 한 말은 농담이 아니었다. 결국 나는 피임을 중단했고, 첫 시도에서 바로 아이가 생겼다.

그런데 임신 테스트기에서 두 줄을 확인한 지 겨우 2주 만에 출혈이 시작됐다.

닉이 나보다 더 힘들어했다. 그는 가족을 꾸리는 일을 너무나 기대하고 있었고, 벌써부터 아기 이름 후보들을 줄줄이 늘어놓고 있었다. 나도 슬펐지만, 나는 첫 번째 임신에서 초기 유산이 얼마나 흔한지 어느 정도는 알고 있었다. 슬펐지만, 우리는 다시 시도하면 된다고 생각했다.

그런데 유산 후 일주일이 지난 날 아침에, 잠에서 깬 나는 오른쪽 발의 감각이 사라진 걸 알아챘다.

그리고 지금은 그로부터 4개월이 지난 시점이다. 나는 신경과 전문의인 헬러 박사의 진료실에 앉아 있다. 그녀는 키가 크고 마른 체형에 코끝에 반달 모양 안경을 걸치고 있었다. 책상 앞에 놓인 1인용 의자 두 개 중 하나에는 닉이, 다른 하나에는 내가 앉아 있다. 내 지팡이는 책상에 기대어 세워 놨다. 지팡이 없이는 걸을 수 없었다. 그리고 헬러 박사는 방금, 내 인생을 송두리째 바꿔 놓을 두 단어를 말했다.

"다발성 경화증이에요."

"다발성 경화증이라고요?" 닉이 앞으로 튀어나오듯 말했다. 그는 지금 내 몸이 느끼는 것과 똑같은 표정을 짓고 있었다. "확실한 건가요?"

"네." 헬러 박사는 담담하게 말했다. "정확히는 1년 동안 같은 증상이 지속돼야 진단을 내릴 수 있지만, 저는 상당히 확신합니다. 그리고 안타깝게도 로잘리 씨는 '1차 진행형'이에요. 스테로이드를 써도 신경학적 증상이 호전되지 않았고, 오히려 진행되고 있으니까요."

그녀 말이 맞다. 증상은 나아지지 않았다. 조금도. 오히려 나빠졌다. 감각 저하는 다른 발로까지 번졌다.

"그럼 치료는요?" 닉이 물었다.

"1차 진행형 다발성 경화증에는 효과가 입증된 치료법이 없습니다." 헬러 박사가 말했다. "약물을 시도해 볼 순 있지만…."

치료법이 없다. 우리가 할 수 있는 게 없다. 나는 계속 나빠질 것이다.

닉이 고개를 저었다. "이해가 안 가네요…. 로지네 가족 중에는 이런 신경 질환을 앓는 사람이 없는데요?"

"꼭 가족력이 있어야 하는 건 아니에요." 헬러 박사가 말했다. "로잘리 씨의 경우엔 임신이 촉발 요인이 되었을 가능성도 있습니다. 그리고 만약 다시 임신을 하게 되면 증상이 더 악화될 가능성도 있어요."

"가능성이라고요?" 그가 되물었다. "그럼 확실한 건 아니란 말이죠?"

"네." 헬러 박사가 말했다. "확실하진 않습니다. 특히 로잘리 씨는 비교적 드문 유형에 해당하니까요. 하지만 그럴 가능성이 있다는 건 알고 계셔야 해요."

진료를 마치고 집으로 돌아오는 길에, 우리는 둘 다 눈에 띄게 혼란스러워하고 있었다. 닉은 집에 도착할 때까지 거의 한마디도 하지 않았다. 턱 근육이 씰룩거리는 걸로 보아, 그가 얼마나 괴로운지 알 수 있었다. 나는 창밖만 바라보며 앞으로 남은 내 인생이 어떻게 될지 생각했다.

탑 카드. 인생을 송두리째 바꿀 사건. 다발성 경화증. 내가 알던 삶의 끝.

결국, 예언은 맞았다.

집에 들어서자 나는 부엌 식탁에 앉았고, 닉은 서 있기만 했다. 그는 아무 말도 하지 않았지만, 분명히 하고 싶은 말이 있는 것처럼 보였다. 나는 그를 올려다보며 기다렸다. 그리고 마침내, 그가 입을 열었다.

"그럼…, 그냥 가능성일 뿐인 거지?" 그는 팔짱을 꼈다. "다시 임신하면 백 퍼센트 더 나빠진다는 건 아니잖아."

나는 그가 그런 생각을 하고 있다는 걸 알고 있었다. 알고 있었지만, 이렇게까지 대놓고 말할 줄은 몰랐다. 말은 쉽지. 자기 몸이 아픈 건 아니니까.

나는 그를 노려봤다. "그럼 내가 위험을 감수해야 한다는 거야?"

그의 얼굴이 굳었다. "로지, 너도 가족 원하잖아. 우린 같은 생각인 줄 알았어. 다섯 명, 맞지?"

이 상황에서 그런 농담을 할 수는 없었다. 지금 우리에게 벌어진 일엔 웃을 구석이 조금도 없었다.

"하지만 그걸 위해 내 모든 걸 희생할 순 없어."

"그래도…," 그의 목소리가 낮아졌다. "희생할 수 없는 거에 우리

가족도 포함이잖아."

"그럼 너는 나로는 충분하지 않다는 거야?"

"아니. 아니야." 그는 콧잔등을 집었다. "그냥…, 포기해야 할 게 너무 많다는 거지. 알잖아."

물론 안다. 나는 평생 엄마가 되고 싶었다. 하지만 지난 넉 달 동안, 발의 감각이 없는 상태로 걷는 게 얼마나 힘든지도 배웠다. 여기서 더 악화되면 나는 어떻게 될까? 레스토랑을 계속 운영할 수 있을지조차 모르겠다. 아이들 여럿을 쫓아다닐 수 있을 리도 없다.

"미안해." 내가 말했다. "난 그런 위험을 감수할 수 없어."

"하지만…."

"내 대답은 '아니'야. 닉, 나는 마음 바꾸지 않을 거야."

그는 큰 충격을 받은 얼굴로 맞은편 의자에 털썩 주저앉았다. "알겠어…."

내 목에 덩어리가 걸린 것 같았다. 그가 맞다. 포기해야 할 게 너무 많다. 그는 아이를 너무나 원해 왔다. 내가 그에게 불행을 강요하는 건 공평하지 않다.

"있잖아…," 나는 그의 손을 잡으려 했고, 그는 마지못해서 손을 내어 주었다. "난 널 사랑해. 하지만 네가…, 이게 너무 벅차다면, 이해할 수 있어. 네가 더는 나와 함께하고 싶지 않아도 이해할게."

닉이 고개를 홱 들었다. "무슨 소리야? 내가 헤어지고 싶어 한다고 생각해?"

"그냥…, 이해하겠다는 거야."

그는 내 손을 꽉 잡았다. "봐, 이 상황이 마음에 드는 건 아니야. 당연히. 하지만 난 널 사랑해. 그리고 내가 너를 떠나고 싶게 될 날은 절대 오지 않아."

우리는 부엌에 한참을 그대로 앉아 있었다. 손을 맞잡은 채, 우리에게 남은 삶이 어떤 모습일지 말없이 짐작해 보면서. 그때만 해도 나는 앞으로 일이 얼마나 끔찍하게 흘러갈지 전혀 알지 못했다.

4년 전

나는 침실 천장이 정말 싫다.

이사 온 뒤에 천장을 다시 칠하긴 했지만, 금이 잔뜩 가 있다. 누가 칠했는지 일을 아주 엉망으로 해 놨다. 하얀 석고 천장에 거미줄 같은 균열이 사방으로 퍼져 있다. 다시 손봐야 하지만…, 솔직히 말해 그건 우리의 문제 목록에서 한참 아래다. 상위 20개에도 못 든다.

"로지?"

샤워하는 소리가 언제 멈췄는지도 몰랐다. 나는 눈을 감았다. 익숙한 피로감이 또 한 번 파도처럼 밀려왔다. 밤새 잤는데도 여전히 지쳐 있었다. 알람이 10분 전에 울려서 껐지만, 몸은 전혀 일어날 준비가 되어 있지 않았다.

"로지?"

닉이 샤워실에서 나왔다. 젖어 있는 탓에 그의 짙은 금발 머리는 더 어두워 보였고, 허리에는 수건을 둘러 상체가 그대로 드러나 있었다. 몸도 꽤 좋았다. 그는 내가 사랑에 빠진 그날처럼, 아니, 어쩌면 그때보다 더 잘생겨 보였다. 열여섯 살 소년이 아니라 이제는 완전히 어른이 된 남자였다.

…그가 지금의 내게서 어떤 모습을 보고 있을지, 그건 생각하고 싶지 않았다.

"로지." 그가 말했다. "샤워실에 벤치 설치해 뒀어. 들어갈 거면…"

그는 내 보행 보조기를 집어 들어 침대 옆으로 가져다 놓았다. 내가 다시 임신을 하진 않았지만, 그것과 상관없이 내 다리는 결국 더 약해졌다. 헬러 박사가 예상했던 것보다도 더 빠르게. 지팡이에서 목발로, 그러다 이제는 보행 보조기를 쓴다. 지난주 진료에서는 휠체어를 쓰자는 이야기까지 나왔다.

나는 여전히 레스토랑에 나가고 있다. 하지만 점점 버거워졌다. 걷고 움직이는 게 힘든 것만이 아니다. 머리가 흐릿하다. 주문을 헷갈리고, 하던 일을 하다가도 중간에 내가 뭘 하려던 건지 잊어버린다. 창피하다.

"로지?" 닉이 물었다. "일어나는 거 도와줄까?"

나는 그를 바라봤다. 일어나야 한다. 레스토랑에 가야 한다. 내가 평생 꿈꿔 온, 사랑하는 일터로. 그런데 지금은 그냥 그러고 싶지가 않다. 침대에서 일어나서 샤워하고 옷 입고, 머리에 빗 한번 대는 일조차 끔찍하게 피곤하게 느껴진다. 도저히 시도도 못 하겠다.

"나 안 일어나." 내가 말했다.

그가 미간을 찌푸렸다. "어디 아파?"

그는 모든 일에 너무 친절했다. 사소한 것까지 기꺼이 도와주려 했다. 나는 예전엔 그게 좋았다. 그런데 최근에서야 깨달았다. 그

친절이 얼마나 사람을 지치게 할 수도 있는지.

"그래, 나 아파."

닉은 침대 끝에 앉았다. 내 이마에 손을 대려 하길래, 나는 그의 손을 탁 쳐냈다.

"왜 그래?"

"나 다발성 경화증이잖아."

그가 눈을 굴렸다. "제발. 일어나, 로지. 밖에 손님들 기다리고 있을 거야."

"안 일어나."

"난 이해가 안 돼."

"나 이제 레스토랑에서 일하고 싶지 않아."

닉이 다시 내게 손을 뻗었지만, 나는 몸을 비틀어 피했다.

"주방에서 움직이기 불편해서 그래? 내가 말했잖아. 업자 불러서 견적도 받아놨어."

"그 레스토랑으로 다시 돌아지 않을거야." 나는 이를 악물고 말했다. "지금도, 앞으로도, 절대."

"하지만…."

"안 가, 닉."

그가 침대에서 벌떡 일어났다. "그럼 난 어쩌라는 거야?"

"요리할 사람 구하면 되잖아. 당신이 알아서 하면 돼."

그는 입술을 꾹 깨물었다. "좋아. 오늘은 내가 알아서 할게. 오늘 하루 정도는…, 당신이 아픈 날로 쳐 줄게."

그는 수건을 툭 벗어 던지고 옷을 주워 입기 시작했다. 또다시, 나는 내 남편이 얼마나 매력적인지 생각하게 됐다.

하지만 가장 무서운 건 그다음이었다.

지금 내 안에는 아무것도 없었다. 욕망은커녕, 아주 미세한 끌림조차. 그리고 나는 그 사실을 신경 쓸 힘조차 없을 만큼 지쳐 있었다.

28

TV 화면에 엔딩 크레딧이 올라가자, 나는 리모컨을 집어 들어 채널을 돌렸다.

6개월이 지나는 동안 어느새 나는 하루 종일 집에 틀어박혀 드라마만 보는 여자가 되어 있었다. 말 그대로, 그게 내 하루의 전부였다. 아니, 정확히 말하면 아침에는 리얼리티 쇼를 본다. 그리고 가끔 휴대폰으로 웹 서핑도 한다. 아주 가끔 뭔가를 조금 먹기도 했다. 나는 이제 뼈만 남은 사람처럼 말라 버렸다.

어쨌든, 이제 내가 할 수 있는 건 별로 없다. 로잘리는 석 달 전에 문을 닫았다. 내가 손을 놓자마자 순식간에 무너졌다.

계단을 올라오는 닉의 무거운 발소리가 들렸다. 나는 시계를 힐끗 봤다. 한낮이다. 점심을 먹으러 집에 오긴 하지만, 그건 두 시간 전 일이었다. 이 시간에 집에 올 이유가 없는데.

그 생각이 나를 불안하게 했다.

닉이 열려 있는 침실 문 앞에 모습을 드러냈다. 눈 밑에는 보랏빛 다크서클이 드리워져 있었지만, 엷은 미소를 지어 보였다. 요즘 닉은 진짜로 웃는 일이 거의 없다. 그럴 만도 하다. 웃을 이유가 별로 없으니까.

"안녕." 내가 말했다.

그는 내 어깨 너머로 침실 창문을 바라봤다. "여기 공기가 너무 답답해. 창문 좀 열어. 오늘 날씨 좋잖아."

"난 됐어."

하지만 그는 내 말을 듣지 않고 창가로 가더니, 창문을 확 열어젖혔다. 나는 휠체어를 탄 채로 몇 걸음 뒤로 물러났다. 이제 나는 늘 휠체어를 쓴다. 몇 달 전, 레스토랑 문을 닫을 즈음부터 아예 걷는 걸 포기했다. 겨우 몇 걸음 떼려고 온 힘을 써 봐야, 전혀 값어치를 하지 못한다.

창문 밖 날씨는 분명 좋을 것이다. 몇 년 전, 닉이 처음으로 그 식당을 보여 주던 날과 같은 선선한 봄날이다. 하지만 지난 2년 동안 너무 많이 빠져버린 체중 때문에 바람이 그대로 몸을 관통하는 느낌이다. 나는 몸을 떨었다. 가끔은 피부가 뼈에 그냥 걸쳐져 있는 것 같은 기분까지 든다.

"좀 낫지?" 그가 말했다.

나는 고개를 끄덕였다. 말다툼하는 것보다 그게 쉽다. 그가 나가거든 다시 닫으면 된다.

"우리 같이 밖에 나가 볼래?" 그가 말했다.

나는 얼굴을 찡그렸다. "계단 오르내리는 거 싫어."

그는 길게 한숨을 내쉬었다. "그러니까 내가 1층을 침실로 바꿀 수 있다고 했잖아. 그렇게 할 수 있어."

"됐어. 어차피 밖에 나가고 싶은 마음도 없어."

닉이 알아들을 수 없게 뭐라 중얼거렸다. 아마 못 들은 게 다행일 것이다.

"이 시간에 집엔 왜 왔어?" 내가 물었다.

그는 미간을 찌푸린 채 두 손을 비벼댔다. 닉은 분명 이유가 있어서 여기 온 거다. 창문을 열어 주려고 올라온 게 아니다. 뜸 들이지 말고 그냥 털어놓는 게 낫다.

"화내지 마." 그가 말했다. "…어제 헬러 박사님한테 전화했어."

나는 고개를 들어 그를 날카롭게 쏘아봤다. 왜 내 허락도 없이 주치의한테 전화를 걸어? "왜 그런 짓을 해?"

"그러니까, 네가 요즘…," 그는 침대에 털썩 앉아 나와 눈높이를 맞췄다. "나…, 네가 걱정돼, 로지."

"그래서 헬러 박사님이 무슨 대단한 처방이라도 주셨대요?"

내가 비꼬는 걸 무시한 채 그는 말을 이어갔다. "박사님이 물리 치료를 한번 받아 보라고 하셨어."

"물리 치료요?"

그가 힘주어 고개를 끄덕였다. "내가 꼬박꼬박 데려다줄게. 같이 가자, 로지."

"그게 무슨 소용이 있는데요?" 나는 씁쓸하게 말했다. "다리도 못 움직이는데, 여기서 어떻게 더 잘 걷겠어요?"

"그걸 위해서가 아니야." 그가 급히 말했다. "헬러 박사님이 그러시더라. 다른 부분에서 덜 의존적으로 지낼 수 있게 도와줄 거라고. 그러면 내가…, 내가 굳이…."

나는 그를 노려봤다. "아, 이제 알겠네요. 나 때문에 당신이 지쳤다는 거."

놀랄 일도 아니다. 닉은 내게 정말 많은 걸 해 준다. 침대에서 일으켜 세워 주고, 눕혀 주고, 심지어 샤워할 때도 도와주고, 아침마다 옷까지 입혀 준다. 집에서 요리는 내가 했었는데, 이제는 그가 내 식사까지 전부 챙겨 준다. 그는 불평 한마디 없이 모든 걸 해 왔다. 지금까지는.

"로지, 그게 아니라…."

"그냥 인정해, 닉." 나는 말끝을 높였다. "누가 뭐라고 하겠어."

그가 고개를 떨궜다. "이러지 마. 난 그냥…, 도와주고 싶은 거야."

나는 그의 얼굴을 가만히 살폈다. "헬러 박사님이 또 뭐라고 하셨는데?"

끝이 없을 것 같은 침묵이 흐른 뒤, 그는 주머니를 뒤져 작은 오렌지색 약병 하나를 꺼냈다. 나는 매섭게 숨을 들이켰다.

"그게 뭐야?"

"항우울제야." 그가 말했다. "헬러 박사님이 도움이 될 수도 있다고…."

"오, 세상에."

"로지…."

"나 그거 안 먹어." 나는 단호하게 말했다. "나 우울증 아니야. 문제는 내 상황이지. 이런 상황이면 누구라도 우울해져."

214

"그래도…, 도움이 될 수도 있어." 그리고 그가 내 손을 잡으려 했지만, 나는 손을 홱 뺐다. "제발, 로지. 그냥 시험 삼아서 먹어 봐. 몇 주만. 먹어 보고 안 맞는다 싶으면 안 먹어도 돼. 그렇지만 혹시라도, 혹시라도 도움이 되면…."

나는 그의 눈을 들여다봤다. 그는 아직도, 대체 왜인지, 나를 사랑한다. 정말로 나를 도와주려는 거다.

"알겠어." 나는 약병을 받아 들었다. "그럼 몇 주만 먹어 볼게."

하지만 그날 밤, 나는 변기에 약을 전부 쏟아붓고 물을 내려버렸다.

◆

계단에서 발소리가 들리기만 하면 심장이 가슴에서 튀어 올랐다.

대부분은 닉이었다. 그가 아니면 이 대낮에 누가 나를 보러 오겠어? 그런 '두근거리는 감각'이, 이상하게도 우리가 처음 사귀던 시절을 떠올리게 했다. 그를 보기만 해도 설레고, 그가 오기만을 기다리던 그때를.

그런데 이제 내가 가슴이 두근거리는 이유는 그게 아니다. 언젠가는 닉이 두 손을 들고 이렇게 말해 버릴까 봐 두려운 거다. 이제 그만하자고. 더는 못 견디겠다고.

아직 그런 일은 일어나지 않았다. 하지만 언젠가는 일어날 거다. 사람이란, 인내심에도 한계가 있으니까.

하지만 이번에 계단에서 들려온 발소리는 닉이 아니었다.

은빛 머리를 한 노파. 이제는 모텔 방 하나에 아예 눌러앉아 사는 사람이다. 그녀의 이름은 그레타였다. 달마다 비싸지 않은 수준의 월세를 내기로 하고 모텔에 장기 투숙하게 됐다.

나는 그레타가 좋다. 지금은 내 유일한 친구다. 긴 은빛 머리를 하고 하루 종일 잠옷 차림으로 다니는 괴짜 같은 모습이지만 그녀가 내 방에 찾아오는 날들은 내가 유일하게 숨통이 트이는 순간이다. 그레타는 내게 유랑 극단에서 지내던 시절의 이야기, 헝가리에서의 어린 시절, 그리고 심장마비로 갑자기 죽어버린 남편 버니의 이야기를 들려줬다.

"안녕, 로잘리." 동유럽 억양이 묻어났다.

"안녕하세요, 그레타."

그녀는 고개를 기울였다. "너, 너무 안 먹어. 이러다 너무 말라서 내 나쁜 눈으로는 안 보이게 되겠어."

나는 웃으며 무의식적으로 입고 있는 티셔츠를 잡아당겼다. 5년 전에 샀을 땐 딱 맞았는데, 지금은 몸에서 두둥실 떠 있다. "괜찮아요."

"다음엔 내가 먹을 것 좀 가져올게." 그레타가 말했다. "내가 직접 만든 거. 한 입도 남기지 않고 다 먹어야 해."

"네에." 나는 건성으로 대답했다.

그녀는 침대에 걸터앉았고, 나는 휠체어에 앉은 채로 그녀를 마주 보았다. 그레타의 시선이 내 몸을 훑고 지나가자, 나는 괜히 자세를 고쳐 앉게 됐다.

"오늘 네 기운, 마음에 안 들어." 그녀가 말했다.

"네?"

그레타가 인상을 찌푸렸다. "오늘 네 운세를 봐야겠어."

속이 철렁 내려앉았다. 그레타가 유랑 극단에서 점을 봤다는 건 알고 있었지만, 나에게 운세를 봐 주겠다고 한 건 이번이 처음이었다. 나는 오래전 나오미에게서 들었던 그 말을 그레타에게 한 번도 한 적이 없었다. 닉과 결혼하지 말라는 경고. 그 결혼이 끔찍한 일들을 불러올 거라는 예언.

그녀는 내 인생을 송두리째 바꾼 비극을 맞혔다. 하지만 적어도 지금까지는 닉이 누군가를 죽이진 않았다. 내가 알기로는.

"그냥…, 안 보는 게 좋겠어요." 내가 말했다.

그레타가 내 손을 잡았다. 차갑고 앙상한 손. 수년 전 축제에서 만났던 점쟁이의 손과 똑같았다. "말해 줘." 그녀가 조용히 말했다. "뭘 망설이니?"

"그냥…, 다 좀 우스운 것 같아서요."

그레타는 내 얼굴을 유심히 들여다봤다. "아니. 넌 우습다고 생각하지 않아. 넌 두려운 거야."

나는 침을 삼켰다. 입안이 갑자기 바싹 말랐다. "예전에 운세를 본 적이 있었는데…, 결과가 좋지 않았어요."

그레타의 눈이 커졌다. "무슨 일이 있었는지 말해."

그 순간 나는 깨달았다. 그날 일을 내가 누구에게도 제대로 말한 적이 없다는 걸. 닉에게도 일부만 말했을 뿐, 전부 털어놓지는 않았다. 나는 그 이야기를 수년간 혼자 껴안고 살아왔다.

"그 여자는 제 다발성 경화증을 맞혔어요." 내가 말했다. "인생을 바꿔 놓을 사건이 생길 거라고 했죠."

그레타는 손을 내저으며 말했다. "그런 건 별로 대단하지 않아. 그 사기꾼이 또 뭐라고 했지?"

"닉과 결혼하지 말라고 했어요." 나는 손톱을 깨물었다. "왜냐하면 그 여자가 말하길…," 목소리가 떨렸다. "우리가 결혼하면 닉이 누군가를 죽이게 될 거라고 했어요."

그레타는 잠시 나를 빤히 바라보더니, 갑자기 웃음을 터뜨렸다. "닉이? 누굴 죽여? 너 그걸 믿었니? 닉은 파리 한 마리도 못 죽여! 우리 버니처럼. 아주 온순하고 착한 사람이야."

"글쎄요…."

"내 말 잘 들어, 로잘리." 그레타의 주름진 얼굴이 다시 진지해졌다. "진짜 능력을 가진 사람은 정말 드물어. 하지만 나는 그게 있어. 그러니까 내가 네 운세를 봐 줄게."

나는 결국 알겠다고 했다. 그저 그녀를 입 다물게 하고 싶었다.

그레타는 먼저 조명을 낮췄다. 방이 서서히 어두워지자, 그녀는 다시 내 침대에 걸터앉아 차갑고 주름진 손으로 내 손을 잡았다. 그녀는 눈을 감았고, 손가락 끝에서 부드러운 압력이 느껴졌다.

"타로 카드는 안 써요?" 내가 물었다.

그녀는 콧방귀를 뀌었다. "그건 사기꾼들이나 쓰는 거야. 나는 필요 없어."

나는 휠체어에 앉은 채로, 내 손 안에 들어온 그레타의 얼음 같은 손을 느끼며 그대로 있었다. 압력이 점점 강해졌고, 그녀의 눈꺼풀이 가늘게 떨렸다. 닉이 여기 있었다면 이걸 보고 웃었을 거다. 닉은 이런 걸 믿지 않는다. 나도 그렇다.

그런데도 문득, 그녀가 무엇을 보고 있는지 궁금해졌다.

"네 미래는 밝아, 로잘리." 그레타가 말했다.

나는 그녀를 바라봤다. "뭐라고요?"

"행복이 보여." 그녀가 말했다. "곧 네 인생에 큰 기쁨이 들어와. 네가 한 번도 느껴 본 적 없는 기쁨이. 너와 닉, 둘 모두에게."

"정말요?" 나는 무표정하게 말했다.

"너와 닉은 함께 행복해질 거야. 그게 너희 운명이야."

하지만 차라리 닉이 살인자가 될 가능성이 더 현실적으로 느껴졌다. 나와 닉에게 행복한 미래 같은 건 없다. 우리 사이의 모든 게 이미 바뀌었다. 어린 시절 내가 닉을 사랑하게 된 데에는 이유가 있었다. 그에게는 무슨 이야기든 할 수 있을 것 같았다. 그런데 지금은…, 우리는 낯선 사람 같다. 그는 나를 매일 가장 사적인 방식으로 도우면서도, 예전처럼 나를 바라보지 않는다. 그걸 누가 탓할 수 있을까?

절대 아니다. 나와 닉에게 해피엔딩은 없다.

"네." 내가 말했다. "그렇겠죠."

그레타가 내 손을 더욱 세게 움켜쥐었다. 노인치고 힘이 놀라울 정도다. "나는 버니를 잃었어. 그건 내 인생에서 가장 큰 비극이었지." 그녀가 말했다. "닉이 너에게서 멀어지게 두지 마. 네가 가진 걸 잃지 마. 너희 부부 관계를 어떤 대가를 치르더라도 지켜야 해."

나는 고개를 저었다. "전…."

"약속해, 로잘리. 그를 놓지 않겠다고. 어떤 대가를 치르더라도 네가 가진 걸 지키겠다고." 그녀의 손아귀 힘이 너무 세서 아플 정도였다. 나는 손을 빼려 했지만, 그녀가 너무 강한 건지 내가 너무 약한 건지 뺄 수 없었다. "약속할게요."

그레타는 나를 매섭게 한 번 바라본 뒤 손을 놓았다. 그녀의 손가락 자국이 내 피부 위에 그대로 남아 있었다. 점점 짙어지다가 곧 멍이 될 것이다.

그레타는 내가 '그를 놓지 않겠다'라고 맹세하게 했다. 하지만 그게 대체 무슨 소용인지 모르겠다. 닉이 떠나고 싶어 한다면 내가 뭘 할 수 있겠어?

내가 그를 붙잡을 방법 같은 건…, 없다.

29

2년 전

닉은 샤워하면서 휘파람을 불고 있었다.

좋은 신호라고 받아들여야겠지. 그는 기분이 좋을 때만 샤워하면서 휘파람을 분다. 내가 임신했을 때처럼. 또는 신혼여행 내내 그랬던 것처럼. 우리가 섹스한 뒤에도 그는 늘 샤워하면서 휘파람을 불었다.

물론 지금은 그런 이유에서가 아닐 것이다. 내가 아프기 전에는 우린 매일 사랑을 나눴다. 가끔은 하루에도 몇 번씩. 서로가 서로를 너무 원해서 시간이 모자랄 정도였다. 하지만 내가 병을 진단받은 뒤로는 점점 뜸해졌다. 일주일에 한 번. 한 달에 한 번. 그리고…, 그가 내게 손을 뻗을 때마다 나는 몸을 움찔했고, 얼굴을 찌푸리며 그를 밀어냈다.

그는 이제 아무것도 시도하지 않는다. 그게 얼마나 됐는지조차 잘 모르겠다. 아무튼 정말 오래됐다.

닉이 욕실에서 나왔다. 허리에는 수건 한 장만 둘렀다. 그는 나를 보며 미소 지었다. "좋은 아침, 로지."

"…아침." 나는 웅얼거렸다.

수건만 두른 그의 모습은 여전히 너무 섹시하다. 세월이 그를 더 괜찮게 만들었다. 문제는 나다. 누구와 함께 있다는 생각만으로도, 심지어 내 다정하고 섹시한 남편과 함께 있는 것조차 속이 메스껍다.

나는 그가 옷을 걸치는 모습을 바라봤다. 그는 계속 혼잣말처럼 휘파람을 불고 있었다. 나는 이불 속에서 몸을 꼼지락거렸다. 땀에 젖은 몸은 끈적했고, 지저분한 느낌이 들었다.

"일어날 준비 됐어?" 그가 물었다.

나는 고개를 끄덕였다.

그가 나를 침대에서 휠체어로 옮겨 주는 순간, 은은한 로션 향이 났다. 닉은 로션을 거의 쓰지 않는다. 그런데 오늘은 왜 갑자기 '좋은 냄새'를 신경 쓰지?

처음엔 휘파람 소리가 반가웠다. 그런데 이제는 이상하고 불안하다. 왜 남편이 갑자기 이렇게 들떠 있지? 왜 기분이 좋은 거지? 그리고 왜 모텔로 가기 전에 욕실 거울 앞에서 굳이 한 번 더 자기 모습을 확인하지?

다행히 내 침실 창문에서는 모텔이 훤히 내려다보인다.

내 의문에 대한 답은 금방 나왔다. 그날 오전 늦게, 나는 닉이 모텔 밖에서 한 여자와 이야기하는 걸 봤다. 풍만한 몸매의 금발.

나보다 몇 살은 어려 보인다. 그 여자는 이미 전에 창밖으로 본 적이 있었다. 어제였을 수도 있고, 그저께였을 수도 있다. 어쨌든 중요한 건 그 여자가 며칠째 모텔에 묵고 있다는 것. 그리고 지금 내 남편과 대화를 나누고 있다는 거다.

나는 창문을 확 열어젖혔다. 대체 둘이 무슨 말을 하는지 듣고 싶었다. 하지만 거리가 멀어 드문드문 들렸다. 닉이 그 여자를 "크리스티나"라고 부르는 소리와 그 여자가 닉을 "니키"라고 부르는 소리 정도. 그리고 그녀는 손을 뻗어 닉의 셔츠 칼라가 삐뚤어진 걸 바로 잡아 줬다. 그러자 닉이 그 특유의 웃음을 지었다.

나는 그 표정을 안다.

둘은 함께 모텔 안으로 들어갔다. 내 시야에서 둘이 사라지는 순간까지 내 심장은 쿵쿵거렸다. 내가 본 걸 떠올려 봤지만 믿기 어려웠다. 닉이 바람을 피운다고? 닉은 그럴 사람이 아니다. 닉은 좋은 사람이다. 닉은 바람 같은 거 안 피운다. …아닐 거야.

나는 더듬더듬 휴대폰을 찾아 닉 번호를 눌렀다. 두어 번 신호가 간 다음에야 그가 전화를 받았다. "로지? 괜찮은 거야?"

내가 먼저 전화를 거는 일은 거의 없었다. 그러니 그가 무슨 큰일이 났나 걱정하는 것도 당연했다. "응, 그냥…." 나는 머리를 쥐어짜 가며 그럴듯한 이유를 찾았다. "오늘…, 음, 점심 먹으러 집에 올 건가 해서."

"모르겠어, 로지." 그의 목소리는 어딘가 산만했다. "아, 샌드위치 만들어서 서랍장 위에 올려 뒀어. 보이지?"

나는 방 건너편을 봤다. 닉이 만든 칠면조 샌드위치가 보였다. 그것도 반으로 잘라 놓기까지 했다. "응. 고마워. 그냥 나는…."

그때 뒤에서 사람 목소리가 들렸다. 닉이 누군가와 이야기하는 것 같았는데, 손으로 수화기를 가렸는지 웅얼웅얼 들렸다. 다시 돌아왔을 때도 그는 여전히 정신이 없었다. "로지, 나 지금 가봐야 해. 나중에 보자."

내가 한마디라도 더 하기 전에 그는 전화를 끊어 버렸다.

◆

"로잘리, 지금 넌 마음이 딴 데 가 있어."

나는 눈을 깜빡이며 정신을 붙잡고 그레타를 바라봤다. 그녀는 침대 위에 앉아 음식을 담은 접시를 무릎에 올려 두고 있었다. 약속대로 내게도 한 접시를 건넸다.

그레타는 정말 훌륭한 요리사다. 어쩌면 나보다 더 나을지도 모른다. 적어도 닉보다는 훨씬 낫다. 닉의 '요리'라고 해 봐야 샌드위치, 파스타, 그리고 늘 너무 삶은 달걀 정도니까.

그런데 누가 뭘 가져다줘도, 나는 4분의 1도 못 먹는다. 그것도 아주 많이 먹어야 그 정도다. 요즘은 정말 입맛이 없다.

"미안해요." 나는 접시에 담긴 굴라쉬를 괜히 휘적거렸다. 지금까지 겨우 세 입 먹었다. "오늘은…, 별로 배가 안 고픈 것 같아요."

"무슨 일 있니?"

"아니요." 나는 물컵을 들고 크게 한 모금 들이켰다. 아까 창밖에서 본 닉과 그 눈부시게 예쁜 금발 여자가 머릿속에서 떠나질 않았다. "그런데…, 음, 지금 모텔에 손님이 있죠?"

그레타가 고개를 끄덕였다. "그래. 그렇더라. 며칠 전부터 있었어."

나는 머릿속에서 미친 듯이 맴도는 질문을 내뱉고 싶었다.

'닉이 그 여자랑 바람피우는 것 같아요?'

하지만 그 말을 입 밖으로 꺼낼 수가 없었다.

"…닉이 그 여자 방에 자주 들어가요?" 나는 결국 그렇게 에둘러 물었다.

그레타는 내 질문이 의외라는 듯한 표정을 지었다. 그레타는 닉을 정말 좋아하고, 닉을 언제나 좋은 쪽으로만 본다. 그녀에게 닉은 내 곁을 지키는 '백마 탄 왕자'다. 나와 닉이 결국엔 행복하게 살 거라고 확신한다. 세상 남자들이 다 자기 버니처럼 다정하다고 믿는 사람이다.

"음…," 그녀가 잠깐 뜸을 들이다 말했다. "그렇게 자주는 아니야."

"아…." 그 대답은 조금도 마음을 편하게 해 주지 못했다. 그레타가 뭘 알겠어? 내가 그 방 안을 더 자세히 볼 수만 있으면 아무 일도 없다는 걸 직접 확인하고 안심할 텐데.

"그레타." 내가 조심스럽게 입을 열었다. "혹시…, 쌍안경 있어요?"

그레타가 눈을 깜빡였다. "쌍안경?"

"있나 해서요…, 그레타 방에."

그녀는 고개를 갸웃했다. "아마 있을 거야. 분명 트렁크에 하나 있어. 오래되긴 했지만, 쌍안경은 유통기한이 없지."

"잠깐 빌려줄래요?"

"빌려 달라고?"

"네, 그게…," 나는 입가에 억지로 미소를 걸었다. 입술이 고무처럼 뻣뻣했다. "새 관찰이나 좀 해 보려고요. 그러면 시간도 잘 갈 것 같고."

그레타는 낭만적인 사람이기도 하고 늙기도 했지만, 멍청하진 않았다. 그녀는 내 어깨 너머로 창밖을 바라봤다. 그러더니 낯빛이 어두워졌다.

"아, 로잘리…."

"제발요, 그레타." 나는 굴라쉬가 담긴 접시를 서랍장 위에 툭 올려놓았다. "당신이 무슨 생각 하는지 알아요. 하지만 그런 게 아니에요. 그냥…, 그러면 제 마음이 좀 편해질 것 같아서 그래요."

"남편을 믿어야 해, 로잘리."

"하지만…."

"닉을 믿어. 그는 좋은 사람이야."

"저도 알아요. 저는 그냥…," 나는 숨을 한 번 크게 들이쉬었다. "하루 종일 여기 갇혀서 창밖만 보고 있잖아요. 모텔에서 무슨 일이 일어나는지 직접 볼 수 있으면 조금 기분이 나아질 것 같아요. 무슨 뜻인지 알죠?"

"그건 실수야."

나는 오른손을 꽉 쥐었다. "상관없어요."

잠시 침묵이 내려앉았다. 그레타는 포크로 굴라쉬를 괜히 휘적거렸다. 그녀도 입맛이 떨어진 모양이다. 나도, 닉도, 그리고 그레타도, 셋 다 지난 몇 년 사이 살이 빠졌다. 이상하게도 나는 사람들에게 그런 영향을 주는 것 같다.

"…빌려줄 거예요, 말 거예요?" 내가 마침내 입을 열었다.

그레타는 길게 한숨을 내쉬었다. "알았어. 트렁크를 뒤져 볼게."

그리고 그날 오후 늦게, 그레타는 먼지 쌓인 낡은 쌍안경을 내게 가져다줬다. 나는 닉이 그걸 우연히라도 발견하지 못하도록 맨 아래 서랍에 숨겨 뒀다. 쌍안경을 손에 쥐자마자 안도감이 확 밀려왔다. 솔직히 그레타가 정말로 빌려줄 거라고는 생각하지 않았다.

하지만 결국 그레타가 옳았다.

쌍안경을 빌린 건 엄청난 실수였다.

30

해가 완전히 지고도 닉은 아직 돌아오지 않았다.

하루 종일 휠체어에 앉아 있었더니 허리가 쑤셨다. 가끔은 끝까지 물리 치료를 거부한 내가 원망스럽다. 스스로 침대로 옮겨 가고 싶어도, 그럴 때마다 몸이 휘청거려서 금방이라도 넘어질 것 같았다. 결국 늘 닉이 옮겨 주기만을 기다려야 했다.

오후 대부분은 TV를 보고 있었지만, 결국 지겨워져 창가로 옮겼다. 지금은 달을 보고 있다. 오늘 밤은 보름달이다. 완벽히 둥근 달인데, 어두운 부분 때문에 꼭 사람 얼굴처럼 보인다. 하늘에 박힌 그 밝은 흰 점을 보고 있으면 이상하게 마음이 조금 가라앉는다.

그때 모텔 창문 하나에서 누군가 움직이는 게 눈에 들어왔다.

그 여자 방이다. 크리스티나.

이러면 안 되는 줄 아는데도, 나는 서랍장 맨 아래 서랍 깊숙이 숨겨 둔 쌍안경을 꺼냈다. 렌즈를 들여다보자, 마침내 크리스티나를 제대로 볼 수 있었다.

…예쁘다. 내가 멀쩡했을 때라면 나도 저 정도는 됐을지 모른다. 하지만 지금의 나는 아니다. 전혀. 달빛을 받아 반짝이는 긴 금발, 티셔츠 천을 팽팽히 당기는 가슴. 질투가 확 치밀어 올랐지만 애써 눌러 삼켰다. 닉을 믿어야 한다. 그는 나를 사랑한다.

그런데도 시선을 떼지 못하겠다. 크리스티나는 브러시를 집어 들고 윤기 나는 금발을 천천히 빗어 내렸다. 나는 무의식적으로 내 머리카락에 손이 갔다. 몇 년 사이 내 머리카락은 부서질 듯 푸석해졌다. 그녀는 거울 속 자기 모습을 보고 웃었다. 마음에 드는 모양이다.

저 여자가 자신을 꾸미는 모습을 보고 있자니, 내가 예쁘던 시절이 그리워진다. 어쩌면 닉 말이 맞는지도 모른다. 나는 침대에서 벗어나 밖으로 나가야 했을까. 머리를 빗고, 드레스를 입고….

드레스까지는 아니더라도 적어도 병병한 바지나 잠옷 말고 다른 걸 입고.

그때, 크리스티나가 뭔가에 이끌린 듯 고개를 들더니 문 쪽으로 걸어갔다. 문을 살짝 여는데….

닉이다.

내 남편이 왜 저 여자 방에 간 거지?

나는 쌍안경으로 그들을 계속 따라갔다. 심장이 미친 듯이 뛰었다. 둘은 그냥 얘기 중이다. 얘기 좀 하는 게 뭐가 문제야? …그렇긴 한데, 너무 가까이 서 있긴 하다. 그리고 이제 그녀가 닉의 어깨에 손을 올린다. 하지만 그 정도는…, 괜찮아. 그냥 대화일 뿐이야. 제발. 닉은 바람피울 사람이 아니다. 닉은 좋은 사람이야.

나는 렌즈 너머로 닉의 표정을 봤다. 웃고 있다. 그건…, 내가 정말 오랫동안 보지 못한 닉의 진짜 웃음이었다.

그다음엔 닉이 몸을 기울여서 그녀에게 입을 맞췄다.

가슴이 꺼지듯 내려앉았다. 내 남편이 다른 여자와 키스한다. 단순히 한 번 입술을 맞추는 키스가 아니다. 둘은 대놓고 진하게 키스했다. …이게 처음이 아니라는 건 딱 보면 안다.

나는 쌍안경이 마치 펄펄 끓기라도 하는 것처럼 손에서 떨어뜨렸다. 숨을 크게 들이쉬는데 손이 덜덜 떨렸다.

저 개자식.

진짜 개자식.

반드시 대가를 치르게 해 주겠어.

나는 다시 쌍안경을 집어 들었다. 다시 크리스티나의 창문을 들여다봤지만 둘은 보이지 않았다. 적어도 내 시야에서는 사라졌다.

그러니까 침대 위에 있다는 뜻이겠지.

죽여 버릴 거야.

한 시간쯤 지났을까, 현관문 자물쇠에 열쇠가 꽂히는 소리가 들렸다.

한 시간이나 지나서.

계단을 올라오는 발소리와 함께, 또다시 휘파람 소리가 들렸다. 관자놀이에서 핏줄이 꿈틀거렸다.

"로지, 나 왔어."

그가 침실로 들어오며 말했다. "별일 없었어?"

주먹으로 얼굴을 치고 싶은 충동이 치민다. 별일 없었냐고? 뻔히 알면서 묻고 있다. 내가 하루 종일 여기 앉아 있는 걸 알잖아.

그런데도 그런 질문을 해? 그리고 맞은편 모텔 방에서 다른 여자랑 섹스한 사람은 바로 너잖아.

"나가." 내가 말했다.

그가 그대로 굳었다. "뭐?"

"들었잖아." 나는 그의 눈을 똑바로 봤다. "끝이야. 당장 나가."

"로지⋯," 그의 눈이 방 안을 이리저리 훑었다. "왜 그래? 왜 이렇게 화가 난 거야?"

"진심이야?" 나는 토해내듯 말했다. "모텔 방에서 다른 여자랑 자고도 그런 소리가 나와?"

그의 입이 떡 벌어졌고 얼굴에서 피가 싹 가셨다. "너⋯"

"창문으로 다 봤어, 이 개자식아." 나는 팔짱을 꼈다. "나가. 다시는 보고 싶지 않아. 가서 네 애인이랑 자."

솔직한 탓인지, 그는 부정하지 않았다. "섹스는 안 했어. 키스만 했어. 그게 다야."

"아, 그게 다라고?"

"내 얘기 들어 봐, 로지." 그가 말했다. "우리⋯, 그러니까, 일 년이나 됐잖아⋯."

"맞아. 그러니까 우리 결혼은 끝이야. 이제 자유네. 축하해."

"로지⋯."

"나가라고 했어, 닉."

닉이 어떻게 반응할진 몰랐지만, 이건 아닐 거라고 생각했었다. 그의 눈에 눈물이 고였다. 나는 그가 우는 걸 한 번도 본 적이 없다. 아이를 잃었을 때도, 내 앞에서는 버텼다. 물론 몇 번 충혈된 눈으로 돌아온 적은 있었지만. 그런데 지금은⋯, 무너질 것 같이 보였다.

"로지." 그는 침대 옆에 앉아 떨리는 손으로 머리를 쓸어 올렸다. "제발 이러지 마. 난 널 사랑해. 내가 큰 실수를 했어. 제발…."

"미안해. 내 마음은 바뀌지 않아."

"하지만…," 그가 휠체어 발판 위에 올려진 내 다리를 내려다봤다. "그럼 넌 어떻게 할 거야?"

"내 일은 내가 알아서 해." 내가 말했다. "이젠 네 문제가 아니야."

닉이 나간 뒤, 내가 뭘 할지는 이미 정해 두었다. 욕실 약장 안에는 약이 아주 많다. 세면대를 잡고 몸을 일으켜 세우면 간신히 손에 닿을 수 있는 높이에 있다. 그걸 전부 먹을 거다.

다 끝내고서 편해질 거다.

"제발 이러지 마." 닉이 내 손을 잡았다. 나는 이번엔 뿌리치지 않았다. "로지, 사랑해. 정말 미안해. 제발…, 한 번만 기회를 줘."

나는 그의 갈색 눈을 들여다봤다. 거기엔 사랑밖에 없다. 동정이나 의무감 때문에 여기 있는 건 아닌 것 같다. 그는 정말로 나와 함께 있고 싶어 한다. 내가 그에게 어떻게 굴든, 여전히.

하지만 머릿속에는 계속 그 장면이 떠오른다. 다른 여자를 끌어안은 그의 팔. 그리고 그녀에게 키스하는 그. 그 순간만큼은 그는 전혀 나를 생각하지 않았다.

"미안해." 내가 말했다. "난…, 널 용서할 수 없어."

"제발, 로지." 그가 내 손을 꼭 쥐었다. "한 번만 기회를 줘. 제발…, 내가 바로잡게 해 줘. 내가…, 내가 바로잡을 수 있어. 맹세할게."

"닉."

"사랑해." 그의 오른쪽 눈에 눈물이 한 방울 맺혔지만, 그가 황급히 손등으로 훔쳐서 떨어지지는 않았다. "약속할게. 내가…, 내가 바로잡을 거야."

"나가."

그는 깊게 숨을 들이쉬었다. "알겠어. 나갈게. 일단은."

그래. 어차피 난 바로 죽을 테니까.

그가 침대를 힐끔 바라봤다. 지난 일 년 동안 우리는 서로 몸이 닿지 않게 나란히 누워 잤다. "침대 올라가는 거 도와줄까?"

"아니." 나는 차갑게 말했다. "내가 할 수 있어."

그는 못 믿겠다는 얼굴이었지만, 결국 일어섰다. 가능하다면 나도 일어서서 등을 돌리고 싶었지만, 지금의 나는 그렇게 할 수 없었다. 그는 마지막으로 나를 한 번 더 바라본 뒤 조용히 방을 나갔다. 문도 세게 닫지 않고, 아주 살며시 닫았다.

문득, 오래전 그 축제에서 그 점쟁이가 했던 예언이 이런 뜻이었나 싶었다. 닉은 결과적으로는 나를 죽인 거나 다름없다. 본인도 모르는 사이에.

나는 당장 계획을 실행할까 잠깐 고민했다. 모든 게 너무 지겹고 지쳤다. 그냥 끝내 버리면 편할 텐데.

하지만 닉이 금방 다시 돌아와 나를 구해 버릴지도 모른다. 그리고 내가 뭘 하려 했는지 그가 알게 되면 날 정신 병동에 넣어 버릴 거다. 마치 내 처지에서 죽으려는 게 미친 짓이기라도 한 것처럼.

결국 나는 너무 피곤해서 실행조차 못 한다. 정말 말 그대로, 죽을 힘도 없을 정도로 피곤하다.

대신 침대로 옮겨 가 보려고 했다. 전에 몇 번 해 본 적은 있었다. 하지만 대부분 닉이 근처에 있을 때였다. 헬러 박사는 내가 혼자서도 할 수 있어야 한다고 설득했지만, 나는 물리 치료를 꾸준히 받으러 다닐 만큼의 의욕을 내지 못했다. 이제 그 대가를 치르는 중이다. 나는 침대 위에 한쪽 팔을 올려 몸을 지탱하고, 다른 손으로는 휠체어 팔걸이를 붙잡았다. 그 상태에서 몸을 조금씩 침대로 옮기려 했다.

그러다가 넘어지게 되더라도 놀랄만한 일은 아니다. 그런데도, 막상 그 순간이 오면 여전히 놀라곤 한다.

나는 휠체어 앞쪽으로 그대로 쏟아지듯이 바닥에 떨어졌다. 바닥에 부딪힐 때의 충격이 오른쪽 엉덩이를 날카롭게 찔렀고, 휠체어는 옆으로 넘어졌다. 게다가 숨까지 턱 막혔다. 한동안 나는 그저 멍하니 앉아 있었다.

이제 어떡하지? 나는 침실 바닥에 누워 있다. 휠체어로 돌아갈 수도, 침대에 올라갈 수도 없다. 다음에 뭘 해야 할지 감이 오지 않았다. 휴대폰까지 기어가? 911에 전화해?

차라리 계획대로 약을 먹었으면 좋았을 텐데. 다 게으른 내 잘못이다.

나는 바닥에 이마를 대고 울기 시작했다. 내 삶이 이렇게 된 게 너무 끔찍하다. 나는 원래 모든 걸 가지고 있었다. 나를 사랑해 주는 믿음직하고 섹시한 남편, 꿈꾸던 레스토랑, 뱃속의 아기.

그런데 단 3년 만에…, 전부 잃었다.

바닥이 나를 그냥 삼켜 버렸으면 좋겠다.

잠시 울음을 삼키고 있는데, 문에서 아주 작은 노크 소리가 들렸다. 처음에는 내가 환청을 듣는 줄 알았다. 하지만 곧 목소리가 들렸다. "로지?"

닉이다.

그에게 꺼지라고 소리치고 싶었다. 하지만 그보다 더 이 바닥에서 벗어나고 싶었다. "…들어와."

그는 문을 열었고, 벌겋게 충혈된 눈과 젖은 얼굴을 하고 바닥에 쓰러져 있는 나를 발견했다.

"로지…" 그가 낮게 중얼거렸다.

눈물이 뺨을 타고 흘러내렸다. "닉…."

그가 내 곁으로 와서 몸을 굽혔다. 그리고 아주, 아주 조심스럽게 바닥에 주저앉아 있는 나를 들어 올렸다. 그는 나를 침대 위에 천천히 내려놓았고, 이내 내 옆으로 와서 누웠다. 내 눈을 들여다보며, 내 젖은 머리카락을 얼굴 뒤로 쓸어 넘겼다. 그러고는 아주 천천히, 아주 부드럽게, 입술을 가져와 내 입술 위에 포갰다.

우리는 거의 일 년 만에 사랑을 나눴다. 나는 닉의 품 안에서 웅크린 채 잠이 들었다.

31

나는 한밤중에 잠에서 깼고, 닉이 옆에 없는 걸 알아차렸다.

나는 눈을 비비며 우리 침대 옆에 놓인 시계에 초점을 맞췄다. 새벽 세 시가 지나고 있었다. 욕실에 있나 싶어서 귀를 기울였지만 물 흐르는 소리는 들리지 않았다. 집 안은 고요했다.

"닉?" 나는 조심스럽게 불러 봤다.

대답은 없었다.

속이 울렁거렸다. 어젯밤, 나는 우리가 다시 이어졌다고 생각했다. 하지만 내가 착각한 걸지도 모른다. 그에게는 실망스러운 밤이었고, 그래서 자신은 그 여자를 더 원한다는 걸 깨달았을지도 모른다. 어쩌면 그는 지금 그 여자와 함께 있는 걸지도….

생각을 멈추기도 전에, 나는 침대 옆 서랍을 더듬었다. 손끝이 차가운 금속에 닿았다. 쌍안경이다. 나는 서랍에서 쌍안경을 꺼냈다. 창문과 가까워서 침대 위에서도 모텔이 잘 보였다. 크리스티나의 방도.

지난 저녁에 닉이 그 여자와 키스하는 걸 본 바로 그 방에 초점을 맞췄다. 하지만 아무것도 보이지 않았다. 방 안은 캄캄했다.

젠장.

나는 몸을 약간 일으켜 베개에 기대고, 어떻게든 더 보려고 했다. 그리고 그때, 모텔 뒤쪽에서 움직임이 보였다. 쓰레기통 근처였다.

닉이다.

저기서 뭘 하는 거지?

나는 최대한 그의 얼굴에 초점을 맞췄다. 그는 웃고 있지 않았다. 닉은 검은 쓰레기봉투 하나를 쓰레기통에 던져 넣고, 손등으로 이마의 땀을 훔쳤다. 한 걸음 물러서서 쓰레기통을 잠시 바라본다. 그는 바지에 손을 문지르더니, 우리 집 쪽으로 돌아서서 걷기 시작했다.

새벽 세 시에, 저기서 대체 뭘 한 거야?

닉의 모습이 시야에서 사라지자마자, 나는 서랍을 확 잡아당겨 쌍안경을 던져 넣었다. 심장이 미친 듯이 뛰었다. 문밖 계단에서 들려오는 그의 발소리가 점점 가까워졌다. 잠시 뒤, 침실 문 앞에 닉의 실루엣이 나타났다.

그는 가장 먼저 욕실로 갔다. 그는 적어도 2분 동안 손을 씻었다. 손 씻는 시간은 '생일 축하 노래'를 부를 만큼이면 충분하다고들 하지만, 그는 그보다 훨씬 오래 씻었다. 마침내 욕실에서 나온 그는 청바지와 티셔츠를 벗고, 나를 깨우지 않으려는 듯 조심스럽게 내 옆에 미끄러지듯 누웠다.

하지만 미안하게도, 나는 이미 완전히 깨어 있었다.

"닉?" 나는 속삭였다.

내 옆에서 그가 숨을 들이마시는 소리가 들렸다. "아. 깨어 있는 줄 몰랐어."

나는 그가 방금 어디에 있었는지 설명해 주길 기다렸다. 하지만 그는 아무 말도 하지 않았다. 그래서 내가 물었다. "어디 갔다 왔어?"

"그냥…," 그가 내 옆에서 몸을 조금 옮겼다. "바람 좀 쐬고 싶어서."

그는 나에게 거짓말을 했다. 단순히 바람을 쐰 게 아니었다. 모텔 뒤쪽에서 뭔가를 하고 있었다. 그런데…, 왜 거짓말을 한 거지?

닉이 팔을 뻗어 나를 끌어안았다. 그는 내 몸을 자기 쪽으로 바짝 당겼다. "깨워서 미안해. 다시 자."

나는 눈을 감았지만, 다시 잠드는 데에는 한참이 걸렸다.

다음 날 아침, 닉이 나를 휠체어에 앉혀 주는데 창밖이 소란스러웠다. 나는 거의 반사적으로 쌍안경을 찾을 뻔했지만, 닉이 곁에 있을 때 꺼낼 수는 없다. 게다가 굳이 쌍안경이 필요하지도 않았다. 창밖 바로 앞에 쓰레기 수거차가 서 있었기 때문이다.

나는 시선을 쓰레기차에 못 박은 채로 지켜봤다. 트럭은 모텔 옆으로 돌아갔다. 쓰레기통 안의 내용물이 통째로 트럭 안으로 쏟아져 들어가는 걸 나는 끝까지 보았다. 두어 시간만 지나면 그 안에 든 게 뭐였든 지역 매립지에 도착하겠지.

"오늘이 쓰레기 수거일인 줄 깜빡했네." 내가 말했다.

닉이 눈썹을 치켜올렸다. "그래, 늘 월요일이었잖아. 그런지 꽤…," 그는 말을 흐렸다. "아무튼 그래. 월요일 아침 일찍 수거하러 와."

그리고 새벽 세 시에 그가 쓰레기통에 버린 것도 이제는 사라졌다. 그는 그걸 지켜본 거다.

그는 침실을 나서기 전에, 평상시처럼 이마에 가볍게 입을 맞추는 대신 몸을 숙여 내 입술에 긴 키스를 했다. 모든 걸 알면서도, 나는 여전히 그에게 끌렸다. 어쩌면 내가 완전히 죽은 건 아닌지도 모른다. 아이러니하게도, 그가 다른 여자와 키스한 일이 우리 결혼에 다시 숨을 불어넣은 건지도 모르겠다.

그래도 오늘은 크리스티나의 방을 계속 지켜볼 생각이다.

"오늘 밤엔 우리 둘이서 근사한 저녁 어때?" 닉이 말했다.

나는 웃었다. "당신 요리는 형편없잖아."

"로지!" 그는 가슴을 부여잡으며 우스꽝스럽게 상처받은 표정을 지었다. "그럼 그레타한테 부탁할까? 그 사람이 만든 요리 좋아하잖아." 그가 잠시 멈췄다. "아니면 밖에 나가서 먹어도 되고."

밖으로 나간다는 생각만으로도 누군가 내 가슴을 꽉 쥐어짜는 기분이 들었다. 요즘 내가 가는 곳이라곤 병원뿐이다. "그레타한테 부탁하자."

다행히도 닉은 더 밀어붙이지 않았다. "알겠어."

그는 한 번 더 내게 키스한 뒤 모텔로 향했다. 나는 창문 밖으로 그가 집에서 나가 모텔 현관까지 걸어가는 걸 지켜봤다. 그가 안으로 완전히 들어간 뒤에야 나는 쌍안경을 집어 들었다.

나는 크리스티나의 방에 초점을 맞췄다. 그가 그 여자 방으로 가서 두 사람 관계는 끝났다고 말할 가능성도 있었다. 그는 내가 여기서 그 방이 보인다는 걸 안다. 다만 쌍안경의 존재를 모를 뿐이다. 분명 조심하겠지.

하지만 방은 여전히 캄캄했다.

나는 시계를 봤다. 닉은 보통 아침 시간이 지나서 모텔로 가는데, 벌써 열 시가 다 되어 갔다. 이때쯤이면 그녀도 일어나 있어야 하는 거 아닌가? 아니면 체크아웃을 했거나, 어딘가 나갔거나.

하지만 아니다. 주차장에는 여전히 그녀의 닛산이 서 있다. 근처에 걸어서 갈 만한 곳도 없다.

크리스티나는 아직 모텔에 있다.

그런데 왜, 그녀의 방은 아직 캄캄한 걸까?

닉이 그레타의 스튜가 담긴 커다란 플라스틱 통을 들고 모텔을 나온 건 저녁 일곱 시가 조금 지난 뒤였다.

나는 하루 종일 크리스티나의 방에서 시선을 떼지 않았다. 하지만 불이 켜지는 걸 한 번도 못 봤다. 방 안에서 움직이는 기척도 없었다. 내가 보기에 그 방에는 아무도 없다.

그런데도 그녀의 차는 여전히 주차장에 있다.

현관문이 쾅 닫히는 소리가 들렸고, 이어서 계단을 올라오는 닉의 발소리가 들리자 나는 다시 쌍안경을 숨겼다. 뱃속 깊은 곳에서 두려움을 느꼈다. 남편과 함께한 긴 시간 동안 나는 그에게 참 많은 감정을 느꼈지만, '두려움'은 처음이었다.

침실 문은 좀 뻑뻑해서 여는 데 몇 초가 걸렸다. 그리고 마침내 문이 열리자, 닉은 거의 들이닥치듯이 침실로 들어왔다. 입이 찢어질 듯한 커다란 웃음. 그는 플라스틱 통을 높이 들어 보였다. 위에는 접시 두 장이 얹혀 있었다.

"저녁 먹자!" 그가 선언하듯 말했다.

나는 억지로 미소를 지어 보였다. "아. 좋네."

"여기서 먹을래?" 그가 서랍장 위에 플라스틱 통을 내려놓았다. "아니면 아래로 내려가서 식탁에서 먹어도 되고. 우리 식탁에서 밥 먹은 지 진짜 오래됐잖아. 내가 안아서…."

"크리스티나한테 나가라고 했어?" 나는 그의 말을 끊었다. 머릿속에는 그 생각밖에 없었다.

"미안." 그의 목에는 붉은 점들이 생겨나 있었다. "아니, 못 했어. 말하려고 했는데, 몇 번 가서 문을 두드려도 대답이 없더라."

"그렇구나…." 나는 셔츠 소매를 당겼다. "그래도 아직 모텔에는 있는 거지?"

"응, 그렇지. 그게, 차가 아직 있잖아."

"그래…."

그는 머리를 쓸어올리며 한숨을 내쉬었다. "오늘 정말로 그 여자와 같이 있지 않았어. 너한테 맹세해. 한 번만 더, 모텔에서 나가 달라고 말하러 딱 한 번만 더 볼 거야. 그게 끝이야."

그를 믿고 싶다. 하지만 그 여자는 어디 있는 거지?

그리고 닉은 새벽 세 시에 대체 뭘 한 거지?

그는 내 옆으로 와서 침대에 앉았다. 내 손을 향해 손을 뻗었고, 나는 그가 내 손을 꼭 쥐도록 내버려 뒀다. "나 믿지? 로지?"

그에게 달리 뭐라고 말할 수 있을까. "응."

32

다음 날 아침, 나는 늘 그렇듯 창가, 그러니까 내가 영원히 틀어 박혀 있을 그 자리에 앉아 있었다. 그때 모텔 주차장으로 경찰차 들이 들어오는 게 보였다. 한 대가 아니었다. 경찰차'들'. 여러 대였 다. 게다가 구급차까지 한 대 왔다.

두려움이 배를 쿡쿡 찔렀다. 설마 그레타가? 그녀는 이제 늙었 다. 넘어져서 엉덩이뼈가 부러지기라도 한 걸까?

그런데 왜 경찰차가?

나는 서랍에서 쌍안경을 꺼내 창밖을 들여다봤다. 사실 쌍안경 이 없어도 그 정도 거리는 충분히 보였다. 경찰들이 차에서 내리 더니, 곧장 모텔 입구로 향하고 있었다. 방을 잡으러 온 건 당연히 아닐 것이다.

나는 휴대폰을 움켜쥐고 닉에게 전화를 걸었다. 곧장 음성 사서 함으로 연결됐다. 두 번째도 그랬다. 몇 번을 더 시도한 끝에, 마침내 그가 받았다.

"지금은 통화 못 해, 로지." 그의 목소리는 낮고 진지했다. "모텔에 경찰이 왔어."

"왜? 무슨 일이야?" 수화기 반대편에서 침묵이 끝없이 이어졌다. 그리고 마침내, 그가 말했다. "크리스티나가 죽었어."

"죽었다고? 무슨 소리야?"

배경에서 웅성거리는 소리가 희미하게 들렸다. "가야 해. 나중에 얘기할게."

그 말만 남기고 그는 전화를 끊었다.

나는 다시 걸었다. 또 걸었다. 하지만 닉이 휴대폰을 꺼 버린 모양인지, 모든 통화가 음성 사서함으로 연결됐다. 나는 다시 쌍안경을 집어 들고 크리스티나의 방을 보았다. 이제 경찰들이 그 방 안에 있었고, 닉도 같이 있었다. 뭔가 이야기를 나누고 있었다. 닉에게 수갑을 채우는 것 같이 보이지는 않았다. 그건 좋은 신호다.

하지만 크리스티나에게 무슨 일이 있었던 거지? 정말 죽었다면, 평범하게 죽었을 가능성이 얼마나 될까? 그녀는 겨우 이십 대였다. 그 나이에 사람이 그냥 이유 없이 쓰러져 죽지는 않는다.

나는 오전 내내 지켜봤다. 중간중간 휴대폰을 뒤적이며, 그녀의 죽음에 관한 뉴스가 올라왔는지 찾아보기도 했다. 하지만 나는 그녀의 성도 모른다.

이윽고, 들것이 밖으로 나왔다. 그 위에는 시트에 덮인 시신이 실려 있었다.

그러니까 사실이다. 크리스티나는 죽었다.

이틀 전 밤, 내 남편이 키스하던 그 여자가 죽었다.

이제 모텔 밖에서는 경찰 한 명이 닉과 이야기를 나누고 있었다. 나는 쌍안경을 서랍 안으로 밀어 넣고 창문을 확 열어젖혔지만, 거리가 있어 무슨 말을 하는지는 들리지 않았다. 그러다 닉이 우리 집을 가리켰다. 경찰이 고개를 끄덕였다. 둘은 우리 집 현관을 향해 걸어오기 시작했다.

나는 손가락으로 머리카락을 빗으며 마음의 준비를 했다. 나는 티셔츠에 벙벙한 바지 차림이었다. 요즘 늘 이런 차림이다. 그래도 옷은 깨끗했다. 어제 아침에 샤워도 했다. 다만 머리카락은 여전히 축 처지고 기름진 느낌이 남아 있었다.

잠시 후, 침실 문에서 노크 소리가 들렸다. "네…?" 내 목소리가 갈라졌다. "들어오세요."

문이 열리고 닉과 경찰관이 들어왔다. 그 경찰관은 닉과 비슷한 키였고, 검은 머리에 위압적인 검은 눈을 하고 있었다. 나는 숨이 막힐 만큼 무서웠다.

"제 아내 로잘리예요." 닉이 말했다.

경찰관의 시선이 내 몸을 훑고 지나갔다. 그는 다시 닉을 바라봤다. "이분이 부인이시라고요?"

닉이 그를 노려봤다. "네. 방금 그렇게 말했잖습니까."

경찰관이 믿지 못하는 것도 무리는 아니다. 한때 나는 아름다웠다. 하지만 지금은 아니다. 어떤 기준으로 봐도 그렇다. 요즘 나는 거울을 피한다. 거울을 들여다보면 낯선 사람이 나를 바라보고 있기 때문이다. 늘 눈 밑에는 짙은 다크서클이 깔려 있고, 볼은 움푹 꺼져서 실제 내 나이보다 열 살은 더 들어 보인다. 풍성하고 윤기 나던 짙은 갈색 머리도 이제는 생기를 잃었다. 하지만 닉은 여전히 잘생겼고, 이 경찰관은 아마 닉 같은 남자가 왜 나 같은 여자와 함께 사는지 궁금해하고 있을 것이다.

그것만으로도 꽤 수상해 보이겠지.

"백스터 부인." 경찰관이 말했다. "형사인 에스포지토라고 합니다. 밖에서 무슨 일이 있었는지 얼마나 들으셨는지는 모르겠지만…"

나는 입술을 깨물었다. "남편이 투숙객 한 분이 돌아가셨다고 하던데요?"

"정확히 말하면, 살해당한 것으로 보입니다." 에스포지토가 말했다. 배가 쑥 꺼지는 느낌이 들었다. 역시 내 예감이 맞았다. "가슴을 칼로 찔렸어요."

나는 고개를 돌려 닉을 보았다. 그는 운동화를 내려다보고 있었고 얼굴은 창백했다.

"부인께 몇 가지 질문을 드려도 될까요?" 에스포지토가 말했다.

"물론이죠." 나는 간신히 답했다.

닉이 가만히 있자, 형사가 그를 노려봤다. "백스터 씨, 제가 부인과 이야기하는 동안 잠시 밖에서 기다려 주시겠습니까?"

닉은 금방이라도 토할 것처럼 보였다. 그는 고개를 끄덕였다. "알겠어요. 로지, 혹시 뭐 필요하면…"

"괜찮을 겁니다." 에스포지토가 퉁명스럽게 닉의 말을 끊었다. "그냥 얘기 좀 나눌 뿐이에요."

남편이 방을 나가 문을 닫는 순간까지, 내 머릿속은 미친 듯이 돌아가고 있었다. 나는 그 무시무시한 형사와 단둘이 남았다. 고개를 들어 그를 바라봤다.

"백스터 부인, 지금 기분은 어떠세요?" 그가 물었다.

"괜찮아요." 나는 간신히 대답했다.

"모텔에 대해 몇 가지만 여쭙겠습니다. 주로 남편분이 운영을 맡고 계시죠?"

나는 고개를 끄덕였다. "네. 저는…, 예전처럼 움직일 수가 없어서요."

"남편분 말로는 다발성 경화증이 있고, 전혀 걷지 못하신다고 하던데요. 맞습니까?"

그가 너무 거칠게 표현해서 나는 움찔했다. "네."

"마지막으로 모텔 안에 들어가신 게 언제죠?"

"꽤…, 오래됐어요."

"며칠? 몇 주? 몇 달?"

"적어도 일 년은 됐어요." 나는 사실대로 말했다.

그는 내 어깨 너머로 창밖의 모텔을 바라봤다. "여기서 모텔이 꽤 잘 보이네요."

"네. 그런 것 같네요."

"지난 이틀 동안 수상한 걸 보신 적은 없습니까?" 그는 서랍장 위를 손가락으로 톡톡 두드렸다. "낯선 사람이 드나들었다든지요."

"없어요."

"정말로요? 뭐라도 좋습니다."

나는 잠깐 눈을 감았다. 한밤중에 남편이 쓰레기통에 무언가를 버리던 장면이 떠올랐다. 나는 다시 눈을 뜨고 그를 똑바로 바라봤다.

"기억에 남는 건 없어요."

그는 고개를 살짝 기울였다. "크리스티나 마시라는 여자를 직접 만난 적은 있습니까?"

크리스티나 마시. 그게 그 여자의 이름이다. 나는 고개를 저었다.

"남편분이 그녀와 가깝게 지냈었나요?"

심장이 너무 빨리 뛰어서 어지러울 지경이었다. "저는…, 몰라요. 아닌 것 같은데요."

에스포지토 형사의 검은 눈썹이 가운데로 모였다. "남편분과의 관계는 어떻습니까?"

"남편과의 관계요? 무슨 말씀이세요? 남편은…, 제 남편인데요."

"결혼하신 지는 얼마나 됐죠?"

"칠 년이요."

"그러면 남편분이 부인을 '돌보시는' 겁니까?"

나는 눈을 가늘게 떴다. "네. 그러니까…, 어느 정도는요."

"남편분 말로는 옷 입는 것, 샤워하는 것, 침대에 오르내리는 것까지 도와준다고 하더군요. 식사도 챙겨 주고요. 맞습니까?"

닉이 이 형사와 어떤 대화를 했을지 상상하자 속이 메스꺼워졌다. "네…, 어느 정도는…."

"그렇다면 사실상 남편분은 남편이라기보다 보호자에 가깝다는 말이군요."

나는 눈을 치켜떴다. "지금 무슨 말씀을 하시는 거죠?"

"백스터 부인, 저는 단지 부부 관계를 정확히 파악하려는 겁니다."

나는 그가 암시하는 것이 너무나도 싫었다. 더 끔찍한 건, 그가 틀리지 않았다는 사실이었다. 닉과 내가 하룻밤 동안 다시 이어졌다고 해도, 모든 게 예전으로 돌아온 건 아니다. 예전과는 전혀 다르다. 앞으로도 절대 그때처럼은 될 수 없다.

"백스터 부인." 그가 말했다. "이 질문은 꼭 드려야 합니다. 그리고 진실을 말씀해 주셨으면 합니다."

가슴이 내려앉았다. "네…"

"남편분이 크리스티나 마시와 불륜 관계였습니까?"

"아니요." 나는 말했지만, 거짓말이 목에 걸렸다.

"정말 확신하십니까?"

"네."

나는 휠체어에서 자세를 바로잡으려 했는데, 그 순간 오른쪽 다리에 경련이 일었다. 나는 두 손으로 다리를 붙잡아 펄떡거리는 걸 가라앉히려 했다. 척수에 생긴 병변 때문에 내 다리는 가끔 제멋대로 움직인다. 나는 그걸 통제할 수 없다. 다리를 진정시키고 다시 고정하는 데 거의 1분은 걸렸다. 고개를 들자, 형사의 눈빛에는 연민이 담겨 있었다.

"괜찮으십니까, 백스터 부인?"

나는 침을 삼켰다. "네. 괜찮아요. 질문에는 다 답한 것 같은데요."

그는 잠시 망설이다가, 마침내 고개를 끄덕였다. "그럼 아래로 내려가 남편분과 다시 이야기하겠습니다."

형사가 침실을 나간 뒤, 나는 창문 밖에서 다시 그를 봤다. 그는 닉과 얘기하고 있었다. 여기서도 닉이 몹시 동요한 게 보였다. 나는 형사가 남편에게 수갑을 채울 거라고 예상했지만 그러지 않았다.

경찰차들은 한참 동안 머물다가 결국 하나둘 떠났다. 닉이 손에 접시를 들고 침실 문을 두드린 건 오후 한 시가 거의 다 되어서였다. 내 점심. 그는 매일 내게 점심을 가져다준다.

"괜찮아?" 그가 물었다.

"별로." 내가 말했다. "당신은?"

"나도." 그는 침대 위에 털썩 앉아 접시를 옆에 내려놓았다. "로지, 혹시…."

나는 아무 말도 하지 않으려고 했다. 죽는 날까지 입을 다물 생각이었다. 하지만…, 더는 못 참겠다. 그에게 말해야 한다. "나, 봤어."

"봤다고…?"

"쓰레기통 앞에 있었잖아." 내가 말했다. "이틀 전 밤, 한밤중에. 새벽 세 시에 거기서 뭐 하고 있었어?"

닉의 잘생긴 얼굴에 공포가 번졌다. "쓰레기 버리러 나간 거였어."

"새벽 세 시에? 내가 바보로 보여?"

"진짜야." 그는 티셔츠 끝자락을 잡아당기며 만지작거렸다. 손이 떨리고 있었다. "로지, 내가…, 그날 그 일 때문에 정신이 없었잖아. 그래서 쓰레기 내놓는 걸 깜빡했어. 수거차가 아침 일찍 오니까, 그때 내놓지 않으면 놓칠까 봐…."

그는 내 눈을 똑바로 바라보며 말하고 있었다. 정말 그게 진실일까? 새벽 세 시에 단지 쓰레기를 버리러 나갔던 걸까?

"그런데 왜 나한텐 바람 쐬러 나갔다 왔다고 했었어?" 내가 말했다. "거짓말했잖아."

"알아." 그는 무릎을 두 손으로 꽉 눌렀다. "너한테 거짓말했어. 근데⋯, 내가 왜 제시간에 쓰레기를 못 버렸는지, 그때 내가 무슨 짓을 하고 있었는지, 네가 다시 떠올리게 만들고 싶지 않았어. 그래서 그냥⋯, 그렇게 말했어."

나는 뭐라 대답해야 할지 몰랐다. 믿어야 할까? 모르겠다.

그는 고개를 저었다. "네가 보기엔 내가 뭘 버렸을 것 같아?"

"몰라." 내가 말했다. "네가 입고 있던 피 묻은 옷 같은 거."

그가 숨을 날카롭게 들이마셨다. "로지⋯."

"당신이 물었잖아."

"내가 죽인 게 아니야." 그의 목소리는 목에 걸린 것처럼 잠겨 있었다. "너한테 맹세해. 난 그런 짓 절대 못 해. 경찰은 내가 했다고 생각하지만⋯," 그는 두 손으로 얼굴을 감쌌다. "젠장⋯, 완전 엉망진창이야."

"닉."

그는 얼굴을 들어 나를 바라봤다. "로지, 제발⋯, 날 믿는다고 말해 줘. 내가 죽였다고 생각하지 않는다고 말해 줘."

그날 밤, 닉은 내게 반드시 잘못을 바로잡겠다고 말했다. 맹세까지 했다. 그리고 새벽 세 시에 모텔 주변을 어슬렁거렸다. 다음 날 아침, 그 여자는 죽어 있었다. 칼에 찔려서. 게다가 닉은 그녀의 방 열쇠를 가진 유일한 사람이었다.

"믿어." 나는 거짓말했다.

축제에서 만난 점쟁이는 옳았다.

내 남편은 살인자다. 그리고⋯, 그건 전부 나 때문이었다.

33

흩날리는 눈발과 어둠 너머로도, 그녀가 얼마나 매력적인지 보였다.

그녀는 금발이었다. 크리스티나 마시도 그랬다. 그녀는 짐을 끌어안은 채, 차에서 모텔 현관까지 얼어붙을 듯한 차가운 비를 맞으며 종종걸음으로 걸어갔다. 나는 침실 창가의 내 고정석에서 그 모습을 지켜보며 제발 뒤돌아보라고 마음속으로 빌었다. 하지만 그녀는 뒤돌아보지 않았다. 그대로 문을 밀어 열고 안으로 들어갔다.

그녀는 아마 이 모텔의 지저분한 과거를 모를 것이다. 우리는 꽤 악명이 높다. 사람들은 우리를 '살인 모텔'이라고 불렀다.

크리스티나 마시가 201호에서 살해된 채 발견된 지 벌써 2년이

지났다. 한동안 나는 닉이 수갑을 차고 끌려갈 거라 확신했다. 하지만 결국 경찰은 그를 체포하지 않았다. 다행이라면 다행이다. 우리는 이미 빈털터리였고, 변변한 변호사조차 살 여유가 없었으니까. 하지만 인터넷에서 사람들이 내린 '결론'은 하나였다. 닉이 그녀를 죽였다는 것.

우리 가족조차 닉을 살인자라고 생각했다. 일이 터지고 일주일쯤 지났을 때, 엄마가 전화를 했다.

"로잘리, 집으로 와. 그 남자랑 같이 있으면 안 돼."

엄마는 늘 나를 '로잘리'라고 불렀다. 모두가 나를 '로잘리'라고 불렀다. 오직 닉만이 나를 '로지'라고 불렀다.

"난 내 남편을 떠나지 않아." 내가 말했다.

"네 남편은 바람을 피우고 그 여자애를 죽였어. 두고 봐. 다음은 너야."

"엄마!"

그래도 놀랍지는 않았다. 엄마는 내가 하는 일이라면 뭐 하나 지지해 준 적이 없었다. 닉과의 결혼도 마찬가지였다. 내가 그를 사랑한다는 사실은 중요하지 않았다. 엄마는 내가 더 나은 사람을 만날 수 있다고 생각했다. …이젠 불가능하다. 닉이 없으면 나는 남은 평생을 혼자 살아야 한다.

닉은 돈을 벌기 위해 할 수 있는 건 다 하고 있다. 온라인으로 웹 디자인 강의도 몇 개 들었고, 지금은 프리랜서 일을 부업으로 하며 우리가 완전히 망하지 않게 애쓰고 있다. 그는 모텔을 팔 생각도 했었지만, 크리스티나가 여기서 죽고 난 뒤로는 그냥 누가 가져가라고 해도 안 가져갈 판이다. 돈을 주고 떠넘겨도 모자랄 정도다.

닉은 보통 프리랜서 일을 모텔 프런트에서 한다. 컴퓨터가 거기 있다. 절대 이 집에서는 하지 않는다. 이제 그는 나와 함께 있으려 하지 않는다. 탓하기도 어렵다. 크리스티나 사건 이후, 우리 관계는 마치 그게 가능하기라도 했던 것처럼 더 망가졌다. 우리는 이제 서로에게 두 마디도 제대로 하지 않는다. 그녀가 죽은 뒤로 우리는 단 한 번도 사랑을 나누지 않았다.

가끔은, 앞으로 다시는 그러지 못할 것 같다는 생각이 든다.

모텔 2층에서 움직임이 보였다. 그리고 203호에 불이 켜졌다. 닉이 투숙객을 위한 방을 골랐다.

나는 내 쌍안경을 꺼냈다.

닉은 아직도 내가 쌍안경을 갖고 있다는 걸 모른다. 그리고 그걸로 모텔을 찾은 손님들을 훔쳐본다는 사실도. 그가 알면 분명 미쳐 날뛸 것이다. 나는 나 나름대로 자제하려고 애써 왔다. 그래서 늘 염탐하는 건 아니다. 대부분의 시간 동안 쌍안경은 서랍 깊숙이 처박혀 있다. 다만 가끔, 꺼내야 할 '긴급 상황'이 있다.

매력적인 여자가 모텔 현관 앞에 나타나는 건 충분히 '긴급 상황'이다. 솔직히 말해서, 내 남편 스스로가 자신이 믿을 수 없는 사람이라는 걸 증명해 왔는데, 그게 내 잘못은 아니잖아.

가끔 쌍안경으로 모텔을 들여다보고 있으면, 내 인생이 이렇게 된 게 견딜 수 없이 역겹게 느껴진다. 2년 전 그 밤, 닉은 내가 욕실 약장에 있는 약을 몽땅 삼키기 전에 나를 막았다. 하지만 사실…, 나는 아직도 그 생각을 자주 한다. 다만 이제는 너무 늦었을 뿐이다. 이제 나는 세면대를 붙잡더라도 혼자 일어설 수 없고, 약들은 내 손이 닿지 않는 너무 높은 곳에 있다.

그래서 그냥 살아간다. 선택이 아니라, 관성으로.

나는 쌍안경을 눈에 대고 203호를 들여다봤다. 가까이서 보니 그녀는 정말 예쁘다. 아마도 이십 대 후반쯤. 그리고 금발이다. 크리스티나보다 조금 마른 편이지만, 그래도 충분히 매력적이다. 그녀는 방 안을 이리저리 오가고 있었다. 불안해 보인다.

혹시 곤란한 상황에 처한 걸까? 눈보라 속에서 이런 허름한 모텔로 들어오기까지 했으니 말이다.

아니면…, 문제를 일으키러 온 걸지도 모른다.

그녀는 잠시 멈칫하더니, 방문 쪽으로 걸어가 확 열어젖혔다. 문 앞에는 닉이 서 있었다. 손에 접시 하나를 들고.

세상에, 정말 친절하기도 하지. 잘생기고 상냥한 모텔 주인이 투숙객을 위해 저녁까지 가져다주다니. 분명 돈도 안 받았겠지. 우리가 그런 여유가 있는 것도 아닌데. 그녀가 그 모습에 반하지 않을 리 없다.

나는 그들이 잠시 대화를 나누는 모습을 지켜봤다. 무슨 말을 하는지 들을 수 있다면 좋겠다고 생각하면서. 하지만 내게 그보다 더 간절한 건, 내 남편을 다시 믿을 수 있게 되는 것이다.

이제 나는 그럴 수가 없다.

34

그날 아침

닉이 옷장 안을 뒤적이고 있었다. 나는 휠체어를 돌려 그를 바라보며, 대체 뭘 찾는 건지 알아내려 했다.

"뭐 해?"

"네 부츠 좀 빌려야겠어."

"내 부츠?"

"손님 차 파내는 거 도와주려고. 그 여자, 부츠가 없대. 다 하고 나서 되돌려 놓을게."

어젯밤 쌍안경 너머로 봤던 그 여자의 예쁜 얼굴이 떠오르자, 나는 턱 근육이 딱딱해졌다. "네가 굳이 그 여자 차를 파 줘야 해?"

"이미 도와주겠다고 말했어. 그리고 솔직히 말하면, 내가 도와주더라도 제설차가 오기 전엔 못 나갈걸."

"와. 정말 친절하시네요." 나는 날이 선 목소리로 말했다.

닉이 옷장 안쪽에 넣어 두었던 안감에 털을 덧댄 검은 부츠를 꺼냈다. 그 부츠가 얼마나 따뜻했는지 기억난다. 눈을 푹푹 밟아도 발이 시릴 틈이 없었다. 물론 지금은 애초에 발끝에서 감각이 느껴지지 않으니, 추운지 따뜻한지도 모를 테지만. 나는 이제 내 발을 느끼지 못한다.

"로지." 닉이 참을성 있게 말했다. "내가 도와줘야 해. 이 일로 괜히 트집 잡지 마."

"내가 트집을 잡아?"

그가 미간을 찌푸렸다. "그래. 지금 트집 잡고 있어."

"이상하네. 내 남편이 예쁘고 어린 여자 차 파내는 걸 도와주겠다고 나서는데, 내가 왜 기분이 나쁠까?"

닉은 부츠를 바닥에 툭 떨어뜨리더니 침대에 무겁게 주저앉았다. "로지, 이러지 마. 제발."

"뭘 이러지 말라는 건데?"

"알잖아." 그는 내 눈을 똑바로 보았다. "나 바람피우지 않았어. 다른 여자한테 손댄 적 없어. 그때 이후로는…. 그리고 너도…, 너도 날 도와주지 않잖아."

"뭘 도와?" 나는 그를 노려봤다. "난 하루 종일 여기 갇혀 있어. 내가 뭘 어떻게 도우라는 거야?"

"일단 이 빌어먹을 방에서 나오는 것부터." 그는 목소리를 높였다. "내가 아래층 부엌을 침실로 바꾸게 해 줘. 로잘리 주방도 손보게 해 주고. 그리고 다시 식당을 열어서…."

"너 지금 농담하니?" 나는 주먹으로 무릎을 세게 내리쳤다. 경련이 시작됐지만 그냥 무시했다. "너는 모든 걸 쉽게 말해. 그런데 안 쉬워. 전혀."

"나도 쉽지 않다는 건 알아."

"아니, 너는 몰라." 오른쪽 다리가 떨리며 근육이 움찔거렸다. "됐어. 난 이 얘기 하기 싫어. 가서 그 여자한테 내 부츠나 줘. 그냥 가지라고 해. 어차피 난 두 번 다시 못 신을 테니까."

평소 같았으면 그는 계속 말다툼을 이어갔을 것이다. 하지만 오늘은 달랐다. "그래." 그가 툭 내뱉었다.

그는 부츠를 집어 들더니 문을 쾅 닫고 나가 버렸다. 그가 내딛는 발걸음 하나하나가 집 안 전체에 울려 퍼지다가, 마침내 현관문이 쿵 닫히는 소리로 끝났다.

그가 집에서 나가자마자 나는 휠체어를 굴려 창가로 갔다.

그리고 쌍안경을 집어 들었다.

보지 말아야 한다는 걸 안다. 하지만 참을 수가 없다. 닉이 다시 바람을 피우는 게 아닐까 하는 걱정은 이제 집착이 되어 버렸다. 우리가 젊었을 때 나는 늘 그를 믿었다. 질투 같은 건 해 본 적도 없었다. 그런데 이제는, 그 생각밖에 나지 않는다.

쌍안경 너머로 그 여자의 차를 찾았다. 그녀는 로잘리 옆 주차장에 차를 세워 두었다. 모텔에 전용 주차장이 있는데도 말이다. 게다가 그냥 세운 것도 아니다. 나무판자로 문을 막아 놓은 로잘리 건물 뒤쪽, 가장 깊숙한 곳에 숨기듯 주차해 두었다.

대체 뭘 숨기고 싶은 걸까?

몇 분 뒤, 마침내 두 사람이 시야에 들어왔다. 여자는 두꺼운 외투를 입고 있었지만, 나는 이미 203호에서 그녀의 얼굴을 본 적이 있었다. 그녀는 아름답다. 그리고 닉도 그걸 알고 있다.

차를 파내는 일은 거의 다 닉이 했다. 그는 크고, 힘이 세고, 늘 남을 도와주고 싶어 하는 사람이다. 나는 쌍안경으로 그들의 입술 움직임을 쫓았다. 둘은 대화를 나누고 있었다. 그러다 어느 순간, 닉이 그녀의 말에 웃음을 터뜨렸다.

닉이 웃는 걸 마지막으로 본 게 언제였더라. 적어도 1년은 된 것 같다.

둘은 잘 어울려 보였다. 요즘의 나와 닉보다 훨씬. 닉도 분명 그녀에게 어떤 끌림을 느끼고 있을 것이다. 유혹을 느끼지 않을 리 없다.

생각할 새도 없이, 나는 휴대폰을 집어 들었다. 닉의 번호를 눌렀다. 신호가 가기를 기다렸다. 쌍안경 너머로, 그의 주머니에서 진동이 울리는 게 보였다. 그는 차에서 한 걸음 물러나 휴대폰을 꺼내 들고 화면을 확인했다.

아름다운 여자 손님과 함께 있는 동안에도 내 전화를 받을까?

그는 받았다.

"어, 로지." 그가 말했다. "무슨 일이야?"

"밖에서 재밌어?" 내가 말했다.

"지금 차 파내는 거 도와주고 있어." 그가 중얼거렸다.

"둘이 눈싸움이라도 하지 그래?"

전화기 너머로 긴 침묵이 흘렀다. "아니⋯, 로지, 제발, 그런 게 아니야⋯, 난 그냥 차 파내는 거 도와주고 있을 뿐이야. 손님이 눈에 갇혀 있잖아."

"그렇겠지."

"로지, 그러지 마. 그건 불공평해."

"누구한테 불공평한데?"

그는 길게 한숨을 내쉬었다. "그럼 나보고 뭘 어쩌라는 거야? 도와줘야 한다고."

"그래, 닉. 넌 늘 옳은 일만 하지. 그렇지?"

그는 그 말에 걸려들지 않았다. 그래서 오히려 내가 더 옹졸해 보였다. "곧 끝나. 뭐 필요한 거 있어?"

"네 작고 예쁜 친구한테 내 부츠 그냥 가지라고 해." 내가 말했다. "그 여자한테 잘 어울리더라."

닉이 고개를 들어 우리 집 쪽을 올려다봤다. 나는 황급히 쌍안경을 내렸다. 이 거리에서 내 쌍안경을 봤을 리는 없지만, 만약 그가 내가 그동안 쌍안경으로 염탐하고 있었다는 걸 안다면…, 글쎄. 그가 어떻게 반응할지는 모르겠다. 아마 아무 반응도 안 하겠지. 그래도 이 모든 게 너무 창피하다.

"나중에 돌아갈게." 그가 중얼거리듯 말했다.

그리고 통화는 끊겼다.

하지 말아야 한다는 걸 알면서도, 나는 계속 그들을 지켜봤다. 결국 둘은 눈에 파묻힌 차를 완전히 빼내지 못했다. 얼마나 심한 폭설이 내렸는지 생각하면 놀랄 일도 아니다. 그리고 그 말은 곧, 이제 그들이 함께 모텔로 돌아간다는 뜻이었다. 가는 길에 그녀가 휘청하자, 닉이 그녀를 붙잡아 주는 장면도 보였다.

그녀는 아직도 내 부츠를 신고 있었다.

정말로 부츠를 가져가 버리면 어쩌지. 그 생각을 하면 내 가슴에 칼을 꽂는 것 같았다.

그 뒤로 나는 꾸벅꾸벅 졸았다. 오후만 되면 어김없이 너무 피곤해진다. 닉이 집에 있을 때는 가끔 침대로 옮겨 달라고 부탁하지만, 대부분은 그냥 휠체어 앉아서 잔다. 그러는 편이 더 쉽다.

내가 깼을 때, 닉은 그녀 방에 있었다.

나는 침대 옆 서랍에 손을 넣어 쌍안경을 꺼냈다. 그들은 침대 위에 함께 앉아 있었다. 아니…, 그냥 앉아 있는 정도가 아니었다. 닉이 그녀의 등을 쓰다듬고 있었다. 둘은 대화하고 있었지만, 무슨 말을 하는지는 들리지 않았다.

…그레타에게 부탁해서 203호에 도청 장치를 달 수 있을까, 잠깐 생각했다.

아니야. 그건 너무 갔다.

닉을 바라보는 동안 심장이 쿵쿵 뛰었다. 하지만 닉은 아직 아무 잘못도 하지 않았다. 그냥 앉아서 얘기하는 것뿐이다. 대화는 죄가 아니다.

그러다가 그들이 키스하기 전까지는.

35

나는 내가 본 걸 믿을 수 없었다. 그는 다시는 그런 짓을 하지 않겠다고 나에게 맹세했다. 그런데 지금, 또 다른 여자와 키스하고 있다. 두 번째로 결혼 서약을 깨는 순간이다.

물론 놀랍지는 않다. 애초에 내가 쌍안경을 산 이유가 그거니까.

그리고 이번에는 조금 다르긴 하다. 크리스티나와 했을 때처럼 진득하게 입을 맞춘 건 아니다. 그는 그녀와 키스하더니, 곧바로 침대에서 벌떡 일어났다. 팔을 휘두르며 뭐라 말하는 것 같았다. 그러더니 창밖을 봤다.

젠장. 나를 봤다.

나는 쌍안경을 침대 위로 던졌다. 그가 쌍안경까지 봤을까? 그건 잘 모르겠다. 제발 아니길 바란다.

쌍안경이 없어도, 그가 그 여자의 방을 나오는 것 정도는 보인다. 아마 또 여기로 오겠지. 굽실거리면서. 또다시. 그 전에 쌍안경을 치워야 한다. 그가 발견하기 전에. 그리고…, 그를 용서할지 말지 결정해야 한다. 아마 또 용서하겠지. 이런 일은 반복될수록 쉬워진다. 솔직히 말하면, 그 없이 내가 뭘 할 수 있을지 모르겠다. 나는 2년 전보다 훨씬 더 닉에게 의존하게 됐다. 그는 완전히 내 보호자가 됐다. 이제 우리 관계의 본질은 그거다. 우리는 더 이상 부부가 아니다. 보호자와 환자일 뿐이다.

그리고 지난번처럼 일이 흘러가게 두고 싶지는 않다. 이 여자의 예쁜 목을 손으로 감싸 쥐고 싶은 충동이 들긴 하지만, 그렇다고 그녀가 칼에 찔려 죽는 건 보고 싶지 않다. 나는 이제 내 남편이 어떤 사람인지 알고 있다. 그런 일이 다시 벌어지게 둘 수는 없다.

문제는 쌍안경을 침대 위로 던졌을 때 반대편까지 굴러가 버렸다는 거다. 서랍에 집어넣을 시간도 없다.

나는 휠체어 바퀴를 밀어 침대에서 물러났다. 침실은 그리 넓지 않고, 방향을 틀기도 쉽지 않다. 결국 침대와 벽 사이에서 빠져나오기까지, 자동차를 주차할 때처럼 여러 번 나눠서 휠체어를 돌려야 했다. 간신히 빠져나왔을 때, 계단을 올라오는 닉의 발소리가 들렸다.

그가 집에 왔다. 곧 이 방으로 들어올 것이다.

나는 마지막으로 발악하듯이 다시 쌍안경 쪽으로 손을 뻗으려 했지만, 이미 늦었다. 닉이 문을 박차고 들어왔다. 얼굴은 붉게 달아올라 있었고, 짙은 금발 머리는 바람에 헝클어져 있었다.

"로지." 그가 숨을 헐떡이며 말했다. "방금은…, 그건…"

나는 팔짱을 꼈다. "네가 그 여자한테 키스한 게 아니라는 거야?"

"그 여자가 나한테 키스했어."

"그러시겠지. 그리고 넌 그 여자가 너한테 키스하게 할 만한 짓은 아무것도 안 했겠지."

"아니야, 로지. 날 믿어야…," 그의 말이 거기서 멈췄다. 바닥에 떨어진 쌍안경을 본 것이다. 내 심장이 미친 듯이 뛰는 동안, 그는 몸을 굽혀 쌍안경을 집어 들었다. 얼굴에는 당혹감이 가득했다. "젠장, 이게 대체 뭐야?"

나는 아무 말도 할 수 없었다.

"날 염탐한 거야?" 그는 쌍안경을 흔들었다. "쌍안경으로? 진심이야?"

"내가 이러는 게 이상해?" 내가 말했다. "덕분에 네가 무슨 짓을 하는지 봤잖아."

나는 그가 다시 항변할 거라고 생각했다. 하지만 대신, 닉은 어깨를 축 늘어뜨리더니 쌍안경을 침대 위로 던졌다. "저기, 나 이제 더는 못 하겠어."

"뭘 못 하겠다는 거야?"

"나 너 사랑해, 로지." 그가 부드럽게 말했다. "그런데 넌 이제 날 믿지 않아. 넌 방에서 나오지도 않고, 나랑 제대로 대화하려고도 안 해. 널 도와줄 때 말고는 내가 손대는 것도 허락하지 않잖아." 그는 잠시 숨을 삼켰다. "나 노력했어. 진짜로. 하지만 넌 분명히 이제 내가 여기 있는 걸 원하지 않아. 그리고 나도…, 나도 잘 모르겠어. 내가 여기 있고 싶은 건지."

나는 그를 올려다봤다. 그의 갈색 눈을 보면 알 수 있다. 그는 진심이다. 결국 내가 그를 너무 멀리 밀어냈다. 이제 끝이다.

"알겠어." 내가 말했다.

"우리 둘 다 불행하잖아." 그가 말했다. 우린 불행한 정도가 아니다. 지나친 과소평가다. "이제 그만 끝내야 할 것 같아."

나는 내 인생이 더 나빠질 수는 없다고 생각했는데, 그 순간 내 심장이 두 동강 나는 느낌이 들었다. "알겠어."

"너 아직도 나 사랑하긴 해?"

나는 그의 얼굴을 올려다봤다. 그는 여전히, 고등학교 때 운동장을 달리다가 내게 시선을 빼앗겨 제 발에 걸려 넘어진 그 남자였다. 내 꿈을 이루어 주려고 내게 레스토랑을 사 준 그 남자이기도 했다. 우리는 18년을 함께했다. 마지막 5년만 빼면, 대부분은 행복했다. 어쩌면 우리는 행복을 다 써버린 걸지도 모른다. 어쩌면 사람마다 평생 누릴 수 있는 행복의 총량이 정해져 있는 걸지도 모른다.

내가 아직도 그를 사랑하냐고? 당연하지. 그는 내가 사랑한 유일한 남자다. 앞으로도 유일할 것이다. 하지만 그에게는 다시 행복해질 기회가 있다. 나는 없다.

"아니." 내가 말했다. "안 사랑해."

그는 무너질 것처럼 보였지만, 놀랍게도 버텼다. 그는 늘 그렇게 버틴다.

"좋아." 그가 말했다. "그럼 내가 나갈게."

"그래." 나는 이상할 정도로 담담했다. 내 인생의 사랑이 나를 떠난다는데도. "이 집도 팔아. 난 부모님 집에 갈게."

"그래."

"그래."

그리고 서로 '그래'를 네 번이나 확인하고 나서야, 그는 등을 돌려 침실을 나갔다. 나는 그가 나가는 걸 바라봤다. 가슴이 너무 아파서 비명을 지르고 싶었다.

가지 마, 닉! 나는 널 사랑해! 어떻게 그걸 몰라?

하지만 그건 틀린 선택이다. 옳은 건, 그를 보내는 것이다.

나는 휴대폰을 꺼냈다. 검색창에 이렇게 입력했다.

'자살하는 가장 쉬운 방법.'

36

 나는 꼬박 한 시간 동안 인터넷을 뒤지며, 내가 뭘 어떻게 해야 하는지 알아내려 애썼다.

 검색하자마자 자살 예방 센터의 전화번호가 떴다. 하지만 그건 그냥 우울하기만 한, 정상적인 사람들을 위한 거다. 내 인생은 실제로 희망이 없다. 내가 죽는 게 더 낫다는 걸, 나는 안다.

 방법을 알려 준다는 사이트들조차도 결국엔 나를 말리려 들었다.

 '하지만 당신을 걱정하는 사람들을 생각해 보세요.'

 웃기지 마. 나에겐 지금 나를 버리고 침실을 나간 남편이 있고, 사는 동안 매번 실망만 안겨 준 부모가 있다. 솔직히 이 사이트들은 전혀 상황 파악이 안 돼 있다. 내가 어떤 상황인지 알았다면 굳이 날 말리려 들지도 않았을 거다.

 신체적인 제약 때문에 방법을 고르는 것도 쉽지 않다. 창문이나 높은 곳에서 뛰어내릴 수도 없고, 목을 매다는 건 불가능한 일이다. 결국 약밖에 없다. 닉이 이사하기 전에 내 약병들을 줘야 할 텐데. 아니면 내가 직접 헬러 박사에게 수면제를 처방해 달라고 할 수도 있고.

구체적인 계획은 정하지 못했지만, 생각하는 것만으로도 지쳤다. 나는 다시 창밖을 올려다봤다. 그때 203호 안에서 여자가 움직이는 게 보였다. 그런데…, 그 금발 여자가 아니다. 머리가 검었다.

물론 같은 여자일 수도 있다. 머리를 염색했을지도 모르고. 실제로 그럴 가능성도 있긴 하다.

닉은 나갈 때 쌍안경을 침대 위, 내 손이 닿는 곳에 던져 놓았다. 나는 그것을 집어 들고 다시 창문 쪽에 초점을 맞췄다. 203호 안의 여자를 향해 바짝 당겼다.

확실히 다른 사람이다. 더 나이가 있어 보이고, 풍만하고, 분명 처음 보는 얼굴이다.

아마 금발 여자는 이미 모텔을 떠났고, 닉이 새 손님에게 방을 내준 모양이다. 나는 시계를 내려다봤다. 겨우 한 시간이 지났을 뿐이었다.

나는 잠시 그 여자를 지켜봤지만, 여자는 별다른 행동은 하지 않았다. 고개를 숙인 채 휴대폰을 보고 있을 뿐이다.

나는 쌍안경을 무릎 위에 내려놓았다. 내 인생은 정말 한심해졌다. 모텔 방에서 여자가 휴대폰 하는 걸 훔쳐보고 있다니.

지금 당장 모든 걸 끝내 버릴 수만 있다면 얼마나 좋을까.

그때 여자가 휴대폰에서 눈을 떼더니, 창문을 올려다봤다.

정확히 나를 보고 있다.

나는 바퀴에 손을 대고, 한 발짝 정도 뒤로 물러났다. 다행히 쌍안경을 들고 있는 건 들키지 않았다. 하지만 저 여자에게는 뭔가 있다. 나를 불안하게 만드는 무언가. 질투를 느끼는 건 아니다. 그건 요즘 내게 너무 익숙한 감정이니까. 그보다 다른, 설명하기 어려운 불안감이다.

침대 위에 두고 온 휴대폰이 진동했다. 나는 고개를 돌려 메시지를 확인했다. 닉이었다.

'오늘 밤엔 내가 침대에 옮겨 줄 수 있어.'

나는 이를 악물었다. 그의 동정은 원하지 않는다. 물론 매일 밤 그가 도와주긴 했으니, 나를 두고 떠나는 게 마음에 걸리는 것도 이해는 간다. 하지만 혼자 할 수 있다. 바닥에 굴러떨어지고 말았던 그날 이후로 몇 번 연습도 했다. 나는 답장을 보냈다.

'신경 쓰지 마.'

바로 답장이 왔다.

'그래도 저녁은 가져다줄게. 싫다고 하지 마.'

그에게 귀찮게 하지 말라고 말하고 싶었지만, 그건 멍청한 짓이다. 지난 5년 동안 나는 끔찍할 정도로 그에게 의존하게 됐다. 닉이 원하던 대로 아래층 부엌을 침실로 바꾸게 해 줬다면 이런 일도 없었을 텐데. 하지만 나는 고집을 부렸었다.

뭐, 어차피 그는 곧 나 없이 살게 될 테니까.

나는 다시 창밖을 봤다. 203호의 검은 머리 여자는 사라졌다. 대신 방의 불은 켜 둔 채였다. 나는 주차장을 훑어봤다. 차는 한 대뿐이고, 아마 그 여자 차일 것이다. 그런데 시선을 주변으로 돌리다가, 한때 '로잘리'였던 건물의 주차장이 눈에 들어왔다.

그 금발 여자의 차가 아직 거기에 있었다.

이상하다. 다른 사람이 그 방에 있는 걸 보고서 금발 여자는 체크아웃한 줄 알았다. 빨리 떠나고 싶어 한다고 들었는데, 제설차가 왔다 갔으니 길도 뚫렸는데, 왜 아직 안 떠난 거지?

또 그 불길한 느낌이 스쳤다. 하지만…, 진짜로 내 알 바 아니다. 이제 여기서 벌어지는 일은 전부 내가 신경 쓸 일이 아니다. 닉도 포함해서. 그가 손님이랑 키스를 하든 뭘 하든, 그건 그의 일이다.

그런데도…, 그가 그리운 걸 멈출 수가 없다.

나는 휴대폰을 집어 들고 사진첩을 넘기기 시작했다. 사진을 찍은 지도 오래됐다. 나는 7년 전으로 거슬러 올라갔다. 그때 닉이 로잘리에서 '테마가 있는 밤'을 하자고 했고, 우리는 '80년대 밤'을 하기로 했다. 나는 머리띠에 발 토시를 했고, 머리는 꼬불꼬불하게 만들었다. 닉은 위아래로 청바지에 청재킷을 입었고, 머리를 뒤로 빗어 깔끔하게 고정해 놓았다. 우리는 서로의 사진을 찍어 줬다. 우리 둘 다 서로가 얼마나 우스꽝스러운지 웃느라 정신이 없었다. 그러다 내가 셀카를 찍었는데, 닉이 중간에 내게 키스해 버려서 사진을 망쳐 놓았다.

우리는 정말 행복해 보였다. 정말로 행복했다.

그렇게 행복하다는 게 어떤 느낌인지 이제는 기억도 잘 안 난다.

내가 사라지면 닉은 다른 사람을 만나겠지. 한동안은 나 때문에 슬퍼하겠지만, 결국은 잊고 앞으로 나아갈 거다. 또 다른 여자와 이런 행복을 만들겠지. 그때쯤이면 나는 그저 희미한 기억이 되어 있을 거고. 그리고 닉은 다시 가정을 꾸릴 수도 있겠지. 그에겐 그럴 자격이 있다. 그는 좋은 사람이니까.

2년 전에 닉이 그 여자를 죽였다는 것도 사실 나는 확신이 없다. 닉은 그런 짓을 할 사람이 아니다. 우리는 아마 그 여자에게 정말 무슨 일이 있었는지 영원히 모를지도 모른다.

그때, 창밖에서 움직임이 보여서 나는 휴대폰에서 시선을 떼었다. 주차장 건너편, 내 옛 레스토랑 근처에서 사람이 보였다. 금발 여자의 차 앞에 누군가가 서 있었다.

처음에는 금발 여자가 돌아왔다고 생각했는데, 입고 있는 코트가 달랐다. 나는 다시 쌍안경을 집어 들고 자세히 보았다.

203호에 묵는 그 검은 머리 여자였다. 대체 저기서 뭘 하는 거지?

그녀가 고개를 들어 우리 집을 똑바로 올려다봤다. 그녀의 시선이…, 정확히 나를 향했다. 나는 심장이 쿵쿵 뛰는 걸 느끼며 쌍안경을 내렸다. 하지만 그녀는 내게서 시선을 거두지 않았다.

대체 뭔데?

그녀는 가방을 뒤적이며 뭔가를 찾고 있었다. 무언가를 꺼내 들었지만, 거리가 너무 멀어 쌍안경 없이는 보이지 않는다. 나는 조심스럽게 다시 쌍안경을 눈에 갖다 댔다. 마침 그녀가 손에 든 물건을 가방에서 완전히 꺼내는 순간이었다.

어두워서 정확히 보이지 않았지만, 순간 그게 달빛에 번쩍였다. 설마….

칼?

오, 하느님. 지금 저 여자 손에 칼이 있는 거야? 대체 왜 칼을 가지고 있어? 그걸로 뭘 하려는 건데?

그리고 그 여자가 우리 집 쪽으로 움직이기 시작했다.

심장이 아플 정도로 쿵쿵 뛰었다. 뭐 하는 거지? 왜 칼을 들고 여기로 오는 거야? 내가 지켜본 걸 알고 화가 난 건가?

나는 불에 덴 것처럼 쌍안경을 침대 위로 던져 버렸다. 그 여자가 이 거리에서 내가 쌍안경을 들고 있는 걸 봤을 리 없다. 설령 봤다고 해도…, 고작 그걸로 나를 죽이진 않겠지? 내가 본 것도 별거 아니었다. 그냥 저 여자가 방 안에 앉아 있던 걸 본 것뿐이다. 그게 다다.

그런데도 그녀는 분명 우리 집을 향해 오고 있었다. 의심할 여지가 없다. 그리고 손에는 여전히 칼을 꽉 쥐고 있었다.

오, 하느님. 오, 하느님. 오, 하느님. 오, 하느님….

이제 그녀는 우리 집 현관 앞에 와 있었다. 노크 소리가 들렸지만, 나는 꼼짝도 하지 않았다. 그때 끔찍한 생각이 머리를 스쳤다.

닉이 현관문을 잠가 두지 않았을지도 모른다.

우리는 원래 문단속에 느슨했다. 여기엔 사람이 거의 오지 않고, 훔쳐 갈 만한 것도 별로 없으니까.

곧 아래층에서 발소리가 들렸다. 오, 하느님. 그녀가 집에 들어왔다.

나는 휴대폰을 움켜쥐었다. 제일 먼저 닉에게 메시지를 보냈다.

'지금 당장 와 줘! 누가 집에 들어왔어!'

그리고 911에 전화를 걸었다. 하지만 그들이 도착할 때쯤이면 이미 너무 늦을 것이다.

"긴급 신고 센터입니다." 여자 목소리가 들렸다.

"제발 도와주세요." 나는 쉰 목소리로 말했다. "집에 침입자가 있어요."

"죄송합……, 뭐라……, 말씀하시는……."

아주 훌륭하네. 폭풍 때문에 근처 기지국이 망가진 모양이다.

발소리는 점점 가까워졌고, 이제 '삐걱' 하고 큰 소리가 났다. 계단이다. 그녀가 계단을 오르고 있다. 시간이 없다.

"제발요." 눈물이 핑 돌았다. "도와주셔야 해요! 집에 누가 있어요. I-93 번지, 백스터 모텔 옆집이에요!"

"부인……, 연결이……, 안……."

그러더니 전화가 끊겼다. 화면이 꺼졌다.

삐걱거리는 소리도 멈췄다. 계단을 다 올라온 거다. 이제 2초만 더 지나면 그녀가 내 침실 문 앞에 나타난다. 칼을 들고.

그리고 날 죽일 거다.

…그런데 이게 내가 원하던 거 아니었나? 방금까지 나는 구글에 자살 방법을 검색하고 있었다. 이제 낯선 여자가 나 대신 그걸 해 주려는 것뿐인데, 내가 왜 911에 전화하고 있지? 문을 열어 줘야지. 맞아들여야지. 환영해야지.

그런데 그 순간, 나는 깨달았다. 나는 죽고 싶지 않다.

심장이 미친 듯이 뛰는 사이, 내 머릿속에 끼어 있던 안개가 걷히는 느낌이 들었다. 지난 5년 동안 내 삶의 모든 순간을 물들이던 그 탁한 안개가. 내 인생에는 희망이 없는 게 아니다. 나는 죽고 싶지 않다. 나는 내 레스토랑을 되찾고 싶다. 업자들을 불러 주방을 고쳐서, 내가 서지 못하고 걷지 못해도 다시 일할 수 있게 만들고 싶다. 그리고 물리 치료를 제대로 받아서, 다시는 작은 일 하나까지 닉에게 의존하지 않도록 스스로를 돌볼 수 있게 되고 싶다.

그리고…, 나는 닉을 원한다. 그가 떠나는 걸 원치 않는다. 그가 다른 여자를 만나 행복해지는 것도 원치 않는다. 나는 그가 다시 나와 함께 행복해지길 바란다. 우리 가정을 꾸리고 싶다.

하지만 그 무엇보다도, 나는 그를 원한다. 너무, 너무 원한다. 다시 그를 보기 전엔 죽고 싶지 않다.

침실 문이 활짝 열렸다. 완두콩색 겨울 코트를 입은 검은 머리 여자가 서 있다. 오른손에 들린 칼이 달빛을 받아 번뜩였다. 나는 휠체어 바퀴를 밀어 뒤로 물러나다가 등 뒤의 벽에 '쿵' 하고 부딪혔다.

"당신…." 그녀가 나를 보고 씩씩거렸다.

나는 두 손을 번쩍 들었다. "미안해요. 내가 뭘 했다고 생각하든…, 정말 미안해요."

"내 동생한테 무슨 일이 생겼는지 알고 있지?" 그녀가 쏘아붙였다.

"네? 동생이요?"

이 여자가 그 금발 여자의 언니라는 건가?

그녀는 칼을 들어 올리고 내게 한 걸음 다가왔다. "모르는 척하지 마."

나는 휴대폰을 힐끗 내려다봤다. 닉에게서 답장은 없다. 아마 아직 보지도 못했을 거다. 결국 내 시체를 발견하기 직전에 읽겠지.

"저는…, 저는 무슨 말인지 정말 모르겠어요…."

"거짓말."

"제발…," 오른쪽 눈에서 눈물이 찔끔 흘러내렸다. "난 당신 동생한테 아무 짓도 안 했어요. 맹세해요."

그녀가 또 한 걸음 다가왔다. 눈은 깊고 검은 웅덩이 같았다. 나를 똑바로 내려다보며 말했다. "나는 네가 했다고 한 적 없어."

37
롭

보통은 집에 오자마자 제일 먼저 샤워부터 한다.

클라우디아가 그걸 원한다. 뭐, 틀린 말은 아니다. 사람들 집 변기를 만지다 보면 손이 더러워지기 마련이니까. 클라우디아 말로는 내 손 주름 사이사이에 기름때와 찌든 때가 영구적으로 박혀 있다나 뭐라나. 말도 안 된다. 마음만 먹으면 깨끗이 씻을 수 있다. 아주 오래, 박박 문지르면.

오늘이 딱 그런 날이었다. 집에 오자마자 샤워부터 하고 싶어지는 날. 배관이 막혔는데, 아무리 해도 뚫리지 않았다. 한참을 씨름하다가 결국 정체를 알아냈다. 죽은 쥐다.

아니, 그냥 죽은 쥐가 아니다. 얼어 죽은 쥐였다.

그것도 반 토막 난.

그래서 현관문을 열고 집에 들어서는 순간, 그래, 샤워가 간절했다. 그리고 그다음엔 클라우디아랑 괜찮은 저녁을 먹는 거다. 요즘은 그런 시간이 점점 드물어지고 있다. 요즘엔 모든 게 싸움이다. 왜 이렇게 된 건지도 모르겠다. 나는 하루 종일 열심히 일하고, 그저 퇴근 후엔 차가운 맥주 한잔하면서 좀 쉬고 싶을 뿐인데, 내가 왜 아내랑 싸우고 싶겠어? 전혀 아니다.

집 안은 어두웠다. 분명 클라우디아가 오늘 오후엔 마사지 숍에 나가지 않는다고 했는데… 눈이 이렇게나 왔으니까.

"클라우디아?" 내가 불렀다.

대답은 없다.

어디 간 걸까. 혹시 퀸을 찾으러 간 걸지도 모른다. 경찰보다 자기가 더 잘 찾을 수 있다고 생각하는 이유를 모르겠다. 어쩌면 나한테 말하지 않는 뭔가를 알고 있는 걸지도. 그럴 가능성도 없진 않다.

나는 클라우디아와 퀸의 관계를 잘 모르겠다. 퀸은 괜찮다. 충분히 친절하고. 내 아내에 비하면 조용한 편이다. 남편 데릭은 개자식이지만, 그게 뭐 중요하냐. 클라우디아는 퀸과 함께 보내는 시간이 엄청나게 많은데, 가끔은 둘이 서로 좋아하기는 하는 건가 싶다.

클라우디아는 늘 퀸을 흉본다. 뭐, 솔직히 그녀는 모든 걸 흉본다. 하지만 특히 퀸에 대해서는 더하다. 퀸의 가짜 금발 머리. 퀸의 말도 안 되게 큰 집. 작년에 우리 집 지붕이 무너져 다락방을 수리해야 했을 때 퀸이 돈 한 푼 안 보태줬다는 것까지.

그래도 우리가 알렉산더 집안의 돈이 필요한 건 아니다. 나는 배관공 일로도 충분히 잘 번다. 아주 괜찮은 벌이다. 데릭 알렉산 더처럼 부자는 아닐지 몰라도, 내 집 지붕쯤은 고칠 수 있다. 적선 같은 건 필요 없다. 설령 준다고 했어도 받지 않았을 거다.

나는 계단을 올라가며, 클라우디아가 어딜 갔을지 생각하지 않으려 애썼다. 솔직히 말해 내가 그걸 진짜로 신경 쓰는지도 모르겠다. 예전엔 파이프 속에서 쥐를 꺼낸 얘기를 하면서 같이 웃기도 했다. 하지만 이제 아내는 그런 얘길 듣고 싶어 하지 않는다.

나는 더러워진 옷을 벗어 던지고 곧장 샤워실로 들어갔다. 온도를 끝까지 올렸다. 거의 화상을 입을 만큼 뜨겁게. 그래도 괜찮다. 밖은 추웠다. 예전에 수압을 높이려고 샤워기 노즐을 교체해 놨었다. 클라우디아가 원해서 한 거였지만, 사실은 내가 아내보다 더 좋아하는 것 같다.

물이 머리 위로 쏟아졌다. 요즘은 솔직히 말해, 머리카락이라고 할 것도 별로 없다. 클라우디아는 내가 대머리가 되어 간다는 말을 즐겨 한다. 대머리가 되면 내가 훨씬 늙어 보일 거라고. 그녀가 가장 좋아하는 대화 주제 중 하나다. 나는 그냥 다 밀어 버리겠다고 했지만, 그것도 싫단다. 도대체 뭘 원하는 건지 모르겠다.

그 빌어먹을 쥐를 파이프에서 꺼내느라 받은 스트레스 때문에 머리가 둔하게 욱신거렸다. 이마에 손을 얹자 머리카락 경계선에 난 흉터에 손끝이 스쳤다. 그 흉터는 1년 전에 생겼고, 아직도 가끔 쑤신다. 그날도 클라우디아와 싸우고 있었다. 우린 고함을 질렀고, 서로 삿대질했고, 그래, 물건도 던졌다. 왜 싸웠는지는 기억도 안 난다. 그런데 아내가 문진을 집어 들더니 내 머리를 향해 던졌다. 다섯 바늘을 꿰맸다.

그녀도 미안해하긴 했다. 응급실까지 차로 데려다줬고, 그 뒤로 몇 주 동안은 정말 다정했다. 싸움도 없었다.

샤워를 마치고 샤워실 밖으로 나와서 수건을 허리에 두른 채 거울 속의 나를 바라봤다. 피곤해 보인다. 그래, 머리카락은 빠지고 있지만 클라우디아를 처음 만났을 때와 그렇게까지 달라 보이지는 않는다. 그런데도 아내는 이제 내 얼굴을 보는 게 질린 모양이다.

나는 약장 문을 열었다. 안에는 약병이 잔뜩 들어 있었다. 그중 절반은 도대체 뭔지 모르겠다. 전부 클라우디아 것들이다. 반쯤 빈 병들을 뒤지다가 마침내 타이레놀을 찾았다. 두 알을 꺼내 입에 털어 넣고 물도 없이 삼켰다. 두통이 좀 가라앉기를 바랐다.

욕실에서 나오자 집 안이 이상하리만치 조용했다.

"클라우디아?" 내가 불렀다.

대답은 없다.

아직도 안 들어온 거다. 젠장 대체 어딜 간 거야? 벌써 꽤 늦었다. 보통 이쯤이면 저녁을 먹는다.

옷을 대충 챙겨 입고, 청바지 단추를 채우는 순간 복도에서 '띵' 소리가 났다. 건조기다. 클라우디아가 집은 나가기 전에 돌려놓은 모양이다.

이것도 클라우디아가 나한테 불만을 갖는 이유 중 하나다. 나는 절대 빨래를 안 한다는 것. 내가 아이 얘기를 꺼내기만 하면 아내는 꼭 그 말을 한다. 빨래도 안 하면서 애는 어떻게 돌볼 거냐고. 빨래와 아이 사이에 무슨 연관이 있는지는 모르겠다. 내가 아는 사람들 중에 우리와 비슷한 시기에 결혼한 사람들은 벌써 애가 한둘씩 있다. 우린 뭘 기다리고 있는 거지?

그래도 빨래를 해야만 내 진심을 증명할 수 있다면, 좋다, 하겠다. 나는 상관없다. 파이프에서 죽은 쥐를 꺼내는 것보단 훨씬 쉽다.

나는 세탁기와 건조기가 있는 복도로 나갔다. 건조기에서 옷가지들을 꺼냈다. 대부분 클라우디아 옷이다. 셔츠와 마사지 숍 유니폼들. 잘못 개면 또 그게 오늘 내가 저지른 잘못 하나로 추가될 것 같아서, 그냥 두는 게 낫지 않을까 잠깐 생각했다. 도저히 아내를 이길 수가 없다. 그래도…, 에라 모르겠다. 시도라도 하는 게 낫다.

나는 최대한 정성 들여서 클라우디아의 셔츠들을 갰다. 침대 위에 가지런히 쌓아 두었을 땐 솔직히 조금 뿌듯했다. 익숙한 셔츠들이 많았다. 에펠탑이 그려진 그 셔츠도 아직 있다. 우리가 처음 만났던 날 그녀가 입고 있던 옷이다. 유럽식 이름에 프랑스 건축물이 그려진 셔츠를 입은 게 내 마음에 들었다는 걸 아직도 기억한다.

아니, 사실은 그냥 좋았다. 그게 전부였다.

나는 내 개는 솜씨가 꽤 좋다고 생각했다. 진짜로, 셔츠 더미가 아주 말끔하다. 제대로 갠 것 같다. 클라우디아도 기뻐할 것이다. 아니, 기뻐해야만 한다. 이번만큼은.

클라우디아는 평상시 셔츠를 침실에 있는 큰 서랍장에 넣어 둔다. 나는 서랍을 열고 이미 안에 있던 옷들을 옆으로 밀어서 내가 방금 개 놓은 깨끗한 셔츠들을 넣을 자리를 만들었다. 그런데 바로 그때, 서랍 안에 있던 옷 더미에서 뭔가가 툭 떨어졌다.

휴대폰이다.

나는 그걸 집어 들고 뒤집어 봤다. 선불폰이다. 위치 추적을 피하고 싶을 때 쓰는, 그런 종류의 휴대폰.

도대체 내 아내가 왜 이런 걸 가지고 있는 거지?

나는 휴대폰을 열어 봤다. 화면에는 부재중 전화가 여러 통 떠 있었다. 걸려 온 번호로 전화를 걸어 볼까 잠깐 생각했지만, 그러지 않았다. 전화를 걸고 멍청이처럼 굴기 전에, 이 휴대폰이 대체 뭔지부터 알고 싶었다.

메시지가 잔뜩 남아 있었다. 전부 같은 번호에서 온 것들이었다. 나는 가장 최근 메시지를 열었다.

'빨리 보고 싶어.'

…뭐야, 이건?

나는 침대에 털썩 주저앉은 채, 메시지를 하나씩 읽어 내려갔다. 내용은 점점 더 심해졌다.

'방금 나갔어. 곧 봐!'

'롭은 오늘 늦게 들어와. 와도 돼.'

'벗은 모습 얼른 보고 싶어.'

'머릿속에 네 생각밖에 없어.'

그래. 좋다. 클라우디아는 바람을 피우고 있다.

놀랐냐고? 솔직히 모르겠다. 화가 나냐고? 빌어먹을 당연하지.

어떻게 이럴 수가 있어? 나한테, 우리한테. 나랑 사는 게 행복하지 않다는 건 알고 있었다. 그래도 이건 아니잖아. 말로 할 수 있었잖아. 부부 상담이든 뭐든, 방법은 있었잖아.

나는 휴대폰을 거의 부서질 정도로 꽉 쥐었다. 방 건너편으로 집어 던져서 산산조각 내고 싶은 충동이 치밀어 올랐다. 그러면 안 된다는 걸 안다. 이게 내가 가진 유일한 증거다. 그래도 그 충동을 참기가 힘들다.

그리고 그때, 휴대폰이 울렸다.

38

아내와 더러운 메시지를 주고받은 바로 그 번호다. 그놈. 클라우디아에게 연락하고 있는 그 자식. 클라우디아는 아마 둘이 만나기로 했었던 걸 잊은 거겠지. 요즘은 퀸 일에 너무 신경을 쓰고 있으니까.

분노가 아주 조금 가라앉았다. 클라우디아는 지금 신경 쓸 일이 아주 많다. 데릭이 죽었고, 퀸은 어쩌면 인질로 붙잡혀 있을지도 모른다. 물론 그렇다고 해서 그녀가 한 짓이 정당화되는 건 아니다. 그래도 그녀는 이미 지칠 대로 지쳐 있다.

그렇다고 해서 내가 이 전화를 안 받을 이유는 없다. 이 자식한테 내 아내한테서 꺼지라고 말해 줄 거다. 나는 통화 버튼을 눌렀다.

"여보세요, 이 개자식아." 나는 이를 악물고 말했다.

전화기 너머로 긴 침묵이 흘렀다. 클라우디아가 받지 않은 것에 놀라서 끊어야 하나 망설이는 거겠지. 상관없다. 어차피 난 이놈을 찾아낼 거니까.

"전화 받는 분은 누구시죠?" 목소리가 말했다. 남자 목소리. 낮고, 지나치게 격식을 차렸다. 내가 예상한 톤이 아니었다.

"나? 클라우디아 남편이야." 내가 말했다. "너 들켰어. 이제 내 아내한테서 손 떼. 알아들었어?"

또 한 번의 긴 침묵.

"혹시 로버트 딜레이니 씨 맞습니까?"

"그래." 나는 쏘아붙였다. "아니면 누군 줄 알았는데?"

수화기 너머에서 목을 가다듬는 소리가 들렸다. "딜레이니 씨, 저는 히긴스 경관입니다. 이 번호는 선불폰에서 확인했습니다. 딜레이니 씨의 동서, 데릭 알렉산더 씨의 주머니에서 나온 선불폰에서요."

세상이 옆으로 기울어지는 느낌이 들었다. 나는 입을 벌린 채 얼어붙었다. "뭐라고요?"

나는 침대 위에 앉아 손가락이 아플 정도로 휴대폰을 꽉 쥐었다. 서류를 넘기고 있는지, 배경에서 바스락거리는 소리가 들렸다. 내가 거의 미쳐 버리려고 할 때 또 다른 목소리가 말했다.

"딜레이니 씨, 드와이어 부보안관입니다."

스콧 드와이어. 내가 이 집에 살기 시작한 뒤로 줄곧 이 동네 경찰로 있는 사람이다. 내가 아는 한, 그는 괜찮은 사람이고 괜찮은 경찰이다. 하지만 그게 지금 내 기분을 조금도 낫게 해 주진 않는다.

"부보안관님…." 나는 목이 메었다. "무슨 일이시죠?"

"딜레이니 씨, 지금 통화 중인 휴대폰이 본인 겁니까?"

"아니요!" 나는 앞으로 튀어 나가듯 말했다. "세상에, 아니에요. 제가⋯, 제가 찾았어요."

"어디서 찾으셨죠?"

이 질문에 사실대로 대답하면 클라우디아는 끝장이다. 큰일 난다. 하지만 거짓말은 못 한다. 하고 싶어도 못 한다.

"클라우디아 서랍장에서요."

또 한 번의 긴 침묵. 지금 저쪽에서는 어떤 대화가 오가고 있을 지 나는 상상도 하기 싫다.

"딜레이니 씨, 지금 어디 계십니까?" 드와이어가 마침내 물었다.

"저는⋯, 집이요."

"부인께서도 같이 계십니까?"

"아니요⋯."

"곧 집에 들어오실 것 같습니까?"

"애초에 이 시간에 집에 없을 거라고도 생각 못 했어요." 나는 목이 졸린 듯이 웃음소리를 흘렸다. "하지만⋯, 네. 곧 들어올 걸 로 생각해요."

"딜레이니 씨, 어디 가지 마십시오. 지금 댁으로 가겠습니다."

드와이어 부보안관의 경찰차가 우리 집 앞에 섰을 때도 내 머리 카락에는 아직 물기가 남아 있었다. 아까 통화를 끊자마자 나는 부엌으로 내려가 스카치 한 잔을 따라서 한 번에 털어 넣었다. 경 찰과 얘기할 땐 맨정신이어야 한다. 하지만⋯, 빌어먹을, 상관없다. 스카치 한 잔이 필요했다.

취하려는 게 아니다.

그냥 손 떨림을 멈추게 할 무언가가 필요했을 뿐이다.

드와이어가 현관으로 다가오는 게 보이자, 나는 소파에서 벌써 일어서 있었다. 초인종을 누르자마자 나는 0.5초 만에 문을 열었다. 그는 파란 제복을 입고 있었다. 그리고 아주 다행히도 내 손을 잡으려 하지는 않았다. 내 손바닥은 차갑고 축축했다.

"딜레이니 씨." 그가 말했다. "갑자기 찾아와서 죄송합니다. 안에 들어가도 될까요?"

나는 말없이 몸을 비켜 그를 집 안으로 들였다. 스콧 드와이어는 서른 살쯤 되어 보였다. 거실 천장 조명 아래서 그의 머리카락이 붉은빛을 띠었다. 어릴 때는 주근깨가 좀 있었을 것 같지만, 지금은 거의 보이지 않았다. 클라우디아는 비웃는 말투로 퀸이 고등학교 때 스콧 드와이어와 사귀었다고 말한 적이 있다. 드와이어가 강아지처럼 문 앞에 나타나 퀸을 찾곤 했다고 하면서 깔깔 웃었다.

드와이어는 데릭 알렉산더에게 무슨 일이 일어났다고 생각할까. 퀸이 데릭을 죽였다고 생각하는 걸까.

"뭐라도 드릴까요, 부보안관님?" 나는 그를 소파로 안내하며 물었다. 문득, 내 입에서 스카치 냄새가 날까 봐 겁이 났다. "물…, 같은 거요."

그는 고개를 저으며, 닳아서 해진 파란 소파에 앉았다. "괜찮습니다."

나는 맞은편 미니 소파에 앉았다. 클라우디아는 늘 우리가 가구를 새로 사야 한다고 했다. 퀸네 집에 다녀오기만 하면 우리 집

물건이 그 집만큼 좋지 않다고 불평을 늘어놓았다. 하지만 우리 집 가구도 충분히 괜찮다. 우리한테 1만 달러짜리 가죽 소파가 꼭 필요한 것도 아니고.

"그러면," 나는 주머니에서 문제의 그 휴대폰을 꺼내 그에게 내밀었다. "여깄습니다. 이걸 원하신다면."

당연히 원하겠지. 그는 휴대폰을 받아 들더니 화면을 뚫어지게 봤다. 나는 아까 내가 그랬던 것처럼 그가 그 메시지들을 스크롤하는 걸 지켜봤다. 나는 인내심 있게 기다리려 했지만, 사실 손을 깔고 앉아 있었다. 몇 분이 지나서야 그가 시선을 내게로 돌렸다.

"휴대폰은 어디서 찾으셨습니까?"

"클라우디아 옷을 정리하다가요. 셔츠 두 장 사이에 끼워져 있었어요."

"숨겨져 있었던 거군요."

"네." 턱이 굳었다. "왜 숨겼는지야…, 보시면 아시겠죠."

"그렇네요." 드와이어가 말했다. "그동안 부인이 바람을 피운다고 의심하신 적은요?"

"없었어요. 전혀요." 말하면서도 내가 멍청하게 느껴졌다. 내가 눈치챘어야 했나? 하지만 어떻게? 나는 가족을 먹여 살리느라 정신이 없었다. 파이프에서 쥐나 꺼내는, 그런 일들을 하느라.

"딜레이니 씨 부부는 알렉산더 씨 부부와 친했습니까?"

"클라우디아가 퀸이랑 친했죠." 나는 손등으로 입가를 닦았다. "아니…, 친한 줄 알았어요."

"아내분이 퀸 씨에게 해를 끼쳤을 가능성이 있다고 보십니까?"

나는 미간을 찌푸렸다. "잠깐만요. 설마 클라우디아가 데릭을 찔렀다고 생각하세요? 그리고 퀸에게도 뭔갈 했고요?"

드와이어 부보안관이 가슴 앞으로 팔짱을 꼈다. "가능성을 전부 열어 두고 확인하는 중입니다."

"아…." 나는 숨을 내쉬었다. "네. 알겠어요. 그럴 만하네요."

"딜레이니 씨는 어떻게 생각하십니까?" 그가 물었다. "부인이 그럴 수도 있다고 보세요? 그런 일을 할 수도 있다고?"

나는 무심코 손을 뻗어 머리카락 경계선의 흉터를 만졌다. 응급실에서 다섯 바늘을 꿰맸던, 그 흉터.

"네." 내가 말했다. "제 아내는 그럴 수 있어요."

39
클라우디아

어제 나는 완벽한 계획을 세워 놓고 있었다.

오후 두 시에 마사지 숍 예약 손님이 하나 있었고, 그 일을 끝내자마자 퀸의 말도 안 되게 큰 집으로 갈 생각이었다.

물론 퀸을 만나러 가는 건 아니었다.

그래, 사실이다. 나는 지난 6개월 동안 내 동생의 남편과 관계를 가졌다. 이제는 과거형으로 말해야겠지. 데릭은 더 이상, 절대 다시는 나와 관계를 가질 수 없으니까. 지금 그는 시체 안치소의 차가운 침대 위에 누워 있다. 퀸이 그를 죽였다.

생각조차 하고 싶지 않다. 시체가 되어 부엌 바닥에 쓰러져 있던 그의 모습은 평생 내 눈앞에서 아른거릴 거다.

그 나쁜 년.

데릭은 침대에서 정말 최고였다. 퀸은 내게 그런 얘길 꺼낸 적조차 없다. 데릭에게 고마워하지도 않았다. 내가 그와 관계를 갖게 된 이유는…, 뭐, 긴 얘기를 짧게 말하자면 나는 내 동생이 싫다.

놀랍지도 않겠지.

처음부터 동생을 미워했던 건 아니다. 부모님이 살아 계시고, 인생이 아직 쉬웠던 시절엔 우리도 제법 가까웠다. 하지만 부모님은 돌아가셨다. 그것도 그냥 돌아가신 게 아니라, 동생의 멍청한 연극을 보러 가던 길에 사고로 돌아가셨다. 그리고 우리에게는 아무것도 남기지 않았다.

그때 나는 대학교 1학년을 막 마치려던 참이었다. 물론 누구나 그렇듯이 내게도 계획이 있었다. 하지만 그 계획 어디에도, 앞으로 4년간 동생을 떠맡아 돌본다는 내용은 없었다. 나는 대학을 졸업하고 로스쿨에 가고 싶었다. 그건 어릴 때부터 내 꿈이었다. 하지만 부모님이 돌아가신 뒤, 퀸은 나 말곤 아무도 없었다. 가장 가까운 친척은 중서부에 사는 이모뻘 되는 사람 하나뿐이었다. 나는 퀸이 거기로 가서 몇 년 지내면 된다고 생각했다. 그런데 그 사람이 나에게 전화를 걸어 죄책감을 유발하기 시작했다. 자기와 남편은 돈이 없는데, 왜 네가 돌보면 안 되느냐고.

'너도 이제 열여덟 살이잖아. 세상에, 네 친동생인데.'

그래서 내가 떠맡았다. 그렇게 나는 퀸의 보호자가 됐다. 당연히 대학은 중퇴했다. 최저 임금을 받는 일을 하면서 살던 집을 잃지 않으려고 돈을 빌려야 했다. 그동안 퀸은 고등학교에 다녔고, 그다음엔 대학에 갔다. 나는 끝내 대학으로 돌아가지 못했다. 4년이나 공백이 생기고 나니, 내게 대학은 마치 전혀 다른 세상처럼 느껴졌다. 결국 나는 마사지사 자격증을 땄고, 롭과 결혼했다.

내가 꿈꾸던 인생은 아니었다. 그래도 그럭저럭 괜찮은 인생이었다.

그런데 퀸은 정말 잘나가는 인생을 살았다. 대학을 졸업했고, 은행이라는 좋은 직장을 얻었고, 터무니없이 잘생긴 남자를 만났다. 그리고 그는 퀸에게 완전히 빠져 있었다. 퀸은 늘 나보다 예뻤으니까. 대신 나는 머리가 좋았지만, 그게 무슨 소용일까. 그걸 뒷받침해 줄 학위조차 없는데.

데릭과 함께 있는 퀸을 볼 때마다, 나는 내가 붙잡혀 사는 남자를 떠올리며, 그 머리가 점점 벗겨지는 배관공을 떠올리며 질투가 치밀었다. 왜 동생 인생은 이렇게 잘 풀리고, 내 인생은 이렇게 망가졌을까?

퀸은 결국 데릭과 결혼했다. 둘은 터무니없이 큰 집을 지었고, 그 집을 꾸미는 데도 어마어마한 돈을 썼다. 그런데도 퀸은 늘 데릭에 대해 불평만 했다. 데릭이 자기를 함부로 대한다나 어쩐다나. 웃기지 마. 롭도 나한테 친절하진 않다. 거기다 나는 궁전 같은 집에 살지도 못한다.

퀸은 전혀 이해하지 못했다. 내가 자신을 위해 얼마나 많은 걸 포기했는지. 고맙다는 말 한마디조차 하지 않았다.

작년에 폭풍이 몰아쳤을 때, 우리 집 지붕이 무너졌다. 다락방이 물에 잠겼고, 그 물이 침실까지 흘러내렸다. 나는 퀸과 함께 집 밖에 서서 우리 집이 입은 피해를 보여 주었다. 그때가 기억난다.

"너무 끔찍하다." 퀸이 감상을 말했다.

"그렇지? 나무가 다 썩어 들어가고 있어." 내가 말했다.

퀸은 얼굴을 찌푸렸다. "그래도 고칠 수는 있지?"

"고칠 수는 있어. 돈이 많이 들 뿐이지."

나는 거기 서서, 퀸이 도와주겠다고 말하길 기다렸다. 데릭은 돈이 넘쳐났고, 퀸 역시 마사지로 돈 버는 나보다 네다섯 배는 더 벌고 있었다. 그런데, "그래도 고칠 수 있다니 다행이네." 그게 전부였다.

자신을 위해 그렇게 많은 걸 희생한 언니를 도와주겠다는 말은 한마디도 없었다. 그리고 그게 처음도 아니었다. 퀸은 늘 내가 자기 곁에 있어 주는 걸 당연하게 여겼지만, 자기는 한 번도 내 곁에 있어 준 적이 없었다. 몇 년 전 롭이 해고됐을 때도, 퀸은 남자 친구와 버뮤다로 여행을 떠났다. 퀸은 나를 신경 쓴 적이 없다. 언제나 세상은 '퀸 쇼'였다.

내가 동생을 미워하는 게 그렇게 이상한가? 누구라도 나와 같지 않을까?

그럼 이제 내가 어쩌다 데릭과 관계를 갖게 됐는지 궁금하겠지. 말했듯이, 퀸이 나보다 더 예쁘다. 이미 젊고 예쁜 아내가 있는데, 왜 데릭이 나를 원했을까?

퀸이 출장을 갔을 때 일이 벌어졌다. 나는 동생네 집 열쇠를 가지고 있었고, 동생은 데릭이 하지 않을 게 뻔하다며 내게 식물에 물 주는 걸 부탁했다. 물론 돈 주고 사람을 써서 망할 식물에 물을 주게 할 수도 있었겠지. 내가 굳이 그 먼 길을 오가며 그걸 할 필요는 없었을 텐데. 하지만 퀸은 늘 그런 생각을 하지 않았다. 내 인생에 그보다 더 중요한 일이 뭐가 있겠느냐는 듯, 자신의 값비싼 식물이나 돌보라는 식이었다.

그 집에 있는 동안, 나는 퀸의 옷장에 손을 댔다. 퀸은 자기가 가진 옷이 얼마나 많은지도 모를 정도였고, 비록 내가 두 사이즈 정도 더 컸지만, 재킷 같은 건 맞았다. 안 맞아도 상관없었다. 중고 사이트에 팔면 꽤 받을 테니까. 퀸은 없어진 줄도 모를 거다.

나는 명품 재킷 하나를 걸치고 거울에 비친 내 모습을 감상하고 있었다. 그 순간, 등골이 서늘해졌다. 거울 속에 데릭이 서 있었다. 문가에서 나를 보고 있었다.

"아, 안녕!"

나는 재킷을 급히 벗으며 옷걸이를 찾았다. "저기…."

하지만 데릭의 얼굴에는 의심하는 기색이 없었다. 그는 미소 지었고, 그 순간 너무 잘생겨 보여서 다리에 힘이 풀릴 뻔했다. "당신한테 더 잘 어울려요."

나는 십 대처럼 얼굴이 붉어졌다. 사실이라고 생각하진 않았지만, 그의 표정은 진심처럼 보였다. "고마워."

그는 방을 가로질러 내게 다가왔고, 내 심장은 더 빨리 뛰기 시작했다. 그가 손을 뻗어 내 셔츠 깃을 바로잡아 주었다. 손가락이 그 위에서 잠시 머물렀고, 나는 그걸 느끼며 전율에 온몸을 떨었다. 나는 숨을 멈췄다. 이 상황을 어떻게 받아들여야 할지 몰랐다.

가끔 내가 집에 올 때마다, 데릭은 나에게 장난스러운 플러팅을 하거나 의미심장한 윙크를 보내곤 했다. 솔직히 말하면, 나는 그에게 호감이 있었다. 그러지 않기가 어려웠다.

"마사지사로 일하시죠?" 그가 말했다.

"응." 나는 간신히 대답했다. 남자 때문에 숨이 막힐 정도로 긴장한 적은 거의 없었는데, 데릭은 달랐다.

그는 자기 어깨를 주무르며 말했다. "요즘 목이 너무 뻐근해서요. 혹시 좀 봐줄 수 있을까요?"

"해 줄게." 데릭을 마사지 침대 위에 눕히는 상상을 하자, 온몸이 찌릿했다. "언제가 좋은데?"

"지금은 어때요?"

"여긴 마사지 침대가 없는데."

그의 입꼬리가 살짝 올라갔다. "그럼 우리 집 침대를 쓰면 안 될까요?"

갑자기 숨이 막혔지만, 나는 고개를 끄덕였다. "그래…, 그래도 되지."

나는 데릭이 내 앞에서 속옷만 남기고 옷을 다 벗는 걸 지켜봤다. 동생 남편의 알몸에 가까운 모습을 보는 건 처음이었다. 솔직히 말하자면, 대단했다. 조각상 같았다. 그는 침대에 엎드려 누웠다. 가만히 내 손길을 기다렸다.

나는 손을 비벼 따뜻하게 했다. 하지만 오일도 로션도 없어서, 아무것도 바르지 않은 손가락을 그의 넓은 어깨선을 따라 움직였다. 나는 손바닥으로 그의 승모근을 주무르기 시작했다. 단단하게 긴장된 근육들. 그는 내 손길에 신음을 흘렸다.

"잘하시네요." 그가 말했다.

"이게 내 특기거든."

"다른 특기도 있어요?"

내가 대답하기도 전에, 그는 몸을 뒤집었다. 그의 눈이 내 눈을 붙잡았고, 그 순간 나는 녹아내렸다. 그는 몸을 일으켜 내 입술에 입을 맞췄다. 그런 키스는 처음이었다. 롭은 그런 키스를 할 줄 몰랐다. 내가 지금까지 만난 그 어떤 남자도 마찬가지였다. 하지만 데릭은 달랐다. 바로 느낄 수 있었다.

그날이 우리가 처음으로 관계를 가진 날이었다. 동생이 출장 중이던 날, 동생의 침실에서.

처음엔 단순한 이유에서였다. 그저 데릭에게 강하게 끌렸고, 내 희생을 당연하게 여긴 동생에게 복수하고 싶은 마음도 있었다. 하지만 점점…, 그를 정말 좋아하게 됐다. 나는 관계를 가진 뒤에 옷을 주워 입고 서둘러 집을 나오지 않았다. 가능한 한 오래, 그와 침대에 나란히 누워 대화를 나눴다. 그는 내 머리카락을 쓰다듬으며 내 눈을 바라봤다.

"내가 동생을 선택한 건 잘못이었나 봐." 지난주, 그가 그렇게 말했다.

나는 속삭였다. "아직 늦지 않았어."

"내가 퀸을 떠나면 넌 롭을 떠날 수 있어?"

나는 망설임 없이 대답했다. "응."

그가 진심이었는지는 모른다. 아마 영원히 알 수 없겠지. 하지만 그때의 나는 그의 말을 믿었다.

어제 오후 내내, 나는 그를 만날 생각에 몸이 달아올라 있었다. 그런데 두 시 예약 손님을 막 보내고 나자마자 원장이 내게 말했다. 직원 중 하나가 몸이 안 좋아서 집에 가야 한단다. 그러니 세 시 예약 손님을 내가 대신 받아 주겠냐고.

데릭을 빨리 보고 싶은 마음이 컸지만, 거절할 수는 없었다. 돈이 너무 필요했다. 내가 돈이 필요할 때 동생이 빌려줄 것도 아니니까.

나는 우리가 연락용으로 쓰는 선불폰으로 데릭에게 미안하다는 메시지를 보냈다. 한 시간쯤이나 어쩌면 더 늦어질 것 같다고. 하지만 너무 늦게 가면 퀸과 마주칠 위험도 있었다.

그런데 솔직히 말하면, 퀸이 들이닥쳐서 우릴 봤으면 하는 마음도 있었다. 데릭은 나를 위해 퀸을 떠나겠다고 했고, 퀸이 우릴 보면 일이 단번에 정리될 수 있을 테니까. 그리고 퀸이 지을 표정을 보고 싶었다. 퀸은 늘 내가 자기보다 못하다고 생각했다. 자신의 완벽한 남편이 자기가 아닌 나를 선택했다는 걸 알게 되면, 어떤 기분이 들까?

부탁받은 손님까지 마치고 나서, 나는 선불폰을 집어 들었다. 데릭에게서 온 메시지는 없었다. 하지만 소식이 없다는 건 좋은 소식이었다. 데릭은 받는 메시지마다 답장을 보내는 타입이 아니었다. 집착하는 사람도 아니었고.

문제는 퀸이었다. 시간이 늦어지고 있었고, 나는 퀸이 들이닥치는 걸 원치 않았다. 그래서 차에 타자마자 퀸에게 전화를 걸었다. 몇 번 신호가 간 뒤에야 전화를 받았다.

"언니!" 기분이 좋은 것 같았다. 오랜만이었다. 요즘 퀸은 늘 풀이 죽어 있었다. 완벽한 인생을 살면서 끊임없이 불평해 대는 걸 들어 주는 것도 이젠 지긋지긋했다.

"퀸." 나는 아무렇지 않은 척 말했다. "어디야? 지금 시간 돼?"

"지금은…, 아니. 나 아직 회사야."

거짓말이었다. 지금은 알지만, 그땐 몰랐다. 퀸은 그때 이미 도망치고 있었다. 그걸 모르던 나는 동생의 계획을 캐내야 했다. 데릭과 나에게 시간이 얼마나 남았는지 알아내야 했다. "몇 시에 끝나? 저녁 먹을까?"

"아니, 나…, 오늘 늦게까지 일해야 해."

나는 혀를 찼고, 회사가 퀸을 너무 혹사시킨다는 식으로 한마디 했다. 물론 퀸은 맞장구를 쳤다. 책상 앞에서 편하게 일하는 사무직인 주제에. 어디 여섯 시간 연속으로 사람 몸을 주무르는 일이나 해 보고 그런 소리를 하라지.

"그럼 이건 어때." 내가 말했다. "내가 오늘 밤 와인 한 병 들고 갈까? 같이 넷플릭스나 보자."

"안 돼!" 깜짝 놀란 듯한 목소리였다. 그땐 왜 그러나 싶었다. 혹시 데릭이랑 싸웠나 하고 생각했다. 조금 더 알아내고 싶었다.

"아니, 그러니까…, 내가 두통이 좀 있기도 하고, 오늘은 별로야. 누굴 만나고 싶지가 않네."

나는 더 캐내려 했지만, 퀸은 완강했다.

"좋아." 내가 말했다. "근데 너 나한테 외식 한 번 빚졌잖아. 내일 저녁은 롭이랑 먹기로 했는데…, 일요일은 어때?"

"그럼 월요일은 어때?"

"콜. 돈나텔로스에서 일곱 시에 만나. 늦지 마!"

물론 퀸은 월요일에 나를 만날 생각이 전혀 없었다. 그때쯤이면 이미 멀리 떠나 있을 작정이었으니까. 일요일을 피한 이유도 있었다. 내가 집에 들이닥쳐서 남편의 시체를 발견하는 일을 최대한 막고 싶었던 거다. 하지만 퀸은 내가 바로 그때 자기 집으로 가고 있다는 걸 몰랐다.

퀸과 데릭의 집에 도착했을 때, 내 몸은 언제나 데릭을 만나기 직전처럼 기대감으로 진동하고 있었다. 나는 집 열쇠를 가지고 있었기 때문에 그냥 문을 열고 들어갔다. 보통은 데릭이 문 앞에서 나를 맞아 줬다. 내가 들어올 때 그의 얼굴에 번지던 그 섹시한 미소가 좋았다.

하지만 이번에는 그가 보이지 않았다.

"데릭?" 내가 불렀다. 대답은 없다.

혹시 그사이 오지 말라고 문자를 보냈나 싶어 휴대폰을 확인했지만, 아무것도 와 있지 않았다.

"데릭?" 나는 거실로 들어가 주위를 둘러봤다. "여기 있어?"

대답이 없어서, 나는 부엌으로 갔고….

그의 시체 앞에서 무릎이 꺾였다. 그래, 그는 분명히 죽어 있었다. 의학 지식은 없지만, 그 정도는 알 수 있었다. 그는 말라 가는 피 웅덩이 속에 누워 있었다. 아름답던 얼굴은 창백했고, 입은 벌어진 채였고, 눈은 반쯤 떠져 있었다. 늘 생기 넘치던 사람이었던 그가 완전히, 돌이킬 수 없이, 죽어 있었다.

나는 그의 손을 들어 올렸다. 이미 굳어 가고 있었다. 나는 어렴풋이 명백한 범죄 현장에서 시체를 함부로 만지면 안 된다는 걸 알았다. 그래도 멈출 수가 없었다. 나는 이 남자를 사랑했다.

그런데 이제 그는 죽었다. 우리 부모님처럼.

"누가…, 누가 당신한테 이런 짓을 한 거야?" 나는 속삭였다.

놀랍지도 않게, 그는 대답하지 않았다.

나는 비틀거리며 일어섰다. 그리고 집을 훑었다. "퀸!" 나는 비명을 질렀다.

나는 방에서 방으로 뛰어다니며 퀸의 이름을 소리쳤다. 이 아름다운 집을 전부 부숴버리고 싶었다. 하지만 슬픔으로 머리가 뿌옇게 흐려진 와중에도, 그건 멍청한 짓이라는 걸 알았다. 그때쯤이면 이미 멀리 달아나고 있을 테니까.

아주 잠깐, 퀸이 아닌 누군가가 데릭을 죽이고 퀸을 인질로 잡아갔을 가능성도 생각했다. 하지만 나는 퀸이 그를 어떻게 생각했는지 안다. 둘이 얼마나 자주 싸웠는지도 안다. 솔직히 말해서, 내 머릿속에는 의심이 들 여지조차 없었다. 그를 칼로 찔러 죽인 건 퀸이다.

그리고 나는 퀸이 교묘하게 빠져나갈 거라는 것도 알았다. 그래, 도망친 건 멍청했다. 그건 분명 불리하게 작용하겠지. 하지만 퀸은 '남편이 나를 학대했다'라는 식의 변명을 들이밀고 무죄로 풀려날 거다. 하지만 데릭은 그녀를 학대하지 않았다. 나는 퀸이 어떤 인간인지 안다. 가끔은 나조차도 동생 뒤통수를 한 대 치고 싶을 때가 있었으니까.

나는 퀸을 찾아야 했다. 그리고 내가 사랑한 남자에게 저지른 짓의 대가를 치르게 하겠다고 맹세했다.

세 가지 맛에 체리까지 얹어서.

경찰보다 먼저 퀸의 휴대폰을 찾아낸 건 운이 좋았다. 그 부보안관 드와이어가 얼마나 멍청한지, 그것도 꽤 도움이 됐다. 나는 경찰을 퀸에게서 완전히 떼어 놓으려고 했지만, 그건 결국 실패했다. 퀸은 너무나 부주의했고, 결국 경찰에게 불러 세워졌다. 그런 것조차 제대로 못 한다. 무능하기로 소문난 이 동네 경찰들도 이 속도면 퀸을 찾아내고 말 거다.

그래서 내가 먼저 쫓아갔다. 백스터 모텔로.

주차장에 차를 세웠을 때, 모텔은 거의 버려진 것처럼 보였다. 모든 방의 불이 꺼져 있었다. 마치 수년 동안 아무도 묵지 않은 곳 같았다. 순간, 내가 착각한 건가 싶었다. 퀸이 여기에 오지 않았을 수도 있다고.

하지만 그때, 현관문이 벌컥 열리며 퀸이 튀어나오는 게 보였다. 퀸은 캐리어를 질질 끌고 있었고, 눈에는 눈물이 맺혀 있었다. 확실히 급히 도망치는 중이었다. 내가 1분만 늦었어도 그녀를 완전히 놓쳤을 거다. 타이밍이 이보다 좋을 수는 없었다.

나는 가방을 뒤져 롭의 주머니칼을 찾았다. 가방은 차에 두고, 칼을 오른손에 꽉 쥔 채 차에서 내렸다.

"안녕, 퀸!" 내가 외쳤다.

퀸은 놀란 얼굴로 나를 올려다봤다. 다시 나를 보게 될 거라고는 상상도 못 했을 테지. 하지만 나를 보고 절망한 것 같지는 않았다. 당연하지. 나는 언니니까. 늘 자신이 사고 치면 대신 수습해주던 사람이니까. 아마 내가 여기 도와주러 왔다고 생각했을 거다.

웃기고 있네.

"언니! 오, 하느님 감사합니다." 퀸이 흐느꼈다. 그러더니 내게 달려와 나를 껴안으려 했지만, 나는 한 걸음 물러섰다. 퀸은 눈을 깜빡이며 내가 포옹을 거부한 것에 당황한 기색을 드러냈다.

"클라우디아?" 퀸이 말했다.

"어떻게 그럴 수가 있어?" 나는 목이 막힌 채 내뱉었다. "어떻게…, 그런 짓을 할 수가 있냐고."

"데릭이…," 퀸은 두 손을 자기 목으로 가져갔다. "날 목 졸라 죽이려고 했어. 나…, 나는 어쩔 수 없었어…."

"거짓말." 나는 이를 갈며 내뱉었다. "데릭이 날 더 좋아하는 걸 못 견딘 거잖아."

"클라우디아, 무슨 소리야?"

"무슨 소린지 넌 알잖아."

그때, 퀸의 눈이 커졌다. 내 오른손에 들린 칼을 본 것이다. 그제야 퀸은 깨달았다. 퀸은 데릭이 바람을 피운다는 건 알고 있었을지도 모르지만, 상대가 나인 줄은 몰랐던 거다. 그런데 이제, 자기가 죽기 직전에 알게 됐다. 나는 퀸이 그걸 알길 바랐다.

그리고 나는 퀸의 배에 칼을 꽂아 넣었다. 깊숙이. 퀸이 그에게 했던 것처럼. 시적인 복수였다.

퀸의 몸이 힘없이 무너져 내렸다. 내 동생은 원래도 작았지만, 최근 몇 년 사이에는 거의 뼈만 남을 정도로 말라 있었다. 반면 나는 마사지 일을 하는 덕분에 팔에 단단한 근육이 붙어 있었다. 그래서 나는 퀸의 축 늘어진 몸을 어렵지 않게 들어 올릴 수 있었고, 이미 열려 있던 내 차 트렁크 안에 눕혀 넣었다.

트렁크를 쾅 닫고 나서야, 모텔 2층의 불빛이 켜진 걸 봤다.

목격자다.

내가 방금 저지른 일을 누군가 봤을지도 모른다는 생각에 배가 꽉 조여 왔다. 내가 너무 경솔했다. 일단 차에 태운 다음 인적 없는 곳으로 데려가서 거기서 끝냈어야 했다.

나는 늘 그런 게 문제다. 생각보다 먼저 몸이 움직인다.

그래서 나는 모텔로 들어가 방을 잡았다. 이런 모텔에 묵는 사람은 많아야 한두 명일 테니까. 제대로 마무리해야 할 것들이 있었다. 그리고 어차피 시간을 좀 벌 필요도 있었다. 경찰이 아직 주변을 맴돌고 있으니까. 여기서 처리할 건 처리하고, 트렁크에 퀸의 시체를 싣고 나갈 때쯤이면 경찰도 떠나고 없을 것이다.

그런데 그레타 때문에, 내가 미처 몰랐던 다른 목격자 한 명이 더 있다는 걸 알게 됐다. 낡고 망가진 그 집 2층에 있는 여자. 로 잘리.

그 여자가 내 마지막 '마무리'다.

그 여자만 처리하면 나는 떠날 수 있다.

◆

로잘리가 이미 경찰에 전화했는지는 모르겠다. 했을 수도 있고, 그럼 늦었을 수도 있다. 하지만 롭이 나와 통화하면서 내가 하는 말을 한마디도 제대로 듣지 못했던 걸 생각해 보면, 로잘리도 제 대로 통화하지 못했을 가능성이 크다. 아마 통화 상태가 정상이 되길 기다리고 있겠지. 하지만 그땐 이미 늦는다.

인터넷 기사에서 로잘리에 대해 읽었다. 로잘리 백스터. 기사에 따르면 그녀는 '휠체어에 묶여' 산다. 말인즉, 그레타처럼 쉽게 끝 난다는 거다.

닉 백스터는 그렇게 쉽진 않겠지. 하지만 그는 201호에서 누수 를 고치느라 바쁠 거다. 아무것도 못 본다. 더 좋은 건, 2년 전 있 었던 그 사건 탓에, 이번에 또 누가 죽으면 확실히 닉이 용의자가 될 거다. 사람들은 이미 그를 살인자라고 믿는다. 거기서 한발 더 나아가는 건 어렵지 않다. 내가 저지른 모든 일은 닉 백스터가 뒤 집어쓰게 될 거다.

너무나 완벽하다.

모텔을 내려다보는 그 방을 향해 계단을 오르며, 칼이 손안에서 묵직하게 느껴졌다. 내가 이런 짓을 할 수 있을 거라고는 상상도 못 했는데, 신기하게도 하면 할수록 쉬워진다.

퀸도 이랬을까? 데릭의 배에 칼을 꽂아 넣으면서 이렇게 느꼈을까?

그 생각을 하면 가슴이 저릿하게 아프다. 그가 죽었다는 게 아직도 믿기지 않는다. 다시는 나를 안아 주지 못한다는 것도.

드디어 도착했다. 2층 침실 앞. 나는 문손잡이에 손을 얹었다. 손이 떨릴 거라 생각했는데, 전혀 아니었다. 문 뒤에서 로잘리 백스터가 뭘 준비해 뒀는지 나는 모른다. 휠체어에 앉아 있다고 해서 총이 없다는 뜻은 아니다. 문을 여는 순간, 그녀가 내 얼굴을 향해 총을 쏠 가능성도 있다.

그런데도…, 왠지 그럴 것 같진 않다. 그리고 이상하게도, 나는 겁이 나지 않는다.

나는 문을 벌컥 열었다. 그 여자는 휠체어에 앉아 있었다. 내가 겁먹지 않은 건 옳았다. 창문에 비친 그림자일 때는 음산해 보였지만, 가까이서 본 로잘리 백스터는 전혀 위협적이지 않았다. 그녀는 작았다. 만약 서 있을 수 있었다면 키가 150센티도 안 됐을 것 같았고, 거의 시체처럼 뼈만 남아 있었다. 마른 얼굴에서 유난히 커 보이는 갈색 눈으로 나를 올려다봤다.

솔직히 칼조차 필요 없겠다 싶었다. 맨손으로도 허리를 반으로 꺾어 버릴 수 있을 것 같다. 아니, 바람만 좀 세게 불어도 쓰러질 몰골이다.

어쩌면 내가 이 여자의 바람을 이루어 주는 걸지도 모른다. 이 여자의 삶은 분명 지옥일 거다. 하루 종일 여기 갇혀 혼자 지내고 있고, 마음대로 움직이지도 못하고, 성질 더러운 남편이랑 살아야 하고, 어쩌면 그 남편은 모텔 문을 열고 들어오는 예쁜 여자들을 다 건드리고 있을지도 모르지. 나는 그녀를 빨리 끝내 줄 것이다. 고통 없이.

그런데 그녀는 공포에 질려 있다. 손을 들어 올리는데, 손이 덜덜 떨리는 게 보였다.

"미안해요." 그녀가 숨넘어가듯 말했다. "내가 뭘 했다고 생각하든…, 정말 미안해요."

그녀의 시선이 옆으로 향한다. 그리고 나는 침대 위에 놓인 것을 봤다. 쌍안경이다. 이 여자는 쌍안경으로 나를 보고 있었던 거다. 얼마나 한심해. 얼마나 비열해.

그 순간, 이 불쌍한 존재에게 품었던 동정심이 싹 사라졌다. …그냥 빨리 끝내 주지 말까.

여기 오길 잘했다.

"내 동생한테 무슨 일이 생겼는지 알고 있지?" 나는 쏘아붙였다.

그녀가 커다란 갈색 눈을 깜빡였다. "네? 동생이요?"

나는 한 걸음 다가갔고, 그녀는 움찔했다. "모르는 척하지 마."

"저는…, 저는 무슨 말인지 정말 모르겠어요…."

"거짓말."

"제발…," 이제 그녀는 울기 시작했다. "난 당신 동생한테 아무 짓도 안 했어요. 맹세해요."

"나는 네가 했다고 한 적 없어." 나는 짜증으로 어깨가 잔뜩 굳었다. 왜 이러는 거야? 내가 그렇게 멍청해 보이나? "하지만 네가 뭘 봤는지는 알아."

그녀의 가느다란 턱이 떨렸다. "제가 봤…, 봤다고요?"

"너의 그 쌍안경으로." 나는 비웃었다. "정말 한심하네."

그녀가 얼굴을 붉히며 움찔했다. "죄송해요. 그러면 안 됐는데…, 정말 죄송해요…."

"늦었어."

"아니, 아니에요. 제발…, 제발 그러지 마세요…." 그녀는 휴대폰을 내려다봤다. 처참할 정도로 희망을 붙들고 있는 표정. "닉이 올 거예요. 당신…, 그러면 여기서 못 빠져나가요…."

"아니." 내가 말했다. "닉은 안 와." 그리고 나는 마지막 못을 박았다. 나는 칼을 들지 않은 손으로 가방 안을 뒤져, 프런트에서 슬쩍해 온 휴대폰을 꺼내 들었다.

"왜냐면 내가 그의 휴대폰을 가지고 있으니까."

그녀 얼굴에 남아 있던 마지막 핏기가 빠져나갔다. 이제 너도 알겠지. 끝났다는 걸. 나는 칼도 있고, 네 남편의 휴대폰도 있다. 너는 아무것도 없다. 누구도 너를 구하러 오지 않는다.

로잘리 백스터는 이제 끝이다.

40

로잘리

나는 끝까지 희망 하나를 붙잡고 있었다. 닉이 내 메시지를 보고 달려와 줄 거라는 희망. 언제나 그랬듯, 이번에도 나를 위해 와 줄 거라는 희망.

하지만 저 끔찍한 여자가 내 남편의 휴대폰을 보여 주는 순간, 그 희망은 꺼져 버렸다. 그리고 그보다 더 무서운 건 저 여자가 남편의 휴대폰을 어떻게 손에 넣었을까 하는 부분이었다. 닉에게 무슨 짓을 해서 휴대폰을 뺏은 걸까?

"아, 걱정 마." 그녀가 웃었다. "닉은 멀쩡해. 프런트에 놓고 간 걸 내가 가져온 것뿐이야." 그녀는 턱을 치켜들었다. "음, 지금은 멀쩡하겠지. 하지만 널 죽인 죄로 체포당하는 건 확실해. 난 그때쯤이면 이미 멀리 떠났을 거고."

그녀가 내 쪽으로 다가오자, 숨이 턱 막히는 것 같았다. 그녀는 정말…, 이런 짓을 저지르고도 빠져나갈 수 있을까?

…어쩌면 가능할지도 모른다. 닉은 불과 2년 전 크리스티나 마시 살해 혐의를 간신히 피했다. 내가 살해된 채로 발견되면, 이번엔 그를 기소하지 않을 수가 없다. 닉은 저 여자의 말대로 감옥에 갈 거다. 어쩌면 영원히.

나는 이렇게 죽을 수 없다. 안 돼. 닉과 나는 해피엔딩이어야 한다. 그레타가 그렇게 말했단 말이야.

이제 자기 연민도 지긋지긋하다. 만약 내가 살아남는다면 남은 모든 순간을 진짜로 소중히 여길 거다.

숨 막히는 느낌이 점점 더 심해졌고, 나는 기침을 했다. 그 소리가 입 밖으로 튀어나오자 여자가 움찔했다. 그녀의 얼굴에 당황한 기색이 스쳤다. 그제야 깨달았다. 이 여자는 내가 왜 아픈지 모른다. 내가 무슨 병에 걸렸는지 전혀 모른다. 어쩌면 그녀는 내가 전염병에 걸린 걸로 생각할 수도 있다.

그래서 나는 더 크게, 더 거칠게 기침하기 시작했다.

그녀는 얼어붙었다. 나는 원래라면 지금쯤 칼에 찔렸어야 할지 모르지만, 그녀는 지금 자신이 뭘 해야 하는지 모른다. 내 기침이 그녀를 흔들어 놓았다. 내가 뭔가를 할 거라면 바로 지금이다. 닉이 오지 않는다는 건 이제 분명하니까.

나는 내 안에 남아 있는 힘을 모조리 끌어모았다.

그리고 그녀에게 달려들었다.

순간, 세상이 어지럽게 출렁였다. 내가 그녀를 넘어뜨릴 만큼의 힘이 아직 있을까 확신하지 못했는데, 어떻게든 해냈다. 그녀는 뒤로 넘어졌고, 우리 둘은 함께 바닥으로 굴러떨어졌다. 그녀의 머리가 바닥에 부딪히며 두개골이 깨지는 듯한 소리가 크게 났다. 그녀가 아직 칼을 쥐고 있는지는 모르겠다. 하지만 확인할 생각은 없다. 나는 손을 뻗어, 손톱으로 그녀의 옆얼굴을 길게 긁어내렸다.

그녀가 비명을 질렀다. 내가 손톱을 자른 지 좀 됐나 보다.

사실 이 승부는 그녀 쪽이 유리했다. 나는 수년 동안 이 방에서 썩어 가듯 지내서, 지금은 새끼 고양이만큼이나 약하다. 하지만 칼에 찔려 죽을 뻔하자, 아드레날린이 솟구쳐 내 몸에 힘을 되돌려 줬다. 나는 생각하지도 않았다. 있는 힘을 다해 그녀를 긁고, 할퀴고, 매달렸다. 나를 죽이겠다면, 쉽게는 못 죽인다. 그리고 손톱 밑에 이 여자의 DNA를 잔뜩 묻혀 둘 거다. 그래야 사람들이 닉이 날 죽인 게 아니라는 걸 알 테니까.

"오, 세상에! 로지!"

나는 잠깐 숨을 고르고 고개를 들었다. 닉이 내 위에 서서, 믿을 수 없다는 듯한 얼굴로 나를 내려다보고 있었다. 내가 아래를 보니, 밑에 깔려 있던 정체불명의 여자는 얼굴이 온통 피투성이가 되어 있었다. 아마 정신을 잃은 것 같다.

나는 그녀 위에서 굴러떨어지듯 떨어져 나와, 헐떡이며 숨을 몰아쉬었다.

"닉…," 겨우 입을 열었다. "저 여자…, 저 여자가…."

"알아." 닉의 얼굴은 굳어 있었다. "201호 방 창문으로 봤어. 칼도 봤고. 최대한 빨리 달려왔는데, 내가 늦은 줄 알았어…." 그는 의식을 잃고 바닥에 쓰러져 있는 여자를 내려다봤다. "설마 내 아내가 닌자일 줄은 몰랐지."

나는 웃으려고 했는데, 대신 눈물이 터져 나왔다.

41

클라우디아

정신을 차렸을 때, 나는 바닥에 누워 있었다.

잠깐 동안은 너무 혼란스러워서 무슨 일이 있었는지 떠오르지 않았다. 기억나는 건 그 병든 여자가 내게 기침을 마구 해댔다는 것뿐이었다. 그 여자는 금방이라도 죽을 것처럼 기침해댔다. 그런데 바로 다음 순간, 그녀가 나를 바닥으로 내동댕이쳤다. 그 작은 몸에서 그런 힘이 나올 줄은 몰랐다. 그녀는 내 얼굴을 미친 듯이 할퀴었고, 그다음엔 모든 게 까맣게 됐다.

나는 눈을 깜빡였다. 뒤통수에 날카로운 통증이 콕 하고 박혔다. 그 여자가 나를 그렇게 넘어뜨렸다는 게 아직도 믿기지 않는다.

시야가 조금씩 또렷해지자, 나는 내가 이 방에 혼자 있는 게 아니라는 걸 깨달았다. 그 남자, 닉이 침대에 앉아 있었다. 내 칼을 손에 쥔 채로. 입을 일자로 굳게 다문 얼굴로.

"움직이지 마." 그가 말했다. "경찰이 오는 중이야."

그의 눈은 얼음 같았다. 그는 지금 사실을 말하고 있는 거다. 어쨌든 그는 전에 사람을 죽인 적이 있다. 자기 내연녀를.

"봐요." 나는 몸을 일으키려 애썼다. "굳이 나를 경찰에 넘길 필요 없잖아요. 아무도 다치지 않았는데."

그의 눈빛이 순간 번쩍했다. "움직이지 말랬지."

나는 깊게 숨을 들이마셨다. 이제 나는 잃을 게 없다. 그는 모르겠지만, 앞으로 1분 안에 내가 이 방을 빠져나가지 못하면 나는 끝장이다.

"돈을 줄게요. 원하는 만큼. 얼마든."

그는 코웃음을 쳤다.

좋아. 그렇단 말이지. "있잖아요." 내가 말했다. "결국 이건 경찰이 당신들 말을 들을지 내 말을 들을지예요." 나는 조심스레 얼굴을 만졌다. 그의 아내가 남긴 상처투성이다. 손을 떼자, 피가 흠뻑 묻어 나왔다. "여기서 다친 사람은 나예요. 경찰이 오면 당신들이 나를 공격했다고 말할 거예요. 당신이랑 당신의 미친 아내 둘 다 감옥에 가게 될걸요."

닉은 그 말에도 아무 반응이 없었다.

"날 그냥 보내줘요." 나는 바닥에서 몸을 움직이며, 그가 틈을 주기만 하면 바로 일어날 준비를 했다. "지금 당장 나가게 해 주면 아무한테도 말 안 할게요. 맹세해요."

"한 번만 더 움직이면," 닉이 차분하게 말했다. "이 칼, 네 눈에 꽂아 넣을 거야. 알아들어, 이 아줌마야?"

"경찰한테 당신이 날 협박했다고 말할 거예요." 나는 작은 목소리로 말했다. "맞잖아요. 지금도 협박하고 있잖아요. 그럼 경찰이 누굴 믿을까요? 나랑 당신 중에."

닉은 한동안 나를 똑바로 쳐다봤다. 그가 숨을 쉴 때마다 그의 어깨가 오르내렸다. 그러다 이를 갈듯 낮게 내뱉었다. "네가 그레타 씨한테 무슨 짓을 했는지, 내가 봤어. 그리고 넌 내 아내를 죽이려 했지. 네가 수갑을 차지 않고서 이 방을 나갈 일은 절대 없어. 이 미친 아줌마야."

아. 그 노파가 있었지. 젠장.

그때 사이렌 소리가 들리기 시작했다. 매초마다 더 커지고 더 가까워졌다. 닉은 칼을 너무 세게 쥐고 있어서 손마디가 하얗게 질릴 정도였다. 얼마 전까지만 해도 칼을 쥔 쪽은 나였고, 로잘리는 내 앞에서 벌벌 떨고 있었다. 그런데 그녀가 달려들어 나를 넘어뜨렸다.

하지만 닉은 로잘리와 다르다. 쓱 보기만 해도 안다. 나는 그에게 로잘리에게 했던 것처럼 할 수 없다. 내가 바닥에서 일어나려는 순간, 그는 정말로 나를 죽일 것이다.

몇 분 뒤, 경찰이 방 안으로 들이닥쳤다. 누군가 전화로 모든 일을 이미 설명해 둔 모양이었다. 그들은 상황을 전부 알고 있는 듯했다. 얼굴에서는 피가 흐르고 머리가 지끈거리는데도, 나는 수갑을 찬 채로 권리 고지를 들었다.

그들은 나를 계단 아래로 끌고 내려가 차가운 바깥공기 속으로 밀어 넣었다. 이 집에 들어올 때 재킷을 벗어 두었지만, 다시 입을 기회는 주지 않았다. 아마도…, 내 재킷을 입을 권리쯤은 이미 잃은 거겠지.

집 밖으로 나오자, 그들이 내 차 트렁크를 강제로 열고 있는 게 보였다. 그리고 스콧 드와이어 부보안관이 트렁크 바로 옆에 서 있었다. 트렁크가 완전히 열리는 순간, 그의 얼굴이 창백하게 질렸다.

"이런, 세상에…," 스콧이 말했다. "젠장, 구급차는 대체 언제 오는 거야?"

그들이 내 트렁크에서 뭘 발견했는지, 나는 알고 있다. 나는 걸음을 멈췄다. 내 팔꿈치를 붙잡고 순찰차로 향하던 경관이 놀라 비틀거리다 내 팔을 놓쳤다. 나는 내 차 쪽으로 달려갔다.

도망칠 수 없다는 건 안다. 그래도 보고 싶었다.

스콧이 재빨리 내 앞을 가로막았고, 다른 경찰이 거칠게 내 팔을 다시 붙잡았다. 나는 늘 스콧이 경찰치고는 너무 착하다고 생각해 왔다. 하지만 지금 그의 눈은 얼음처럼 차가웠다. 맨손으로라도 나를 목 졸라 죽일 수 있을 것처럼 보였다.

"어떻게 그럴 수가 있어?" 그가 숨이 막히는 듯이 내뱉었다. "어떻게 퀸한테 그런 짓을…, 당신이…."

나는 그를 똑바로 바라봤다. "미안, 스코티. 퀸과 다시 잘해 볼 기회가 사라졌네."

그는 오른손 주먹을 말아 쥐었다. 나를 치고 싶어 하는 게 분명했다. 수갑을 찬 채로 서 있는 나는 너무나 쉬운 표적이었는데도, 그는 때리지 않았다. 그게 바로 스콧이라는 인간이다. 한결같이 쫀다. 십 년 동안 마음에 품어 온 여자가 차 트렁크 안에서 피를 흘리며 죽어 가는 걸 보면서도, 그는 아무것도 하지 못한다.

"숨은 쉬어?" 내가 물었다.

스콧은 나를 노려보며 코웃음을 쳤다. 그리고 내 팔을 붙잡고 있는 경찰에게 고개를 끄덕였다. "데려가."

　나는 다시 묻고 싶었지만, 팔이 세게 잡아당겨지는 바람에 손목이 부러질 것처럼 아팠다. 하지만 이미 답은 알고 있다.

　퀸은 살아남을 거다.

　결국 운이 따르는 쪽은 늘 퀸이었으니까.

42

로잘리

경찰이 우리 집에 영원히 붙어 있을 것 같은 느낌이다.

닉은 내가 그 여자 곁을 가까이에서 지나치지 않도록 나를 안고 아래층으로 내려왔다. 나중에 들었지만, 그 여자의 이름은 클라우디아 딜레이니라고 했다. 그리고 우리 모텔에 묵고 있던 다른 여자, 그러니까 닉에게 키스했던 그 여자의 언니였다. 나는 아직도 클라우디아 딜레이니가 왜 자기 동생을 찔렀는지 완전히 이해되진 않는다. 아무튼 경찰은 차 트렁크에서 의식을 잃은 채 피를 많이 흘리고 있는 그녀를 발견했고, 곧장 병원으로 옮겼지만 살아남을지는 장담할 수 없다고 했다. 이게 다 무슨 일인지 상상도 못 하겠다.

경찰은 한참 동안 닉을 붙잡고 질문했다. 닉이 최대한 침착하게 대답하려고 애쓰는 게 보였다. 같은 이야기를 몇 번이고, 몇 번이고 반복했다. 그리고 그레타가 그렇게 돼서…, 진심으로 절망하고 있었다. 그는 처음엔 그레타 방으로 가서 그녀에게 경찰에 신고해 달라고 할 생각이었다. 그런데 그레타는 자기 방에서 칼에 배를 찔린 채 바닥에 쓰러져 있었다. 그리고 믿기지 않게도 구급차가 도착했을 때, 그녀는 아직 숨을 쉬고 있었다. 하지만 그녀는 나이가 너무 많아 살 가능성은 크지 않았다. 우린 둘 다 그레타를 많이 좋아했다.

마침내 경찰이 떠났다. 그리고 다행히도, 정말 다행히도 내 남편에게 수갑을 채워 끌고 가진 않았다.

닉은 부엌 식탁 옆에 있는 의자 하나에 털썩 주저앉았다. 얼굴이 새하얗다. 나는 휠체어를 굴려 그에게 다가갔다. 그가 무슨 생각을 하고 있을지 묻는 게 무서웠다. 우리는 헤어졌다. 불과 몇 시간 전, 우리는 우리의 결혼이 끝났다고 결론 내렸다. 내가 알기로, 그는 이미 마음을 접었다.

"닉." 내가 말했다.

그가 눈을 들었다. 눈가가 벌겋게 부어 있었다. "응."

"…괜찮아?"

"응, 나는…," 그는 한숨을 길게 내쉬었다. "네가 거의 죽을 뻔했잖아. 그게 아직도 믿기지가 않아."

나는 애써 웃어 보였다. "아냐. 나 괜찮았어. 간단히 제압했지."

"맞아, 그랬어." 그는 웃어 보이려 노력했다. "있지, 로지…."

나는 몸을 굳혔다. 듣고 싶지 않다. 그가 오늘 밤 나를 떠난다고 말하는 건 듣고 싶지 않다. 이런 일을 겪고 나서 그런 말까지 들으면 나는 견딜 자신이 없다.

…아니, 어쩌면 오늘 밤엔 떠나지 않을 수도 있다. 하지만 대신

'정리'할 계획을 세우자고 할 거다. 내가 그의 마음을 돌릴 수 있을 것 같지가 않다. 이 결론은 오래전부터 예고되어 있었으니까.

그래도 나는 시도할 거다.

"난 우리가 계속 같이 살았으면 좋겠어." 그런데 닉이 불쑥 말했다.

나는 멍하니 그를 바라봤다. "정말…?"

"응." 그는 손바닥으로 눈을 비비고는 다시 나를 바라봤다. "아까 너랑 얘기하고 나서, 나 진짜 비참했어. 너 없이 살고 싶지 않아. 절대. 지금 우리가 이렇게 된 게…, 너무 슬프긴 해. 우리 사이가. 하지만 난 포기 안 해. 널 너무 사랑해."

"아." 내가 겨우 말했다.

"그리고," 그가 덧붙였다. "너도 나 아직 사랑하는 것 같아."

내 뺨이 뜨거워졌다. "맞아. 나도 그래. 정말. 정말로."

그가 손을 뻗어 내 손을 잡았다. "그럴 줄 알았어."

"근데," 내가 말했다. "이 부엌, 침실로 바꾸면 진짜 괜찮을 것 같아."

그 순간, 아마도 몇 년 만에 처음으로 닉의 눈이 반짝였다. "나도 그렇게 생각해."

그렇게 우리는 다음 한 시간 동안, 손을 맞잡은 채로 앉아서, 미래를 위한 계획을 세웠다.

에필로그

퀸

2년 반 후

느긋하고 더운 일요일 오후다.

오늘 기온은 30도를 훌쩍 넘겼다. 사실이라면 에어컨을 빵빵하게 틀어 놓은 집 안에 있어야 맞다. 하지만 짧게나마 감옥에 다녀온 뒤로, 나는 실내에 오래 머무는 걸 견디지 못하게 됐다. 그래서 오늘 아침, 비교적 선선할 때 정원을 조금 손봤다. 작년에 그 호사스러운 큰 집을 팔고, 뒤뜰에 아름다운 정원이 딸린 훨씬 작은 집을 샀다. 정원을 가꾸는 일에서 나는 큰 기쁨을 느낀다.

그리고 지금은, 아침 노동을 보상받듯 앞마당 현관에 놓인 흔들의자에 앉아 얼음이 가득 든 레모네이드를 마시고 있다. 늦은 오후라 곧 기온도 내려갈 거다. 산들바람이 목덜미 뒤쪽의 잔머리를 살짝 들어 올린다.

살아 있다는 게 그냥 좋은 날들이 있다.

하마터면 그럴 수 없을뻔했다. 나는 특정 각도에서 느껴지는 복부의 통증을 의식해서, 흔들의자에 앉은 채로 자세를 조금 바꾸었다. 그곳에는 평생 남을 흉터가 있다. 내가 얼마나 죽음에 가까웠는지를 상기시키는 흔적. 병원 중환자실에 누워 있었던 기억, 목에 관이 꽂혀 있던 순간들.

전부 클라우디아 때문이다. 내 언니.

진실을 알았을 때, 나는 내가 너무 어리석었다는 생각이 들었다. 언니가 수년 동안 나를 얼마나 원망해 왔는지 전혀 몰랐다. 내 남편과 바람을 피우고 있었다는 것도, 그리고 그를 사랑하고 있었다는 것도 상상조차 못 했다.

언니가 직접 내 앞에서 말하지 않았다면 지금도 믿지 못했을 거다. 내가 언니의 변호사 수임료를 대겠다고 했을 때, 언니는 거절했다.

'나한테 호의 베풀지 마. 넌 한 번도 그런 적 없잖아.'

언니가 그 돈을 받았더라면 좋았을 텐데. 언니의 변호사는 통제되지 않은 양극성 장애에 의한 심신 미약을 주장했다. 언니가 양극성 장애 진단을 받은 건 알고 있었지만, 약으로 조절되고 있는 줄 알았다. 하지만 알고 보니 약을 끊은 상태였고, 불쌍한 롭은 전혀 모르고 있었다. 어쨌든 그 변론은 통하지 않았다. 배심원단은 그녀에게 걸린 살인미수 혐의 세 건을 유죄로 인정했다. 그녀는 아주 오랫동안 감옥에 있을 것이다.

나는 몇 번이나 면회를 시도했지만, 그녀는 나를 만나길 거부했다.

다행히 나는 뛰어난 변호사를 선임했다. 스콧 드와이어가 추천해 준 사람이었다. 그리고 모텔의 그 남자, 닉 백스터가 증인으로 나와 내 목에 남은 멍 자국에 대해 증언해 주었다. 그는 결국 정말 괜찮은 사람이었다. 배심원단은 내가 정당방위로 행동했다고 판단했고, 나는 모든 혐의에서 무죄를 선고받았다.

레모네이드를 한 모금 마시는 순간, 집 앞에 경찰차가 멈춰 섰다. 한동안은 경찰차를 보기만 해도 속이 울렁거렸었다. 살인죄로 재판을 겪은 뒤의 후유증이다. 하지만 경찰관과 연애를 하다 보니, 이제 그 정도는 극복하게 됐다.

스콧 드와이어가 차에서 내리며 환하게 웃는다. 그는 나를 볼 때마다 얼굴이 밝아진다. 오늘은 제복 대신, 흰 셔츠에 바지를 입고 있다. 가슴이 아플 정도로 잘생겼다.

오랫동안 나는 또 다른 남자와 관계를 맺는 걸 생각조차 할 수 없었다. 재판이 끝난 뒤, 나는 다시는 남자와 엮이지 않겠다고 다짐했다. 하지만 스콧은 재판 기간 내내, 그리고 그 이후에도 내 곁을 지켜 주었다. 내가 조언이 필요할 때마다 도와줬다. 우리 사이에는 아무 일도 없었지만, 그는 오랜만에 생긴 진짜 친구였다. 데릭은 내가 남자와 친구로 지내는 걸 절대 허락하지 않았지만, 이제 나는 자유다.

그리고 약 3개월 전, 오늘처럼 더운 날에 스콧이 아이스크림을 먹으러 가자고 했다.

그렇게 우리는 연인이 됐다.

"갈 준비 됐어?" 스콧이 묻는다.

나는 흔들의자에서 일어나 파란색 여름 원피스의 잔주름을 털어 냈다. 염색하지 않은 지 2년 반, 내 머리는 마침내 본래의 색으로 완전히 돌아왔다. 이 색이 그리웠다.

"응." 내가 말했다.

그는 시계를 흘끗 봤다. "차가 안 막힐 것 같으니까, 한 시간쯤 걸릴 거야."

나는 그에게 미소 지었다. "난 급한 거 없어."

나는 그의 차로 이어진 진입로를 내려갔다. 그는 서둘러 차를 빙 돌아와 조수석 문을 열어 줬다. 그럴 필요 없다고 늘 말하지만, 그는 꼭 그렇게 한다. 다정하다.

"그 식당 리뷰가 엄청 좋더라." 스콧이 운전석에 앉으며 말했다. "기대되네. 정말 자리 있는 거 맞지?"

"확실해." 내가 말했다. "미리 전화했어."

스콧은 내 손을 잡아 살짝 쥐었다. 그리고 시동을 걸었다. 우리는 그렇게 길을 나섰다. 그가 내 인생의 마지막 남자가 될지는 모르겠다. 하지만 지금은 그와 함께 있는 게 좋다. 그는 나를 제대로 대하고, 나는 그를 많이 좋아한다. 지금의 나에게는 그게 가장 중요하다.

그리고 한 시간 뒤, 우리는 로잘리에서 근사한 저녁을 먹을 것이다. 닉이 자리를 하나 비워 두겠다고 했다.

로잘리

오늘 밤 로잘리는 북적거린다.

물론 요즘은 매일 밤이 그렇다. 한때 나무판자로 막혀 있던 이

식당에 손님들이 하나둘 다시 찾아오기 시작하더니, 곧 전과 같이 활기를 띠었다. 지난달에는 닉이 유명한 음식 블로그에 식당 소개 글까지 써 올리는 바람에 이제는 정신없을 정도로 붐빈다. 조금 버거울 때도 있지만, 나는 이 상황이 좋다. 정말로.

새로 들어온 종업원 바네사가 계산대 쪽으로 다가와 주문표가 가득 끼워진 클립보드 두 개를 내려놓았다. 바네사는 지난달에 일을 시작했는데, 꽤 잘하고 있다. 나는 서서 일할 수 없는 사람을 위해 높이를 낮춰 둔 카운터 너머로 손을 뻗어 주문표를 받아 들었다. 주방 전체가 나에게 맞게 개조되어 있었다. 다만 나는 직접 요리를 하는 대신 주방을 총괄하는 역할이기 때문에, 일부는 예전 모습 그대로 두었다. 주방에서 나가는 모든 접시는 반드시 내 기준을 통과해야 한다.

레스토랑 로잘리는 길가에 있는 허름한 식당이 아니다. 더 나은, 특별한 곳이다. 적어도 나는 그렇게 믿고 있다.

"손님들이 다들 음식을 즐기나요?" 내가 바네사에게 물었다.

그녀는 열심히 고개를 끄덕였다. "오늘 밤은 팁이 엄청나요."

나는 웃었다. "그렇다니 기쁘네요."

주방의 요리사 팀에게 새 주문을 외쳐 전달하고 나서 고개를 들자, 주방 입구에 서 있는 닉이 보였다. 그는 나를 향해 씩 웃더니 가볍게 손을 흔들었다. "지금 많이 바빠?"

나는 일부러 크게 한숨을 내쉬었다. "항상 바쁘지. 당신은 왜 이렇게 홍보를 잘하는 거야?"

"글쎄. 왜 이렇게 음식이 맛있는 거야?"

나는 가슴 앞으로 팔짱을 낀 채 배 위에 얹었다. "다 당신 탓이야. 확실해."

"그래, 그래." 그는 옆으로 고개를 기울였다. "몸은 좀 어때?"

"괜찮아."

"정말? 괜히 무리하다간…"

"괜찮다니까, 닉." 나는 그를 빤히 바라봤다. "걱정 좀 그만해."

"미안." 그가 쑥스러운 듯 말했다. "그래도…, 너무 기다려져서. 알지?"

원래 닉은 나를 이렇게까지 걱정하지는 않았다. 내가 거의 죽을 뻔했던 그날 이후로 그는 나를 정말 미친 듯이 밀어붙였다. 어떤 날은 내가 원한 것보다 더. 우리는 다시 헬러 박사를 찾아가 피로를 크게 줄여 주는 약을 처방받았고, 우울증에 큰 도움이 되는 약도 복용하기 시작했다. 내가 처음부터 항우울제를 복용했어야 했다는 걸 안개가 걷히고 나서야 깨달았다. 그전까지 내 삶이 얼마나 어두웠는지 전혀 몰랐던 거다. 그리고 집 밖에서는 전동 휠체어를 쓰기 시작했다. 그 후로는 이미 몸이 피로한 상태에서 휠체어를 미느라 모든 에너지를 쏟지 않아도 됐다.

우울 증상이 사라지자 나는 다시 나 자신으로 돌아온 느낌이 들었다. 그리고 내 꿈을 거의 놓칠 뻔했다는 사실이 믿기지 않았다.

그래서 우리는 다시 시작했다. 첫해는 더뎠지만, 결국 예전처럼 활기를 되찾았다. 지금 로잘리는 개업 이래 가장 바쁜 시기다. 거의 매일 밤 손님들이 줄을 서서 기다린다.

그래서 때가 정말 안 좋았다. 하지만 아기를 갖기에 완벽한 때가 과연 있긴 할까? 상관없다. 좋든 싫든, 한 달 뒤면 닉과 나는 부모가 된다.

과거에 유산한 적도 있었으니, 닉이 날 이렇게 걱정하는 것도 어쩔 수 없다. 하지만 지금은 내가 출산 휴가를 떠날 수 없는 시기다. 종업원을 늘리기엔 아직 자금 사정이 넉넉하지 않아서, 요리사 팀에서 한 명이 나를 돕기로 했고, 비교적 한산한 밤에는 닉이 나를 대신할 예정이다. 내가 닉을 훈련시켰고, 의외로 꽤 잘한다. 요리를 하진 못해도 맛있는 음식이 뭔지는 알고 있고, 필요할 땐 체계적이고 추진력 있게 움직일 줄도 안다.

"나도 기다려져." 나는 지난 두 달 동안 불편해질 정도로 부풀어 오른 배 위에 손을 얹었다. "그래도 걱정하지 마. 나 괜찮아. 약속해."

그는 내 옆에 쪼그려 앉아, 배 위에 얹은 내 손 위로 자기 손을 포갰다. 그리고 몸을 기울여 내게 키스했다. 지금은 밀려드는 주문을 처리해야 했지만, 남편을 뿌리치기란 쉽지 않았다. 거의 다섯 해를 남처럼 지내다가 다시 신혼 때로 돌아간 기분이니까.

거의 죽을 뻔한 뒤에 찾아온 신혼이었다.

그 사건 이후 몇 주가 지나서야 우리는 모든 전말을 알게 됐다. 대부분은 신문을 통해서였다. 그날 밤 이른 시간에 모텔에 나타났던 여자, 퀸 알렉산더는 몇 시간 전 남편을 살해한 상태였다. 복부를 찔렀지만 정당방위였다는 강력한 정황이 있었다. 닉은 경찰에 그녀의 목에 남은 멍을 봤다고 말했고, 그래서 누군가에게 공격당한 줄 알았다고도 했다. 이후 닉은 퀸의 재판에서 증인으로 출석하기도 했다.

알고 보니 퀸의 남편은 그녀의 언니, 클라우디아 딜레이니와 바람을 피우고 있었다. 그리고 그 언니는 원래 정신적으로 조금 불안 정했던 모양인데, 시체를 발견하고 나서 완전히 무너졌다. 클라우 디아는 퀸을 찾았고, 가혹한 복수를 하기로 마음먹었다. 퀸을 찌른 뒤 그녀를 자신의 차 트렁크에 넣었다. 시체를 처리할 생각이었던 거다.

그녀가 나까지 노린 건 자기가 동생을 찌르는 걸 내가 봤다고 생각했기 때문이었다. 목격자를 없애려 한 거였다.

이미 그레타에게도 같은 짓을 한 상황이었다. 자신이 원하는 걸 알아낸 뒤에, 퀸에게 한 것처럼 그레타의 배를 찔러 그녀를 '정리' 했다. 그런데 놀랍게도 칼이 중요한 장기를 비껴가는 바람에 그레타는 살아남았다. 불과 일주일 만에 퇴원해서 모텔로 돌아오기까지 했다. 목숨이 아홉 개쯤 되는 걸까.

"있잖아." 닉이 내게 말했다. "당신 지금 바쁜 거 아는데, 내가 한 30분 정도 대신 보고 있을 테니까 그레타 씨한테 작별 인사하고 올래?"

"지금?"

그가 어깨를 으쓱했다. "그레타 씨 내일 아침에 떠나잖아. 아침 일찍 뜨는 비행기래. 지금 못 보면 놓칠 수도 있어."

거의 죽을 뻔한 부상에서 회복한 뒤, 그레타는 문득 세계 여행을 떠나야겠다고 마음먹었단다. "나한테 남은 시간이 많지 않아. 세상을 다 보고 싶어." 처음에는 그저 헛소리인 줄 알았는데, 몇 달 전 그녀는 진짜로 비행기 티켓을 끊었다고 말했다. 내일 아침 7시 비행기다.

나는 수북이 쌓인 주문표들을 힐끔 보며 망설였다. "당신 진짜

할 수 있겠어?"

"얼른 가. 약속할게. 진짜 괜찮을 거야."

그는 말만이 아니라 행동으로 증명했다. 닉은 계산대로 성큼 걸어가더니 주문표를 능숙하게 훑기 시작했고, 손님에게 나가는 접시가 우리 기준에 맞는지 하나하나 확인했다. 그러고는 내게 윙크했다. 나는 웃었다. 30분쯤 자리를 비운다고 큰일이 나진 않겠지.

식당을 가로질러 나가며, 나는 테이블에 앉아 있는 퀸 알렉산더를 발견했다. 그녀의 맞은편에는 남자 친구가 앉아 있었다. 사건을 맡았던 경찰 중 한 명이었다. 닉 말로는 퀸이 오늘 밤 자리 하나를 비워 달라고 부탁했다고 한다. 둘은 테이블 위에서 손을 맞잡고 있었고, 남자는 퀸의 눈을 들여다보고 있었다. 정말 행복해 보였다. 잘됐네. 그녀가 겪은 일을 생각하면, 해피 엔딩을 누릴 자격이 있다.

닉은 최근에 식당에서 모텔로 가는 길을 손봤다. 내 전동 휠체어가 매끄럽게 지나갈 수 있도록 포장해 놨다. 솔직히 나는 예전처럼 모든 걸 해내기가 쉽지 않았다. 하지만 닉은 내가 새로운 삶에 최대한 수월하게 적응할 수 있도록 자신이 할 수 있는 건 전부했다. 내가 그와 결혼한 건 행운이다. 닉은 자기가 더 행운이라며 우기는데, 어쩌면 우리 둘 다 행운인 건지도 모르겠다.

그런 우리가 할 수 없는 딱 한 가지는, 내가 모텔 2층에 올라갈 수 있게 만드는 일이다. 엘리베이터를 설치하는 비용은 감당이 안 됐다. 하지만 솔직히 내가 모텔 2층에 올라갈 일은 없다.

대신 로비는 지금 정말 근사하다. 닉이 작년에 새 카펫을 깔았는데, 선명한 로열 블루가 눈에 확 띈다. 201호 누수를 고친 뒤 1

층 천장도 말끔히 보수했다. 그리고 이건 좀 특이한 이야기인데, 클라우디아의 남편이 아내가 체포되고 얼마 지나지 않아 우리를 찾아와 사과와 설명을 했었다. 그런데 그가 누수를 보더니 자기가 무료로 고쳐 주겠다고 했다. 알고 보니 그는 배관공이었다. 그 파이프는 수년 동안 새다 멈추다를 반복했는데, 파이프의 녹이 물을 거의 붉은색에 가깝게 만들어 천장을 얼룩지게 했다. 다행히 그가 고친 뒤로는 다시 새지 않았고, 우린 페인트를 칠해 천장을 깔끔하게 복구했다. 로버트 딜레이니는 자기 일은 확실히 하는 사람이었다.

그렇긴 해도, 우리는 아직도 201호에 손님을 들이지 않았다. 닉은 여전히 그 방문에 '방해하지 마시오' 팻말을 걸어 둔 채로 항상 잠가 뒀다. 언젠가는 열어야 하겠지만, 그는 아직 그럴 준비가 안 됐다.

모텔 로비로 들어서자 그레타가 이미 나를 기다리고 있었다. 그녀는 나무 의자에 앉아 있었는데, 늘 입던 수많은 잠옷 대신 원피스를 입고 있었고, 그 위에 검은색 롱코트를 걸치고 있었다. 외출복 차림의 그녀는 거의 알아보기 힘들 정도였다.

"맞혀 볼게요." 내가 말했다. "점쟁이 예감으로 내가 올 걸 알아맞힌 거죠?"

그녀가 웃었다. "아니. 닉이 네가 들를 거라고 했어."

"아하."

그녀는 고개를 기울였다. "오늘 밤 참 예쁘구나, 로잘리. 얼굴이 빛나."

나는 눈을 굴렸다. "임신하면 나는 그 빛 말이에요?"

"그렇지. 임신…, 사랑…." 그녀는 내 손을 잡았고, 나는 그대로 있었다. 그녀의 손가락은 놀랄 만큼 가늘었고 거미 다리처럼 연약했다. 그런 그녀가 배를 찔리고도 살아남았다는 게 아직도 믿기지 않는다. 닉과 나는 그녀가 분명 못 살아날 거라 생각했다. 하지만 그레타는 예전에 훨씬 더 끔찍한 일을 겪고서도 살아남았다고 말했다. "너와 닉은 오래오래 행복하게 살 거야. 내가 말했잖니. 네 미래에는 행복이 있다고."

그녀가 내게 그렇게 말했을 때가 떠올랐다. 내 점을 봐 주면서 정확히 그 말을 했었다. 그때 나는 웃어넘겼다. 내게 행복한 미래가 있을 거라고는 상상도 못 했으니까. 그런데 지금, 나는 정말로 여기 있다.

"정말 재능이 있긴 한가 봐요." 내가 말했다.

"비밀 하나 말해 줄게, 로잘리." 그녀의 손가락이 여전히 내 손 위에 머물렀다. "나는 사실 미래를 보지 못해. 과거도 마찬가지야. 그저 평범한 노파일 뿐이지."

"정말 그렇네요." 나는 약간 비꼬는 듯이 말했지만, 솔직히 조금 놀랐다. 점 같은 걸 믿은 적은 없지만 그레타가 정말로 통찰력을 가진 것처럼 보일 때도 있었으니까. 불가능해 보이던 나와 닉의 해피 엔딩을 예견했으니 말이다.

"그래. 사실이야."

"음," 나는 어깨를 으쓱했다. "그래도 결과적으로는…, 나랑 닉에 대한 예언이 맞았네요."

"맞았지. 물론 내가 조금 도와주긴 했지만."

"도와줬다고요?"

그녀는 물기 어린 푸른 눈으로 나를 바라보며 잠시 망설였다. "로잘리, 나는 아이를 가져 본 적이 없어. 그리고 너를 늘 딸처럼 생각했단다. 네가 행복하길 바랐어."

"네…."

"어쩌면 그때 닉은 너를 떠났을 거야." 그녀가 말했다. "그 여자, 크리스티나…, 여우 같은 여자였지. 닉을 노렸어. 원했거든. 게다가 그땐 네가 그를 붙잡으려 하지도 않고 있었어. 그를 은쟁반 위에 올려서 그대로 내준 셈이었지! 크리스티나 마시는 내게 닉은 너 없이 사는 게 더 나을 거라고 말했어."

내 입이 떡 벌어졌다. 나는 이런 이야기를 전혀 몰랐다. 그저 한 번의 외도라고만 생각했었고, 자세한 얘기를 묻지도 않았었다.

"그러니까," 그녀가 말을 이었다. "나는 내가 해야 할 일을 해야 했어."

나는 손을 홱 빼며 말했다. "뭘 했다는 거예요?"

"너희 부부를 구했지!"

"그레타…," 아랫배에서 쥐어짜는 듯한 통증을 느꼈다. "무슨 짓을 한 거예요?"

그레타의 푸른 눈이 커졌다. "그 애는 당해도 싸. 봐라, 무슨 짓을 했니. 유부남이랑 바람을 피웠어. 나는 닉에게도 실망하긴 했지만, 그가 어떤 심정이었는지 이해해. 하지만 그 애는 변명할 거리가 없었어. 아주 나쁜 아이야."

속이 뒤집히는 것 같았다. "그레타…, 설마, 그레타가…."

"그 애는 거의 고통을 느끼지도 못했어." 그레타가 길게 늘어진 자신의 흰머리를 쓰다듬었다. "1층에 닉이 열쇠를 보관하는 곳에서 열쇠를 가져와서, 밤에 혼자 그 애 방에 들어갔지. 자는 동안에 했어. 그 애가 잠에서 깼지만, 그땐 이미 늦었지. 누구도 손쓸 수 없었어."

나는 오랫동안 크리스티나 마시를 죽인 사람이 닉일까 봐 두려워했다. 하지만 닉이 그런 짓을 할 사람이 아니라는 걸 진작 알았어야 했다.

그런데 그레타가 했을 거라고는 상상도 못 했다.

"나는 전에도 그런 적이 있었어." 그녀는 마치 롤러스케이트를 탔던 얘기라도 되는 듯 아무렇지 않게 말했다. "예전에 축제에서 어떤 여자가 내 버니를 탐냈지. 그리고 그 여자는 그냥…, 사라졌어. 경찰도 그렇게 결론 내렸고."

나는 손으로 입을 틀어막았다. "오, 하느님…."

"널 위해 저쪽도 치우려고 했었어." 그레타가 말했다. "퀸 말이야. 그 애가 아래층에 내려갔을 때 가방을 뒤져서 진짜 이름을 알아냈지. 그걸로 그 애한테 겁을 줬어. 너는 지금 끔찍한 위험에 처해 있다고. 그 애 방 서랍 속 성경에 협박 글도 남겨 뒀고. 겁먹고 도망치게 만들었지. 물론…, 결과적으로는 그 애가 정말 끔찍한 위험에 처해 있었던 게 맞았지만."

"그레타…."

"로잘리," 그녀가 다시 내 손을 잡으려 했지만, 나는 홱 뿌리쳤다. "어디 아프니? 얼굴이 창백해 보이는구나. 아기 때문은 아니지?"

"아뇨, 전…," 하지만 아까 그 통증이 또다시 밀려왔다. 그래도 아직 한 달이나 남았다. 진통일 리 없다. 이건 단지 한 여자가 나 때문에 죽었다는 사실에 충격을 받았을 뿐이다. "그레타, 어떻게…, 어떻게 그런 일을 할 수가 있어요?"

그레타가 눈을 깜빡이며 나를 바라봤다. "너를 위해서 했지, 로잘리." 그러더니 눈빛이 어두워졌다. "내가 안 했으면 넌 이 모든 걸 잃었을 거야! 닉은 널 떠났을 거고, 식당도 아기도 없었겠지. 크리스티나는 닉을 원했어. 너는 그 애를 직접 만나 본 적도 없잖니? 그 애는 내가 자기편인 줄 알더구나. 나한테 다 털어놨어."

"그 여자가 그랬다고요?"

"그 애가 너를 어떻게 말했는지 넌 모를 거야. 닉의 불구인 아내, 손도 못 대게 하는 쌀쌀맞은 여자, 닉은 더 나은 사람을 만나야 한다는 말을 입에 달고 살았지."

그 타로 카드는 오래전에 내 미래를 맞혔다. '죽음'.

닉과 내가 결혼했기 때문에 한 여자가 죽었다.

하지만 닉이 그녀를 죽인 게 아니었다. 그레타였다.

그레타는 검은색 롱코트 주머니에 깊숙이 손을 찔러 넣었다. 그리고 익숙한 문구가 새겨진 직사각형 팻말을 꺼냈다. '방해하지 마시오' 그녀는 그걸 내게 내밀었다.

"201호 문에서 떼어 왔어." 그녀가 말했다. "이제 다시 손님을 받아야지. 과거는 과거로 두고."

나는 그 팻말을 받아 들었지만, 손끝에서 힘이 빠졌다. 팻말이 팔랑이며 바닥으로 떨어졌다. '방해하지 마시오'라는 글자가 바닥에서 나를 올려다보며 눈앞에서 빙글빙글 돌았다. 나는 상체를 앞으로 숙였다.

그 통증이 또 한 번 밀려왔다. 믿기지 않는다. 그레타가 사람을 죽였다. 나는 이 이야기를 못 들은 척하고 넘어갈 수 없다. 경찰에 전화해야 한다. 내가 아는 걸 말해야 한다.

"로잘리, 너 정말 안 좋아 보이는구나." 그레타가 입술을 오므렸다. "아기 때문이 아니니? 닉을 불러 줄까?"

"아뇨…," 하지만 저항할 틈도 없이, 내 안에서 '뻥' 하고 뭔가 터지는 듯한 이상한 감각이 느껴졌다. 나는 치마 쪽을 내려다봤다. 천 위로 번지는 젖은 얼룩이 보였다. "그레타…."

"양수가 터졌구나!" 그레타가 손뼉을 치며 기뻐했다. "세상에! 가서 닉 데려올게."

나는 그레타가 내 남편을 부르러 식당 쪽으로 달려가는 모습을 멍하니 바라봤다. 머릿속이 빙빙 돈다. 나는 곧 아이를 낳는다. 지금 진통이 시작됐다.

하지만 경찰에 전화해야 한다. 그레타가 크리스티나 마시를 죽였다는 걸 알려야 한다. 그게 나를 위해서였다고 해도, 살인을 그냥 넘길 수는 없다.

내 휴대폰은 어디 있지? 어디에 두었더라?

체감상 1분도 채 지나지 않은 것 같은데, 닉이 모텔 안으로 급히 뛰어 들어왔다. 얼굴은 창백하지만 환한 미소를 짓고 있었다. "그레타가 그러던데, 진통 시작됐다면서? 양수도 터졌다고 하고. 괜찮은 거야?"

"괜찮긴 한데," 나는 숨을 골랐다. "닉, 내 휴대폰이…."

"휴대폰은 걱정 마." 그가 말을 끊었다. "내 거 챙겼어. 자, 가자. 병원 가방은 차 트렁크에 있어."

"하지만 난 전화를…."

"로지, 지금 가야 해!" 그의 눈이 반짝였다. "어서 병원 가서 아기 낳자!" 그는 나를 끌어안았다. "너무 기대돼. 정말, 정말 사랑해, 로지."

"그레타는?" 내가 물었다.

"급히 가야 한대." 그가 말한다. "오늘 밤 늦게 출발하는 비행기로 바꿨다면서 서둘러 나갔어. 대신 꼭 전해 달라더라. 넌 정말 훌륭한 엄마가 될 거라고."

머리가 지끈거렸다. 또 한 번 통증이 와서 아랫배를 움켜쥐었다.

나는 병원에 가야 한다. 닉 말이 맞다. 지금은 경찰에 전화하고 있을 시간이 없다. 그리고 내가 전화할 수 있을 때쯤이면, 그레타는 이미 이 나라를 떠났을 것이다.

그녀는 처음부터 이걸 계산해 두었다. 내가 신고할 거라는 걸 알았기 때문에, 마지막 순간에야 말해 준 것이다. 하지만 그녀는 내가 알기를 원했다. 내가 지금 가진 모든 것이 그녀 덕분이라는 걸. 그녀 말이 맞을지도 모른다. 그녀가 그렇게 하지 않았다면 닉은 크리스티나를 선택하고 나를 떠났을지도 모른다. 나는 지금 첫째 아이를 낳으러 병원으로 가고 있지 못했을지도 모른다. 그리고 어쩌면…, 아직 살아 있지도 못했을 것이다.

그레타가 한 일은 잘못됐다. 그 여자를 죽여서는 안 됐다. 절대 그래서는 안 됐다. 하지만 나는 내가 죄책감을 느끼지 않는다는 사실을 부정할 수 없다. 그리고 그 순간, 나는 결심했다.

만약 우리가 딸을 낳는다면. 그 아이의 이름은 그레타로 하겠다고.

옮긴이 김대웅

연세대학교 철학과를 졸업하고 출판 기획 및 번역을 하고 있다. 편역작으로는
《철학자의 문장들》, 《소설가의 첫 문장》 등이 있다.

방
해
금
지

초판 2026년 2월 18일 1쇄
저자 프리다 맥파든
옮긴이 김대웅
편집 나다연 **디자인** 배석현
ISBN 979-11-93324-80-6   03840

발행인 아이아키텍트 주식회사
출판브랜드 북플라자
주소 서울시 강남구 학동로 329 북플라자 타워
홈페이지 www.bookplaza.co.kr

오탈자 제보 등 기타 문의사항은 book.plaza@hanmail.net으로 보내주세요.
잘못된 책은 구입하신 서점에서 교환해 드립니다.